KB237025

현대시와 신체의 은유

현대시와 신체의 은유

오채운

도서출판 역락

내가 언제부터 현대시와 신체의 관계에 대해 관심을 가지게 되었던 가. 아마 1990년, 한 시인의 시에서 거세에 대한 공포를 읽었을 때인 것 같다. 그때 나에게는 모든 시인들이 거세에 대한 공포에서 벗어나기 위해 시를 쓰는 것처럼 보였다. 시를 읽는 나 또한 그러한 시인들의 공포에서 놓여날 수 없었다. 하여 나의 시에 대한 관심은 사회의 모순을 왜곡된 신체 안에 담고 있는 시를 읽는 '공포체험'으로 변해갔다. 이 책은 그런 나의 '공포체험'을 통한 '공포에서 벗어나기'이다. 신체가 가지는 고통의 극점에 공포가 자리한다면 그 공포에서 벗어나는 방법 또한 그 안에 자리하고 있을 테니 말이다.

이 책은 한국 현대시에 나타난 신체의 은유, 특히 신체 훼손 이미지를 통해 나타나는 시적 진실을 연구함으로써 현대사회의 다양한 현상들이 문학 속에 어떻게 실현되고 있는지 살펴보는 것을 주된 목적으로 하고 있다. 더불어 이 책에서 논의되고 있는 '신체'라는 용어는 '정신'과 분리되어 있지 않고 서로 용해되어 있는 관계로서의 '신체'를 말하고 있음을 미리 밝혀둔다.

2장에서는 신체 훼손 이미지의 정의와 범위에 대하여 논의한다. 신체 훼손 이미지는 크게 결손, 질병, 손상, 소멸 등으로 분류하여 그 범위를 한정할 수 있다. 결손은 시각이나 청각 혹은 지체가 불구의 모습을 띠는 것을 말한다. 결손은 사회적으로 소외된 인물이 되어 현대시의 공간에서 사회를 인식하는 잣대가 되며 이를 통해 새로운 인식세계를 넓혀가는 매개체 역할을 한다. 문학에서의 질병은 물리적인 차원에서보다는 심리적인 차원에서 이해되어야 한다. 문학에서의 질병은 사회의 현상들이 신체에 병리학으로 적용되는 예라 할 수 있다. 신체의 손상은 달리 말하면 인간이 살아 있다는 증거이기도 하다. 이 신체의 손상을 통해 인간의 자아는 자각과 변화를 거듭하게 된다. 신체의 소멸은 죽음의 문제와 관련이 깊다. 소멸되어가는 신체는 곧 삶의 부재를 의미하며 삶의 부재는 죽음의 문제로 귀결된다.

3장에서는 신체 훼손을 통한 자아 인식의 문제에 대하여 논의한다. 절단되어 주체를 이탈한 신체의 일부분은 이탈된 자아의 모습을 통해 현실의 모순상황을 암시하고 있다. 신체의 부재를 통해 알 수 있는 것은 자아의 상실에 관한 문제인데 한 번 상실된 자아는 쉽게 회복되지 않는다. 청각의 결손은 타인의 결손과 화자 자신의 결손으로 나타난다. 타인의 결손은 의사소통의 부재로 인해 타인과의 관계가 단절되게 만든다. 그러나 자신의 청각 결손은 내적 성찰의 기회를 가져온다. 질병은 무언가를 간절히 원하지만 이루어지지 않는 욕망의 결핍 상태에서도 발생하고 과잉 상태에서도 발생한다. 신체의 부패는 화자가 삶을 어떻게 인식하고 있느냐의 문제와 연결되어 있다. 삶은 긍정적인 측면과 부정적인 측면을 동시에 가지고 있다. 신체의 부패는 이렇게 양면성을 띠고 있는 삶의 모순으로부터 벗어나는 과정을 말한다.

4장에서는 신체 훼손을 통한 세계 인식의 문제에 대하여 논의한다. 외부의 물리적인 힘에 의해 손상된 신체는 그 상처를 통해 세계의 폭력적 속성을 고발한다. 전쟁이나 식민지적 상황과 같은 억압자의 가해로 인해 손상된 신체의 고통은 순간으로 끝나지 않고 변주를 통해 지속되며 세계 인식의 잣대가 된다. 변형된 신체는 억압에 의해 위축되어 있는 세계의 모습을 담고 있다. 신체는 억압의 상태에서 벗어나기 위해 정면적인 돌파보다는 변형된 모습으로 내면을 표현한다. 거세나 성 정체성의 상실에 관한 문제는 억압과 피억압자의 관계에서 벌어지는 힘의 논리와 무관하지 않다. 신체 훼손 이미지는 거세된 인물형을 통해 일그러진 현대 사회의 모순을 지적한다. 언어의 결손은 인간관계의 단절에 관한 문제로 귀결된다. 언어의 결손은 언어적 존재인 자아를 부정하기도 하고 때로는 절대자에 대한 부정으로 이어지기도 한다. 이 절대자에 대한 부정은 결국 세계에 대한 부정과 동일선상에 있다. 신체 훼손을 통해 보여지는 세계는 병들어 있으며 이 병든 세계에서 인간은 병든 모습으로 살아갈 수밖에 없기에 이 세상은 모순으로 가득 차게 된다.

5장에서는 신체 훼손과 극복의 미학에 관하여 논의한다. 시각의 결손은 정상적인 눈을 가진 사람들이 가지고 있는 선입관이나 고정관념을 와해시킨다. 시각에 결손이 있는 사람들은 정상적인 사람들이 가지고 있는 고정관념을 해체함으로써 그들이 가지고 있는 질병을 치료한다. 또한 결손인물들은 서로 무리지어 시에 등장함으로써 정상적인 인간들로부터 느껴오던 소외의식에서 벗어나며 새로운 세상을 이끌어갈 힘의 원동력이 된다. 인간의 신체에 깃든 질병과 그것을 치료하는 과정을 통해 자아와 세계에 대한 인식과 그 인식의 전환점을 찾아볼 수 있다. 비어 있는 신체는 현실 응전에 대한 직·간접적인 표현이다. 비워진 신체는 상처로서의 비워짐이 아니라 새로운 세계를 담기 위해 비워진 그릇으로서의 '비워짐'을 의미하게 된다. 신체 훼손 이미지의 크나큰 미덕 중의 하나는 신체 훼손을 통해 자아와 세계를 바로 볼 수 있는 시각을 가지게 하며, 우리의 삶에 산재해 있는 모순에서 벗어나 이상세계로 다가갈 수 있는 방법을 제시하고 있다는 점이다.

지금까지 계속되어 온 신체의 담론은 性담론적인 측면에 기울어졌던 것이 사실이다. 그러나 신체의 한 단면인 고통의 극점에 신체 훼손이 자리하고 있음도 인식해야 한다. 또한 보다 넓은 인간사회의 이해와 문학의 깊이를 위해 신체를 통해 나타나는 문학의 제문제에 대한 전면적인 숙고가 필요하다고 본다.

신체에 관한 시읽기를 통해 앞에서 논의한 공포가 사라졌느냐고 질문한다면 '아직 과정에 있을 뿐'이라고 답할 수밖에 없다. 어쩌면 늘 무언가를 향한 과정에 있는 것이 인생이 아닌가 하는 생각이 든다. 책읽기의 길 또한 그러하리라. 그런 의미에서 나의 책읽기의 과정에 도움을 주신 분들, 즉 책이 나오기까지 논문을 지도해주시고 격려해주신 이승훈 교수님, 서경석 교수님께 감사의 말씀을 전하고 싶다. 선뜻 책으로 묶어주신 역락출판사 이대현 사장님과 직원들께도 깊은 감사를 드린다.

2006년 2월
오채운

차 례 

제5장   신체 훼손과 극복의 미학 · 181

제6장   현대시와 신체의 은유 · 241

제1장
현대시와
신체 훼손
이미지

제1장 ___ 현대시와 신체 훼손 이미지

논리적으로 시를 서술하거나 해명한다는 것은 때로 부질없는 작업이 될 수 있다. 시는 논리의 저쪽에 있는 어떤 실체이기 때문이다. 그럼에도 불구하고 오늘날까지 지속적으로 수많은 시의 이론들이 나오고 있다는 것은 아마도 인간이 가지고 있는 앎에의 욕망 때문일 것이다. 시는 엄청난 비밀에 싸여 있다. 그리고 그 비밀은 바로 생의 비밀과 직결된다.[1] 그렇기 때문에 우리는 거듭 시를 알고 싶어 한다. 인간의 신체 또한 마찬가지다. 인간의 신체 또한 비밀에 싸여 있으며 그 비밀은 생의 비밀과 직결된다. 세계의 축소판인 인간의 신체는 끊임없이 훼손당하고 변화하는 개체적 변화의 상태에 있다. 이 개체의 변화는 곧 인간의 역사이며 세계의 역사이기도 하다. 인간의 신체는 또한 문학의 대상이나 동기가 되며 상상력의 제일차적 역할을 맡고 있으며 인간의 주요 관심사이다. 피터 브룩스는 인간의 신체를 고통과 쾌락의 양극단 사이에 불안정한 위치를 차지하고 있는 존재로 보았다. 그에 의하면 '인간의 육체는 쾌락의 주체인 동시에 대상이 되며, 제어할 수 없는 고통의 주체가 되기도 한다. 또 이성에 항거하는 힘이기도 하며 죽음의 매개체이기도 하다. 그 때문에 육체는 항상 호기심의 대상이며 영원히 그치지 않는 탐구 대상이다.'[2]

---

1) 이승훈, 『詩論』(고려원, 1986), p.9 참조.
2) 육체가 무엇인지 정확히 말하기는 어렵다. 그러나 우리의 육체가 우리와 함께 있다는 것은 확실하다. 근대 이래의 서사물 속에서 인간 육체의 재현 문제는 육체와 정신의 분리라는 근대적 현상과 맞물려 있다. 17세기 중엽 데카르트의 이원론 이래 인간은 자신을 포함한 인간의 육체에 대해 불편함을 느껴왔다. 이

　피터 브룩스가 말하는 쾌락의 극점에 에로티시즘이 자리한다면 고통의 극점에는 신체의 훼손이 자리한다. 훼손된 신체는 세계를 이해하는 또 다른 관점이 되며, 신체 훼손 이미지는 이를 통해 인간과 세계를 인식하게 된다. 훼손된 신체를 통해 바라보는 세계는 훼손되지 않은 신체가 바라보는 세계와는 다르다. 정상적인 신체일 때 볼 수 없었던 다양한 현상들을 인식하게 되며 같은 현상도 다른 시각에서 인식하게 된다. 따라서 훼손된 신체는 세계를 보는 새로운 시각을 만들어내게 된다. 문학에서는 주변부에 있던 문제가 훼손된 신체를 통해 바라보았을 때 중심부의 문제로 떠오르기도 한다. 또한 주변부의 인물이 중심 인물이 되어 문제를 해결하는 핵심적 역할을 하기도 한다.

　인간의 신체는 세계를 인식하는 잣대이다. 인간은 몸이 주체가 되며, 안과 밖을 분할하는 중심이 된다. 인간의 발달에서 유아기에는 자기와 어머니의 몸이 분리되지 않은 채 동일시되다가 자기의 몸을 인식하게 되면서 自와 他가 분리된다. 예로부터 인간은 눈을 하늘의 별, 달과 동류항으로 보는 은유적 사고를 하였다. 그리고 동양사상에서는 인간의 몸을 五方으로 나누었으며 그 중심을 배로 보았다. 배꼽은 우주의 중

러한 불편함은 바로 자연과 문화 사이의 긴장 관계에 기인하는 것이다. 데카르트의 이원론은 인간 존재를 정신과 육체의 두 부분으로 나누어 파악하며 정신을 문화의 영역에, 육체를 자연의 영역에 위치시킨다. 그러므로 자연의 일부분인 육체는 인간의 의미 작용과는 아무런 관계가 없는 타자일 수밖에 없다. 그러나 실제에 있어 우리는 우리의 육체가 우리의 일부분임을 알고 있다. 왜냐하면 육체의 질병, 더 나아가 육체의 죽음은 우리의 존재 자체를 뒤흔드는 근원적인 경험임을 우리는 잘 알고 있기 때문이다. 따라서 근대 이래 인간은 자신의 육체를 문제투성이로 느껴왔으며 이것은 우리 인간의 근원적인 한 가지 경험이다. 육체와 분리된 인간은 이를 극복하기 위하여 끊임없이 육체를 문화의 영역에 편입시키려고 시도해왔다. 문학의 경우, 육체로부터의 소외를 극복하려는 노력은 주로 텍스트 속에 육체를 묘사함으로써 이루어진다. 즉 문화에 육체가 편입되는 현상은 육체의 재현에 의해 이루어지는 것이다. 이것을 육체의 기호화(semioticization of body)라고 부르는데 인간은 이러한 육체의 기호화를 통하여 육체를 문화, 즉 인간의 의미 영역에 포함시킨다. 피터 브룩스, 이봉지·한애경 역, 『육체와 예술』(문학과지성사, 2000), pp.21-70 참조.

심이고 우주는 몸의 확대이므로, 인간의 몸을 우주의 응축으로 인식하였다. 인간의 몸은 우주로 통하는 문이며 세계를 받아들이고 이해하는 그릇으로 이해할 수 있다. 그러므로 몸은 思惟의 출발지점이 된다.[3] 이 때 사용하는 '신체'라는 용어는 몸의 담론이 활발하게 연구되면서 흔히 사용하는 '육체'라는 용어와는 다른 의미를 가진다.[4] 정신이나 이성과의 대립관계에서의 신체를 말하는 것이 아니라 정신과 이성을 담고 있는 '그릇'과 같은 존재, 정신과 이성이 육화된 응집물로서의 신체를 말한다. 인간은 신체를 존재의 공간으로 의탁하고 있다. 따라서 인간의 신체는 무수한 의미를 표출하는 잠재적 텍스트이다. 따라서 신체의 이미지가 문학에서 차지하는 바는 실로 크다 할 수 있겠다. 더군다나 정상적 신체가 아닌 훼손된 신체는 다양한 인간의 심리를 내포하고 있는 텍스트이다. 그러나 아직까지 현대시의 신체 훼손 이미지를

---

3) 한혜선, 『한국소설과 결손인물』(국학자료원, 2000), p.9 참조.
4) 오형엽은 '신체라는 용어는 1990년대 이후 문학뿐만 아니라 문화와 사회 전반에서 유행하고 있는 '몸의 담론'이 '육체성'의 차원으로 흐르는 경향에 대한 반성적 의도에서 사용된다. 몸의 담론이 흥성하는 까닭은 우리의 몸이 사회, 문화, 역사, 윤리 등의 다양한 코드들이 공시적, 통시적으로 작동하며 만나는 장소일 뿐만 아니라, 그 가역적 탈코드화가 일어나는 창조적 행위의 가능태이기 때문일 것이다. 그런데 우리 시대 대부분의 몸의 담론들이 보여주는 주된 문제점은 육체와 욕망의 문제를 지식, 기술, 자본, 언어, 윤리 등과 다층적, 다방향적으로 얽힌 주제로 다루면서도 몸에 대한 존재론적, 인식론적 해명은 방기하는 데 있다. 이러한 현상에는 다분히 육체성의 복권을 통해 그동안 권위를 지켜왔던 이성적 주체의 해체를 기정 사실화하거나 완성하겠다는 의도가 깔려 있는 것으로 보인다. 즉 정신과 이성에 의해 주변부에 버려졌던 육체를 인간 주체의 실체로 복원시키려는 의도가 깔려 있는 것이다. 그러나 이처럼 몸을 이성과 대립 개념으로 보는 관점은 현대성의 담론이 지닌 정신 / 육체, 의식 / 대상의 이분법과 등을 맞대고 있는 또 하나의 이분법일 뿐이다. 따라서 나는 '육체'라는 용어보다 '신체'라는 용어를 선호하는데, '육체'는 흔히 정신 혹은 이성과 대립 개념으로 사용되어 왔기 때문이다. '신체'는 의식이 살로 변한 육화된 의식을 의미하며, 따라서 몸과 의식, 몸과 이성은 서로의 경계를 확연히 구분지을 수 없을 만큼 대화와 긴장의 상호 침투적 관계로 통일되어 있다'라고 피력한다. 오형엽, 「신체, 문제, 미시적 이론화」(내일을 여는 작가, 2003 봄), pp.122-123.

텍스트로 한 본격적인 연구는 찾아보기 힘들다. 이에 본 연구는 현대시에 나타나는 신체 훼손 이미지를 연구함으로써 현대사회의 다양한 현상들이 문학 속에 어떻게 실현되고 있으며, 훼손된 신체로 인해 인간이 세계를 인식하는 다양한 관점은 어떻게 드러나고, 시인이 추구하는 이상세계의 지향점은 무엇인지 살펴보는 것을 주된 목적으로 한다.

신체는 태어날 때의 모습을 그대로 간직하지 못하고 끊임없이 외부로부터 혹은 내부로부터 훼손당한다. 그래서 훼손된 신체란 본래의 신체로부터의 일탈을 의미한다. 훼손된 신체는 본래의 신체와는 병리학적으로 변별되는 특성을 가지며 이 특성은 문학에서 세계와 인간을 이해하는 눈이 된다. 이 세계를 인식하는 새로운 눈인 신체와 신체 훼손 이미지를 연구하기 위해서는 다음과 같은 과제를 해결해야만 한다.

> 첫째, 신체 훼손 이미지란 무엇이며 그 범위는 어떻게 한정할 수 있는가?
> 둘째, 신체 훼손 이미지의 양상은 어떻게 드러나는가?
> 셋째, 신체 훼손 이미지는 인간의 삶과 어떤 관련이 있는가?
> 넷째, 신체 훼손 이미지를 통해서 본 세계는 어떠한 사회적 징후를 보이는가?
> 다섯째, 신체 훼손 이미지를 통해서 보는 이상세계의 지향점은 무엇인가?

위와 같은 과제를 해결하기 위하여 2장에서는 우선 신체 훼손 이미지가 무엇인가에 대한 정의를 필요로 한다. 현대문학에 나타나는 신체와 세계의 관계를 분석하고 그 의미를 살펴본다. 또한 신체 훼손 이미지의 유형을 분류하고 그 범위를 한정한다.

3장에서는 신체 훼손 이미지를 통해서 나타나는 자아 인식의 양상을 살펴본다. 신체기관의 이탈과 재배치를 통한 자아 인식의 문제와 신체기관의 상실로 인한 관계의 단절과 회복의 문제를 살펴본다. 또한 자아 인식의 문제와 더불어 욕망의 문제에 대해서도 논의하기로 한다. 신체의 결손에서 나타나는 의사소통의 문제, 욕망의 결핍이나 과잉으로 인해 발생하는 질병, 부패되어가는 신체의 이미지를 통해 나타나는 욕망의 문제에 대해 논의하기로 한다.

4장에서는 신체 훼손을 통해 나타나는 세계 인식의 문제에 대하여 논하기로 한다. 신체 훼손을 통해 나타나는 세계의 모습은 크게 손상, 변형, 거세와 같이 세 가지로 분류할 수 있다. 손상된 신체를 통해 세계를 인식하는 양상과 세계의 폭력성에 대해 살펴본다. 또한 변형된 신체를 통해서는 억압적 사회현실의 문제를, 거세된 신체를 통해서는 사회적 모순의 문제를 살펴보기로 한다. 신체 훼손을 통해 바라보는 세계의 모습은 대개 부정적으로 나타난다. 이러한 부정적 세계관의 양상은 어떻게 드러나는지 살펴본다. 신체의 결손을 통해 나타나는 단절 의식의 문제를, 현실과의 마찰로 인해 발생하는 질병의 문제를, 또한 그 질병을 통해 바라보는 세계 인식의 문제를 살펴본다.

5장에서는 3장과 4장에서 살펴본 자아와 세계의 인식에 관한 문제를 토대로 그 부정적 세계관에서 벗어나고자 하는 지향점 모색에 대하여 살펴본다. 신체 훼손 이미지는 자아와 타자와의 단절에서 동일시의 관계로 나아감으로 해서 이상세계의 합일점에 이르게 된다. 신체 훼손을 통해 인식한 자아와 타자가 어떻게 동일시되고 그 동일시를 통해서 획득되는 것은 무엇인지 살펴본다. 또한 질병의 치료나 스스로의 신체를 훼손하는 일, 훼손된 신체가 매개체를 통해 얻게 되는 이상세계의 모색에 관한 문제를 통해 신체 훼손 이미지가 가지는 문학적 의의를 살펴보기로 한다.

한국 현대시에서 신체 훼손 이미지는 억압의 문제에 대한 강한 응전 형식으로 등장한다. 김용직에 의하면 '한국근대문학사에서 1930년대의 시가 차지하는 좌표는 아주 결정적이다. 그 이전까지 한국의 시와 시단은 좋은 의미에서 근대의 차원에 머물러 있었다. 뿐만 아니라 거기에는 다분히 소박한 단면 또는 풋기 같은 것도 섞여 있었던 것이다. 30년대에 이르면서 한국의 시와 시단은 이런 미숙성을 그 나름대로 극복해낸다. 그리고 그에 대체해서 현대적인 국면을 타개해가는 것이다.'5) 이와 같은 견해를 토대로 살펴보았을 때 1930년대에 李箱의 시에서 발견할 수 있는 폐결핵 환자의 각혈은 일제의 억압에 대한 구토로 읽을 수 있다. 그의 시 「아츰」에서는 밤새 몸살을 앓은 화자의 '肺에도아츰이켜진다'는 표현을 찾아볼 수 있다. 이는 일제의 억압을 딛고 자유의 아침을 볼 수 있음을 강하게 시사하고 있다.

이승훈에 의하면 '1950년대는 한국전쟁으로부터 시작되어 60년 4·19 혁명으로 이어지는 민족 정체성의 혼란기로 이른바 분단 문단이 고착되는 시기이다. 이 시기의 우리 문학은 정신적으로 위축된 심한 불모성을 드러낸다. 특히 전쟁 세대에 속하는 당시의 신인들은 그 앞 세대에 속하는 40년대 시인들과는 다른, 아니 그들의 미학을 비판하는 일종의 미적 반역을 기도한다.'6) 1950년대 한국 사회의 모든 분야는 6·25 전쟁이라는 배경의 형상으로서만 제대로 이해될 수 있을 것이다. 3년간의 참혹한 전쟁은 1950년대 한국사회의 상황이었고, 절대조건이었다고 할 수 있다. '상황과 조건의 현장을 고려하지 않는 1950년대 인식은, 마치 일제 지배를 염두에 두지 않는 식민지 시대의 인식처럼 진정한 설득력을 갖지 못할 것이다. 1950년대의 문학에 대한 인식 또한 그러함은 말할 나위도 없다. 전쟁은 모든 것을 폐허로 만들었고, 사람들은 그 폐허 위에서 절망하고 또 절망을 극복하고, 모든 것을 새로 시작해야만 했다. 1950년대 문학은 전쟁의 폐허 위에서 그리고 전쟁의 엄청난 충격 속에서 이루어졌다.'7)

1950년대에 김광림, 전봉건, 구상 등의 시에 나타나는 신체 훼손 이

---

5) 김용직, 「서정, 실험, 제 목소리 담기」, 『한국현대문학사』(현대문학, 1999), p.181.
6) 이승훈, 『한국 모더니즘 시사』(문예출판사, 2000), p.187-188 참조.
7) 이남호, 「1950년대와 戰後世代 詩人들의 性格」, 송하춘·이남호 편, 『1950년대 시인들』(나남, 1994), p.11.

미지는 대부분 그 원인을 전쟁에서 찾을 수 있다. 전쟁의 무차별한 인간 살상에 대해 인간성 회복의 명제로써 신체 훼손 이미지는 사용되고 있다. 김광림은 전쟁을 '애꾸눈이 아니면 절름발이'를 만드는 일, '肝을 씹는' 고통, '손목을 꺾는' 고통으로 정의내린다. 전쟁 앞에서는 모두가 장님이 되어 사물을 분간할 수 없는 존재가 되고 인간성을 상실하게 된다.

그리고 김준오에 의하면 '1960년대는 4·19와 5·16을 계기로 참여문학논쟁과 난해성, 다양한 실험 시도, 시조문학의 전성 등을 특성으로 한다. 그러나 60년대 시에서 가장 주목해야 할 유의사항은 이제 더 이상 한국 현대시사가 몇몇의 예외적인 시인들에 의해서 주도되지도 않고 따라서 우리가 쉽게 분류해서 자리매김할 수 없을 정도로 시가 다양하게 전개되기 시작한 점이다. 이것은 좌·우 이데올로기의 격심한 대립으로 극도의 혼란을 빚었던 해방 공간과 6·25의 비극적 체험을 겪고난 뒤, 사회역사적 현실을 정신사적으로, 문화적으로 다양하고 심도있게 극복해가는 자리에 60년대 시가 놓여 있었음을 의미한다.'8)

1960년대에는 독재에 대한 저항과 이념상의 문제로 신체 훼손 이미지가 사용된다. 김수영의 시 「轉向記」에서 화자는 '치질을 앓고 피를 쏟'는가 하면 '소화불량증'까지 앓는다. 그리고 그는 이러한 사실을 전향을 하는 자가 치러야 하는 당연한 고통으로 받아들인다. 「巨大한 뿌리」에서는 '곰보, 애꾸, 애 못 낳는 여자' 등을 反動으로 정의하며 이 反動에게 강한 인간애를 느끼고 있음을 밝힌다. 또한 소외되었던 주변부의 인물을 문제적 자아로 설정하여 문화의 대혁명을 이끌어갈 주체 세력으로 지목한다.

김재홍에 의하면 '1980년대 이 땅의 시대상황을 일별해 볼 때 우리는 이 연대가 극도의 양극성을 지니고 있음을 알게 된다. 탄압과 저항,

---

8) 김준오, 「순수·참여와 다극화시대」, 『한국현대문학사』(현대문학, 1999), pp.375-377 참조.

허위와 폭로, 보수와 진보, 한계와 가능 등 우리 사회의 어두운 면과 밝은 면이 함께 엇갈리고 있었던 것이다. 전체적으로 조망할 때 탄압시대인 5공시절과 88년 종반기 해금시대로 요약해볼 수 있는 이 시대는 그만큼 불행하면서도 가능성이 열리기 시작한 전환기적 성격을 지닌다.'9) 이러한 상황 아래 1980년대에는 산업사회의 피해와 독재에 의한 인권 억압의 반발로써 신체 훼손 이미지가 사용된다. 최승호의 시 「공장지대」에서 무뇌아를 낳은 산모는 자신의 정수리 털들을 하루종일 뽑아댄다. 이 시에서 산모의 '젖(乳)'은 허연 폐수로, 탯줄은 비닐끈으로, 태아는 고무 인형으로, 남근은 공장의 굴뚝으로 비유된다. 기형도의 「입 속의 검은 잎」에서는 정치적인 억압으로 인해 많은 사람들이 죽음을 당하게 된다. 다행히 죽음을 모면한 자들은 억압자에 의해 어디론가 끌려가고 있으며, 자신들이 어디론가 끌려가고 있음을 인식하는 순간 혀는 언어를 잃은 채 아무런 저항도 하지 못하고 검게 죽은 나뭇잎으로 변한다. 이러한 상황을 통해 우리는 사회적 억압의 지속상태와 이에 대해 함묵하고 있는 자들의 태도를 일별해볼 수 있다.

1990년대에 함민복은 자본주의 사회에서 위축되어 사는 소시민으로, 거세에 대한 두려움을 극복하기 위해 스스로를 거세해 버리는 지경에까지 이른다. 「붉은 겨울, 1986」에서 그는 '부엌칼로 손가락을 내리'친다. 이 때 손가락은 '가난'한 자신에 대한 자해이다. 그의 '손에 손가락을 내리친 가난이 들려' 있음은 자본주의 사회의 암울한 자화상이며 극빈자가 할 수 있는 최소한의 저항이다. 이와 같이 살펴보았을 때 문학사적 배경은 본 논문에서 논의하고자 하는 신체 훼손 이미지와 긴밀한 영향관계에 놓여 있다.

본 논문의 연구대상은 한국의 현대시이며 1920년대 이후의 작품으로 그 범위를 한정한다. 구체적으로는 한용운, 정지용, 이상, 김광림, 김수영, 김종삼, 김춘수, 전봉건, 김영태, 마종기, 오규원, 이승훈, 정현

---

9) 김재홍, 「80년대 한국시의 비평적 성찰」, 『한국현대문학사』(현대문학, 1999), p.493.

종, 황동규, 이성복, 황지우, 김혜순, 김승희, 최승호, 기형도, 함민복 등의 작품으로 정한다. 이들 중에서 작고한 한용운, 정지용, 이상, 김수영, 김종삼, 김춘수, 전봉건, 기형도를 제외한 시인은 최근까지 활발한 활동을 보이고 있다. 그러므로 이들 시인이 초기에 발표한 작품만을 대상으로 하는 것이 아니라 최근까지 발표한 전 작품 중에서 신체 훼손 이미지가 직·간접적으로 드러난 작품 모두를 대상으로 한다. 왜냐하면 이들이 등단시기에 보여준 시적 특성이 변주되면서 현재까지 지속된다고 판단하기 때문이다. 더불어 본 논문은 각 시인의 특성이나 시세계를 기초로 하고는 있지만 신체 훼손 이미지에 초점을 맞추어 연구를 진행시키기로 한다.

제 2 장
신체 훼손 이미지와
신체의 은유

제2장___ 신체 훼손 이미지와 신체의 은유

인간은 신체를 통하여 세계를 인식한다. 이는 세계의 모든 현상들이 인간에게는 신체를 통하여 인식되고 육화된다는 말로 풀이할 수 있다. 인간의 신체에 세계의 현상이 생리학적 현상을 통하여 직접적으로 혹은 변형되어서 나타나는 것이다. 그러므로 신체는 세계 현상의 축소판이라 할 수 있다. 그리고 신체에 나타나는 세계 현상의 징표들은 문학 작품 내에서 신체 이미지를 통하여 다양하게 나타난다.

미셸 푸코는 16세기 말에 이르기까지 낱말과 사물의 유사성을 크게 적합, 모방적 대립, 유추(analogie), 공감 이렇게 네 가지로 분류하고 있다.[1] 그러나 17~18세기 고전 시대에는 낱말과 사물의 관계가 유사성 인식소에서 이른바 재현성 인식소로 전환한다. 이제 낱말과 사물 사이에는 틈 혹은 차이가 발생한다. 낱말의 기능은 재현적 표상에 있으며, 사물들을 분류하고 측정하고 계산하는 데 있다. 낱말들은 더 이상 사물들과 유사하지 않고 상사의 관계가 아니다. 이제 낱말은 사물처럼 만들어져야 하고 거꾸로 사물은 낱말처럼 만들어져야 한다. 신의 부재로 세계는 비로소 자율적 물질적 우주가 되고, 인간은 이 우주를 재현이라는 개념적 행위에 의해 지배하고자 한다. 대상 세계 혹은 사물들의 질서는 오직 주체에 의해 표상되고 재현되고 제시되는 범위에서만 의미를 획득한다.

19세기에 해당하는 이른바 근대에 오면 고전 시대의 재현 인식소는 자기 지시(self-reference) 인식소로 전환된다. 이런 전환은 낱말과 사물의

---

1) 미셸 푸코, 이광래 역, 『말과 사물』(민음사, 1986).

총체적 분리 혹은 인식소적 파열로 나타난다. 이제 낱말과 사물은 단순한 차이의 세계가 아니고 유사성이나 재현성도 아닌 일체의 관계 상실로 나타난다. 낱말의 기능은 사물을 직접적으로 드러내는, 숨은 의미를 노정하는 상징도 아니고, 사물을 간접적으로 재현하는 기호도 아니고 단지 초월적 인간 주체의 자기 지시적 담론이 된다.

20세기에 오면 탈근대적 신념, 혹은 반인간주의적 신념이 나타난다. 이런 신념에 의하면 인간 주체는 자율적 의식적 주체가 아니다. 자율성이 붕괴되는 혹은 제약받는 주체이며, 자신이 스스로 선택하거나 만든 것이 아닌 법에 종속되는 주체이다. 후기 현대를 지배하는 것은 무의식적 구조의 법칙이며 이런 법칙이 인간 의식의 자유로운 행위를 미리 결정하고 제약한다. 근대에 인간이 탄생하고 탈근대 혹은 후기현대에는 인간이 소멸한다. 이 말은 절대적 사유 주체로서의 인간의 소멸을 뜻한다.2) 이와 같이 살펴볼 때 신체 훼손은 17~18세기 계몽주의적 자아의 훼손을 의미한다. 그러므로 이는 19세기의 자기지시적 인식의 변형이라 할 수 있다.

노드롭 프라이는 현대에 이르는 서사인물의 변모 양상을 다섯 단계로 분류하고 있다. 신화적 존재의 주인공, 로망스의 영웅, 상위모방 양식의 주인공, 하위모방 양식의 주인공, 아이러니 양식의 주인공이 바로 그것이다.3) 신체 훼손 이미지는 프라이가 말하는 '아이러니 양식의 인

---

2) 이승훈, 『탈근대주체이론·과정으로서의 나』(푸른사상사, 2003), pp.175-178 참조.
3) 노드롭 프라이의 '서사인물 변모 양상의 다섯 단계'는 다음과 같다. 첫째, 질적으로 주인공이 다른 사람들보다 뛰어나고, 또한 그가 그들의 환경보다 뛰어난 환경에 처해 있다면 이 주인공은 신적인 존재로서 그에 대한 이야기는 보통 신에 대한 이야기인 신화가 될 것이다. 둘째, 주인공이 다른 사람들보다 뛰어나고, 또 자신이 처해 있는 환경보다 뛰어나다고 하더라도, 그 뛰어남이 정도의 차이에 지나지 않는다면, 그 주인공은 전형적인 로망스(romance)의 영웅이다. 그의 행동은 불가사의하지만, 그 자신은 인간으로서 인식되어진다. 셋째, 정도에 있어서 다른 사람들보다 뛰어나지만, 자신의 타고난 환경보다 뛰어나지 못할 경우, 그 주인공은 사람들을 통솔하는 지도자가 된다. 그는 우리들보다 훨씬 뛰어난 권위, 열정, 표현력을 갖추고 있으나, 그의 행위는 사회적 비판뿐만 아니라 자

물형'과 상통하는 바가 있다.

현대문학 속에 나타나는 인간의 신체는 신화시대나 고대 서사문학에 나타나는 신체와는 다른 양상을 띠고 있다. 신화시대나 고대 서사문학의 인물들은 영웅이 곧 주인공으로서, 이들은 거인적 자질을 지닌 인물이다. 그러나 현대의 주인공들은 왜소할 뿐 아니라 보잘 것 없는 존재들이다. 더불어 신체의 결손이나 손상, 질병 등을 통해 불구적이고 기괴한 외형을 가지고 있으며 이를 통해 시인의 세계와 사회에 대한 인식을 드러낸다.

신체를 통해 세계를 인식하고자 하는 문학현상 중에서도 선천적으로든 후천적으로든 훼손되어 정상적인 모습을 갖추지 못하고 있는 신체는 크게 결손, 질병, 손상, 소멸 등으로 분류할 수 있다. 첫째, 결손의 문제는 시각이나 청각 혹은 지체가 불구의 모습을 띠는 것을 말한다. 한혜선에 의하면 '신화적 인물들의 외형적 모습은 거인이거나, 이빨이 보통 사람보다 많거나, 귀가 가슴을 덮을 정도로 크다. 이렇게 추한 외모와 기이한 모습은 그들의 비범성을 감추기 위하여 또는 신비함을 드러내기 위한 장치로서 의미를 지니고 있다.[4] 반면에 현대에 와서는 문

연적 질서에도 영향을 받는다. 이 주인공이 상위모방(high mimetic)양식의 주인공, 즉 대부분의 서사시나 비극의 주인공이다. 넷째, 다른 사람들보다도 또한 자신의 환경보다도 뛰어나지 못할 경우 주인공은 우리와 같은 존재이다. 우리는 그의 평범한 인간성에 반응을 나타내며, 따라서 우리는 시인에게 그 주인공이 우리 자신의 경험에서 우리가 발견하는 것과 똑같은 개연성의 기준을 지키게끔 요구하게 되는데, 바로 이 주인공이 하위모방(low mimetic)양식의 주인공, 즉 대부분의 희극이나 리얼리즘 소설 속에서 등장하는 주인공이다. 다섯째, 힘에 있어서도 지성에 있어서도 우리들보다 뛰어나지 못한 까닭에 우리가 굴욕, 좌절, 부조리의 정경을 경멸에 찬 눈초리로 내려다보고 있는 듯한 느낌을 그의 행위를 통해 받게 될 경우, 이 주인공은 아이러니 양식(ironic mode)에 속한다. 이것은 독자가 자기도 그 주인공과 똑같은 상태에 처해 있다든가, 혹은 똑같은 상태에 처하게 될지도 모른다고 느끼게 되는 경우에도 적용된다. 왜냐하면 이와 같은 상태는 보다 폭넓은 자유의 기준에 의해서 판단되기 때문이다. 노드롭 프라이, 임철규 역, 『批評의 解剖』(한길사, 1982), pp.49-53 참조
4)『삼국유사』에 보면 웅녀는 곰이 변하여 된 여자이며, 주몽, 탈해 등은 알에서

명의 발달, 사회의 다면화, 기계의 발달로 인간은 사회의 일원이며 기계의 한 부품이고 한 개체이지 더 이상 특별한 개인일 수가 없다. 현대사회가 현대화, 거대화되어 가는데 반하여 인간은 왜소하고 허약한 자신의 존재를 발견하게 된다. 사회의 공간이 극대화되고 초대형의 건물이 들어설수록 인간의 공간은 과밀해지고, 극소공간을 점유하게 되면서 왜소한 인간으로 변해온 것이다. 더 이상 천상과 지하의 이계공간을 넘나들고, 동물이나 식물로의 변신이 가능했던 초공간적 존재자일 수가 없다. 비범함, 신이함으로 의미되는 거인적 자질은 현대 사회에서 그 역할을 상실했다.'[5] 현대사회에서 결손은 사회적으로 소외된 인물이 되어 현대시의 공간에서 사회를 인식하는 잣대가 되며 이를 통해 새로운 인식세계를 넓혀가는 매개체 역할을 한다.

둘째, 인간의 신체를 훼손하는 유형으로 질병의 형식이 있다. 지금까지 인간은 신체에 깃든 질병의 원인을 신체에서만 찾으려 했으며 질병이 깃든 부위만을 질병의 공간으로 인정하였다.[6] 그러나 질병의 원인을 질병이 깃든 부위에서만 찾을 수 있는 것은 아니다. 질병은 신체 그 자체뿐만 아니라 인간의 삶과 밀접한 관계를 맺고 있는 주위 환경이나 생활방식에 따라 발생하는 경우도 많이 찾아볼 수 있다. 따라서 질병은 인간의 삶이 신체에 병리학적으로 나타나는 현상이라 할 수 있다. 현대인의 질병 원인을 스트레스나 환경오염, 잘못된 식습관 등에서 많이 찾

태어나기도 했다. 탈해와 해모수는 자신의 몸을 새나 동물로 바꿀 수도 있었고, 알영의 입술은 마치 닭의 부리와 같았다.

5) 한혜선, 『한국소설과 결손인물』(국학자료원, 2000), pp.10-11 참조.

6) 미셸 푸코는 이에 대하여 '신체의 선(lignes), 용적(volumes), 표면(surfaces) 등이 나누어지는 방식은 「인체해부의 지도책」(atlas anatomique)에 따라 지형적으로 이루어지는 것이 보통이다. 그러나 이것이 가장 올바르고 가장 근본적인 방법이라고는 말할 수 없다. 말하자면, 우리 눈에 익숙해져 있는 그러한 분류는 의사들이 질병을 공간화(spatialiser)시키는 하나의 방법에 불과하다는 것이다. 따라서 우리는 얼마든지 질병을 전혀 다른 방식으로 구분하는 가능성도 생각해 볼 수 있다'라고 밝히고 있다. 미셸 푸코, 홍성민 역 『임상의학의 탄생』(인간사랑, 1993), p.32.

아볼 수 있는 것도 이와 같은 사실을 증명하는 좋은 예가 된다.

근대 이래로 사람들은 질병에 대해 사색하면서 정신적 질병의 범주를 끊임없이 넓혀 왔다. 실제로 오늘날의 문화에서 죽음이 부정되는 이유는 이런 질병의 범주가 어마어마하게 팽창했기 때문이다. 질병은 두 가지 가설을 통해 확대되었다. 첫 번째 가설은 모든 사회적 일탈 행위가 질병으로 간주될 수 있다는 것이다. 그 결과 범죄 행위가 질병으로 간주될 수 있었으며, 범죄자는 비난받거나 처벌되어야 하는 존재가 아니라 의사가 그를 이해하듯이 이해되고, 치료받고, 교정되어야만 하는 존재가 되어버렸다. 두 번째 가설은 모든 질병이 심리학적으로 설명될 수 있다는 것이다. 그 결과 질병은 기본적으로 심리적인 사건으로 해석되었으며, 사람들은 자신들이 무의식적으로 원했기 때문에 병에 걸리게 된 것이며, 의지를 사용해 스스로를 치료할 수 있으며, 질병으로 죽지 않기를 자신들이 선택할 수 있다고 믿도록 유도됐다. 이와 같은 두 가지 가설은 상호보완적이다. 첫 번째 가설이 죄의식을 덜어준다면, 두 번째 가설은 죄의식을 원상태로 돌려놓는다. 질병을 심리학적으로 다루는 이론은 환자를 비난할 수 있게 해주는 강력한 수단이다. 자신도 모르는 사이에 자신이 스스로 질병을 가져 왔다는 통고를 받게 되는 환자들은, 자신들이 당연히 병을 앓을 만한 짓을 했을 것이라고 느낄 수밖에 없기 때문이다.[7]

수전 손택은 질병을 심리학적으로 설명하려 드는 태도는 질병의 물리적 영역이 이해되지 못한 단적인 예이며, 질병이 '정신적인' 것으로 이해될 수 있는 한 물리적 질병은 흥밋거리에 지나지 않는다고 경고한다.[8] 그러나 문학에서의 질병 이미지는 물리적인 차원에서보다는 심리

---

7) 수전 손택, 이재원 역, 『은유로서의 질병』(이후, 2002), pp.86-87 참조.
8) 이러한 견해에 가라타니 고진은 다음과 같이 지적한다. '손택의 말처럼 병이 메타포로 사용되고 있다는 사실이 아니라 거꾸로 병을 순수하게 병으로서 대상화하는 근대 의학의 지식 제도에 사실은 문제가 있다. 그것을 의문시하지 않는 한, 근대 의학이 발전하면 사람들은 병에서, 따라서 병의 은유적 사용에서

적인 차원에서 이해되어야 한다. 문학에서의 질병 이미지는 사회의 질병이 신체를 통해 나타나는 경우가 많으며, 이럴 경우에는 사회의 현상들이 신체에 병리학으로 적용되는 예라 할 수 있다.

셋째, 신체에 물리적으로 가해지는 손상의 문제가 있다. 인간의 신체가 죽음을 맞이할 때까지 처음의 모습을 간직할 수는 없는 일이다. 선천적으로 결손의 모습으로 탄생하지 않았더라도 신체는 끊임없이 외부로부터 또는 내부로부터 손상당한다. 본인과는 무관한 외부의 사건이나 시간의 흐름을 통해서도 인간의 신체는 손상당한다. 그래서 태어날 당시에 가지고 있던 본래의 외형으로 살아가는 신체는 존재하지 않는다. 그러므로 신체의 손상은 달리 말하면 인간이 살아 있다는 증거이기도 하다. 이 신체의 손상을 통해 인간의 자아는 자각과 변화를 거듭하게 된다.

신체의 손상이 외부의 어떤 요인으로부터 발생했을 때는 대부분 가해자가 선명히 드러난다. 가해자는 인간일 수도 사물일 수도 관념일 수도 있다. 신체에 손상을 가하는 억압은 사회적 권력으로부터 발생하기도 하고 개인적 욕망에서 발생하기도 한다. 이 손상에는 고통이 따르고 피해자는 그 고통을 고스란히 감수해야만 한다. 그 고통의 크기는 외부 요인에 대한 저항의지를 잴 수 있는 척도가 되기도 한다. 신체의 손상 후에는 상처가 남는다. 상처는 손상이 지나간 후에도 고통을 재현시켜주는 역할을 한다. 그러므로 한 번 손상당한 신체는 비록 그 상처가 아물었다해도 정신적인 측면에서 영원히 손상당한 자로 남게 된다.

넷째, 신체의 소멸은 죽음의 문제와 관련이 깊다. 신체는 질병에 걸

해방될 것이라고 생각하는 사태에 이를 수밖에 없다. 그러나 그 생각은 마치 병을 만들어내는 것은 악이며, 치료는 그 악을 제거하는 것이라는 식의 신학의 세속적인 형태일 다름이다. 과학적 의학은 병을 따라다니는 이런 저런 의미들을 소거시켰지만 그 자신도 더 질이 나쁜 의미에 지배당한 것이다.' 가라타니 고진, 박유하 역, 『일본근대문학의 기원』(민음사, 1997), p.144 참조.

리거나 손상되어 점점 본래의 모습과는 다르게 변화해 간다. 신체는 썩어가거나 녹아내리고, 부서지고, 불타서 없어진다. 썩거나 녹는 것은 신체의 液化를 의미하는 것으로 액성 이미지 즉, 물은 불과 함께 지상에 존재하는 모든 현상의 원형적 이미지이다. 물이 되어 혹은 불에 타서 소멸되어가는 신체는 죽음의 문제와 연결되며 죽음은 물이나 불과 같은 원형적 이미지로의 귀결을 의미한다.

중세기 연구가와 근대 과학자들이 확증했듯이, 만일 삶이 죽음과 밀착되어 있다면 죽음 역시 정신적 삶뿐만 아니라 물질적 소생에 걸쳐 모든 삶의 근원이 된다. 우리는 빛의 세계에 다시 태어나기 위해 어두운 감옥 속에서 죽어야 한다. 따라서 죽음은 긍정적인 의미와 부정적인 의미를 동시에 내포하고 있다. 죽음의 긍정적 의미로는 모든 사물의 변형, 진화 과정, 비물질화 등을 들 수 있다. 또한 죽음의 부정적인 의미로는 우울한 해체, 일정한 시기의 종말, 시간적 단위의 한 종말 등을 들 수 있다.[9] 신체 훼손을 통해 나타나는 소멸과 죽음의 문제는 이 두 가지 측면을 동시에 내포하고 있다.

신체 훼손 이미지는 태어날 때부터의 결손에서부터 시작하여 죽음에 이르기까지 신체에 벌어지는 모든 병리 현상을 총괄한다. 태어날 때부터 가지게 된 선천적 결손의 문제나 살면서 얻게 된 질병, 손상, 소멸의 문제는 인간에게 끊임없이 공존하는 문제이다. 따라서 인간의 역사는 병리학적으로 보면 질병의 역사, 신체 훼손의 역사이기도 하다.

인류의 역사에서 질병이 사라지는 시대는 결코 오지 않을 것이다. 과학이 발전하면 할수록 미생물 또는 세균 역시 함께 진화하기 때문에 이 눈부신 첨단과학의 시대인 21세기에도 인간은 여전히 헤아릴 수 없이 많은 정체불명의 전염병에 노출되어 있다. 그럼에도 근대 과학은 '위생 유토피아'에 대한 믿음을 유포시켰다. 20세기 들어 수많은 질병이 1차 세계대전 때보다도 더 많은 인명을 앗아갔음에도 불구하고 그

---

9) 이승훈, 『문학상징사전』(고려원, 1995), p.435 참조

환상을 여전히 떨치지 못하고 있다. 따지고 보면 지금 우리에게 필요한 것은 모든 질병을 박멸하는 유토피아적 염원이 아니라, '질병과 공존하는 삶'이라는 관계의 모색이다.10)

  신체 훼손 이미지의 근원은 '질병과 공존하는 삶'에서 찾아볼 수 있다. 이 질병과 공존하는 삶에는 그만큼의 고통이 따르기 마련이다. 신체 훼손 이미지는 이 고통을 감수하는 가운데 훼손된 세계를 인식하게 된다. 또한 훼손된 세계를 드러내는 데 그치지 않고 신체와 세계에 대한 성찰을 겸하며 더 나은 이상세계로의 지향점을 모색한다. 이렇게 고통의 극점에서 새로운 이상세계를 찾아내고 그 방향을 모색한다는 점이 신체 훼손 이미지가 지니는 크나큰 미덕이 아닐까 생각한다.

---

10) 고미숙, 『한국의 근대성, 그 기원을 찾아서—민족 · 섹슈얼리티 · 병리학』(책세상, 2001), p.166.

제3장
신체 훼손을 통한
자아 인식

제3장 ___ 신체 훼손을 통한 자아 인식

1. 신체 훼손과 자아

1) 감추어진 자아와 드러나는 자아

인간의 신체는 각 부분이 하나의 유기체로 통합되어 있으며 이렇게 존재할 때라야 하나의 인간 개인으로서 그 정체성을 인정받을 수 있다. 떨어져 있는 팔이나 다리와 같은 신체의 일부분을 인간 개인으로 보는 사람은 없다. 그것은 이미 인간의 일부분이 아닌 사물화 되어버린 신체라 할 수 있기 때문이다. 그러므로 신체의 한 부분이 본래의 위치에서 이탈되어 다른 위치에 자리하게 될 때 인간의 개체성은 부정된다. 신체 훼손 이미지 중 절단된 신체의 일부분은 본래의 위치를 이탈하여 다른 장소에 놓여져 있거나 다른 개인에게 옮겨 붙기도 한다. 머리, 팔, 귀, 손가락 등 본래의 위치에서 이탈된 신체는 자신과 어울리지 않는 다른 장소에 재배치됨으로써 낯선 이질감을 가져오며 이 이질감은 화자가 객관적으로 자신을 들여다보는데 중요한 역할을 한다. 이탈된 신체가 새롭게 찾은 제2의 장소는 화자의 무의식이거나 오랫동안 잠재되어온 내면세계의 일부분이기도 하다. 이를 통해 화자는 그동안 보지 못했던 자신의 무의식이나 내면세계를 확인하게 된다.

> 나는 講義에 熱中하다가(熱中한다는 건 몸에 좋다는군요) 壁에 기대
> 었읍니다. (중략) 그러다가 문득, 내가 기대인 壁 저쪽에는, 屍體들이
> 나란히 누워 있는 人體解剖實習場이라는 걸 알았습니다. (중략) 우리는

허구헌 날, 이 第3講義室에서 매일 한두 차례씩 이런 노래를 들어 왔
읍니다. 처음 얼마는 내 목을 메이게 하고, 다음 얼마는 나를 肅然한
思索의 姿勢로 만들어 놓더니, 그것이 지나고는 차차 귀머거리 병신이
되었는가싶게 無心하였지만, 요즈음에 와서는 드디어 귀가 트이어 音
樂으로 들리고 있었읍니다. (중략) 順한 아이는 먼저 죽고, 剖檢室에서
는 나의 先輩가 剖檢臺 위에 順아를 올리고 가슴을 톱질하여 肺와 心
臟을 뜯어내고, 骸骨을 톱질하여 腦를 들어내고 있었읍니다(나는 항상
腦를 만질 때는 두부로 誤認하고 기분좋은 느낌으로 짜르곤 했읍니다
만). 피는 흥건히 괴어 順아가 살아 있던 날을 記憶나게 해 주었읍니
다. 도마를 들고 肝을 채쓸러 들어가는 女醫師는 얼마나 高尙한 분인
줄 아십니까? 요즈음은 한창 데이트하기에 흥이 넘쳐 있었읍니다. 다
행히도 비는 세차게 내려, 지친 母子의 울음 소리도 그치고 女醫師님
은 레인 코우트를 입고 가을 길을 걸으면서 肝으로 서로 나눌 體溫을
벌써부터 느끼고 있었읍니다. 물론 無料患者였으니까 할 수 없는 노릇
이었지요. 法은 틀림없이 모두들 安全하게 지켜 주고 있었읍니다.

– 마종기, 「第3講義室」 부분[1]

　　제3강의실은 인체해부실습장과 벽 하나를 사이에 두고 있다. 벽 이쪽
에서는 인간의 새로운 탄생에 대해 논하는 産科 학습이 이루어지고 있고
벽 저편에서는 죽음의 세계가 존재하고 있는 것이다. 화자는 벽에 기대
어 있다. 몸은 産科 강의실에 있지만 모든 감각은 벽 저편 죽음의 세계
에서 들려오는 소리들에 귀기울이고 있다. 이쪽도 저쪽도 아닌 경계선상
에 화자를 있게 하는 벽은 화자에게서 불안을 가져가버리는 존재이다.
　　그러나 이제 화자는 이 경계선상에서 産科 학습보다는 죽음의 세계
에 한 발을 더 딛게 된다. 産科 시간이 끝나고 화자에게 새로운 시작
으로 다가온 것은 바로 죽음의 세계이다. 그 죽음의 세계에서 들려오

---

1) 1980년에 발간된 마종기의 시집 『안 보이는 사랑의 나라』에는 이와 같은 원문
　이 실려 있으나, 1999년에 발간된 『마종기 시전집』에는 '骸骨을 톱질하여 腦를
　들어내고'와 '(나는 항상~했읍니다만)'과 '도마를 들고 肝을 채쓸러 들어가
　는~' 이하가 생략되어 있다.

는 소리를 대하는 화자의 태도는 오랜 시간이 지나면서 많은 변화를 거치게 된다. 죽음을 앞에 놓고 살아 있는 자가 울부짖는 오열은 처음에는 화자의 목이 메이게 한다. 그러던 것이 시간이 지남에 따라 화자를 사색가로 만들고 다음에는 무심해지게 만들다가 결국에는 그 소리를 음악소리로 대하게 만든다. 죽음에 대한 오열을 음악소리로 받아들이게 된 자신을 화자는 '귀가 트이어'라고 표현한다. 이 표현은 표면상으로는 장난스럽게까지 보이지만 이는 가족의 울부짖음이 이제 화자의 울부짖음이 되었음에 대한 반어적 표현이라 할 수 있다.

죽은 아이의 이름이 '順아'라는 데서 화자는 '順한 아이는 먼저 죽는다'는 생각을 하게 된다. 화자의 생각대로라면 결국 남아 있는 사람은 그와 반대되는 사람들이다. 그래서 죽은 순아를 해부하는 여의사의 모습은 냉혹하게 표현된다. 여의사와 더불어 자신 또한 腦를 두부로 오인하며 기분 좋아하는 냉혹한 사람으로 묘사한다. 여기서 해부된 신체는 그 신체를 해부하는 사람들과의 대비로 인하여 참혹함이 배가된다. 죽은 자의 '腦가 두부처럼 부드럽다'거나 '피가 흥건히 괴어 있다'거나 하는 상황은 해부하는 이들이 가지고 있는 심리적 상황의 건조함에 비해 오히려 더 생명력이 느껴진다.

여의사로 대변되는 살아 있는 이들의 모습은 이중적이다. 시체를 마치 사물처럼 대하며 '톱질을 하여 肺와 心臟을 뜯어내고 腦를 들어내고 肝을 채쓸던' 여의사의 모습에서 인간미라는 것은 느껴지지 않는다. 그러나 여의사의 마음 속 한 켠에는 사랑하는 연인이 있다. 여의사는 시체를 해부하면서도 연인을 만나 데이트할 생각에 가득차 있을 만큼 양면적인 성격의 소유자이다. 바로 손에 닿는 신체에게는 인간의 체온을 느끼지 못하면서도 떨어져 있는 연인에게서는 체온을 느끼는 여의사의 모습은 확실히 이중적이며 모순적이다. 그러나 이러한 모순상황은 이미 법으로 안전하게 보장되어 있어서 별다른 죄책감없이 탄생되고 지속된다. 인간이 사회의 한 구성원으로 존재함으로써 개인의 인격은 말살되어 버리지만 인간은 이를 인식하지 못한 채 사회 부속품으로서의 삶만 지속시키고 있다.

이 시에서 이중적인 인간의 모습을 잘 대변해주는 도구는 바로 '톱'이다. '톱'은 인간의 마음대로 인간을 재단하고 재구성한다. 딱딱한 해골을 마치 나무를 자르듯 톱질하는 인간의 모습에서 인간성이란 찾아볼 수 없다. 해골 안에 들어 있는 '뇌를 두부로 오인하고 기분 좋은 느낌으로 짜르곤' 했다는 고백에서는 여의사와 버금가는 화자의 이중성을 발견할 수 있다.

이러한 상황은 이승훈의 시 「사막」에서도 뚜렷하게 나타난다. 톱은 인간의 마음을 썰어 인간성을 모두 상실하게 하며 귀를 썰어 감각을 차단시킨다. 이렇게 냉혹한 세상을 이승훈은 '살아 있는 것들의 形式'이라고 진단한다. 그만큼 이 시에서 세계를 바라보는 화자의 시각은 냉소적인 것이다. 더불어 '시' 또한 이와 크게 다르지 않은 형식임을 지적한다. 그래서 「사막」에서 시를 쓰는 주체는 인간이 아니라 톱날이 된다. 이러한 상황은 시를 쓰는 일이 '팔이 달아나고 목이 잘리운 채 끝이 없는 기인 복도를 혹은 사막을 걸어야 하는 고통'의 시간임을 상기시킨다.

> 그의 얼굴은 목에서
> 떨어진다 그의 얼굴은
> 쓰레기통 옆에 뒹군다
> 그의 마음도 뒹군다
>   (중략)
> 그는 계속 술을 마신다
> 그는 고향이 그립다
> 그는 사람이 그립다
>
>   - 이승훈, 「술 마시는 남자」 부분

> 자네에겐 반골(叛骨)이 있지?
> 길을 걸어도

> 방 속에 누워도
> 철길 위에 놓아둔 머리가
> 가볍게 졸다가
> 단선철도 하행차
> 밤 불빛을 놓칠 뻔했지?
>
> — 황동규, 「한 시민」 부분

「술마시는 남자」에서 화자의 정체성은 쓰레기통 옆에서 뒹군다. 이는 화자가 세계를 쓰레기통과 같이 추악한 공간으로 인식하기 때문이다. 화자가 쓰레기통처럼 인식하는 세계는 '고향'이라는 이미지와는 대조적인 이곳, 사람들과 화자가 분리되어 존재하는 도시 즉 소외의 공간이다. 고향이 아닌 이곳에서 그는 '분하고 원통'함을 느낀다. 이는 장소에 대한 '분하고 원통'함이라기 보다는 소외된 관계에 대한 '분하고 원통함'이라 할 수 있다. '분하고 원통'함을 자신으로부터 분리시키기 위해 그가 할 수 있는 일은 술을 마시는 일이다. 술을 마시면 소외의 공간이 아닌 고향으로 돌아갈 수 있을 것이라고 화자는 생각하고 있는 것이다. 그래서 화자는 술이 화자를 소외의 공간에서 화합의 공간으로 이동시켜 주는 매개체 역할을 할 것이라고 믿는다. 그러나 이러한 매개체 역할은 화자가 꿈꾸는 것일 뿐이다. 술은 화자를 화합의 공간으로 이동시켜 주는 것이 아니라 소외의 공간에서도 최악의 공간으로 이동시킬 뿐이다. 술을 마신 화자는 고향과 같은 화합의 공간이 아닌 쓰레기통 옆에 떨어진다. 이러한 비극적 상황을 극대화시키는 역할을 하는 것은 '비'이다. 이 시에서 '비'라고 하는 액성 이미지는 여느 시에서와 같이 생명과 물을 상징하는 정서적 기능을 하는 것이 아니라[2] 추악함을 배가시키는 역할을 한다. 현재의 상황에서 나아지기

---

2) 비는 무엇보다도 이 세상을 비옥케 하는 인자라는 상징적 의미를 띠고, 따라서 일반적으로 생명과 물을 상징한다. 이런 의미를 동기로 비는 정화를 의미하는 바, 이는 기체와 고체, 혹은 비정형과 정형 사이를 매개하는 인자라는 우주적

위해 마신 술은 그를 더 극한 상황으로 만들고 그런 그는 고향과 사람을 그리움의 대상으로 남겨둘 수밖에 없는 상황에 이른다.

현실에서 소외된 인간이 고향을 그리워하는 것은 당연한 일이다. 고향은 자신이 태어난 곳이며 결국에는 돌아가야 할 곳, 즉 어머니의 뱃속과 같은 곳이다. 이러한 고향은 현실에서 화자가 뒹굴고 있는 '쓰레기통 옆'과는 대조되는 공간이다. 이 고향은 소외된 한 인간이 인간으로서 타인과 교류를 나눌 수 있는 '사람사는' 공간이기도 하다. 그런 의미에서 고향은 이 시에서도 서정적 공간으로서의 기능을 잃지 않고 있다. 이 서정적 공간에 합류하지 못하고 그리움의 대상으로 미뤄두어야 하는 인간의 모습은 바로 이 시대를 살아가는 현대인의 모습이기도 하다.

「한 시민」에서도 머리가 신체에서 분리되는 것은 「술마시는 남자」에서처럼 현실과의 부조화에서 비롯된다. 화자의 신체에 깃든 반골기질 때문에 화자는 정체성에 위협을 느끼게 된다. '길을 걸어도 방 속에 누워도' 그의 정체성은 철길 위에 있으며, 이 철길 위를 달려오는 기차를 피하지 못해 죽음을 맞이할 뻔도 한다. 철도가 복선이 아닌 단선인 것은 위기상황을 극복할 다른 길이 전혀 없음을 의미한다. 상행차도 아닌 하행차는 그 위기상황의 곤두박질을 한눈에 보여주는 듯하다.

현실에서 달아나고 싶은 화자의 욕망은 쉽게 이루어지지 않는다. 설령 머리를 떼어 철길 위에 올려놓는다 해도 그것은 따로 떨어진 익명의 머리가 아니라 화자의 머리로 남는 것이다. 신체를 떠나 멀리 달아난 살점도 결국에는 화자의 살점으로 남는다. 계속되는 도주와 원점으

실체로서의 물의 가치뿐만 아니라 빗방울이 하늘에서 떨어진다는 사실 때문이다. 따라서 비는 빛과 동일시된다. 많은 신화 속에서 비가 지상으로 내려오는 천상의 정신적 영향을 상징한다고 믿는 것은 이런 사정 때문이다. 연금술의 경우 비는 응축을 상징하는 바, 이는 연금술사들이 물과 빛을 동일한 상징적 가족으로 생각하기 때문이다. 이승훈, 『문학상징사전』(고려원, 1995), p.241 참조.

로의 회귀는 화자를 지치게 하고 지친 화자는 도주를 그만두게 된다.

　이렇게 현실과의 부조화로 고통받는 자아는 밤에 잠들지 못한다. 자신의 몸에 아직 피가 흐르고 있는지 확인하며 자아를 확인하곤 한다. '반골기질'이 있지만 현실에 안주하고 있는 자신에 대한 혐오는 이제 자기부정으로 나아간다. 그러나 현실부정 뿐만 아니라 자기부정을 되풀이해도 화자는 자신에게서 떠날 수 없는 자신을 혁명시킬 수 없는 현실 안주자에 불과하다. 그래서 자신에게 '자네에겐 반골이 있지?'라고 되묻는 자조 섞인 자기부정은 화자의 입안에서만 맴돌고 있을 뿐이다.

　「술 마시는 남자」와 「한 시민」은 공히 이탈한 신체기관을 통해 주체를 이탈한 자아의 모습을 그리고 있다. 그러나 현실은 야멸차며 냉혹한 것이어서 현실에 대한 저항은 좌초에 부딪히고 오히려 화자는 자기부정에 머물고 만다. 고향과 사람을 그리워하는 심리, 자신에게 반골이냐고 되묻는 행위 등은 현실이라는 거대한 벽에 부딪혀 무너지고 절망에 휩싸이게 되는 현대인의 초상을 잘 그려내고 있다. 자신이 처해 있는 현실의 위치에서 벗어나 진정한 자아의 정체성을 찾고자 하는 화자의 내면이 잘 드러나는 상황은 다음의 시에서도 살펴볼 수 있다.

> 갯벌 같은 스산한 食卓
> 홍당무와 오이 옆에
> 따로 떨어진 내 머리가
> 나동글고 있다
> 떨어진 머리를 산골서 온 아이가
> 제자리에 붙여놓는다
> 제라늄 같은
> 흰 꽃도
> 손톱으로 성에를 긁으면
> 만들 수 있다

웃음도 만들 수 있다
그럼, 웃음 한 접시
이쁜 혀들이
속눈썹을 서로 핥고 있는

– 김영태, 「寂寥」 부분

「寂寥」에서의 자아는 도시에 살고 있는 현대인의 모습을 갖추고 있다. 홍당무와 오이가 놓여 있는 식탁을 화자는 갯벌로 인식한다. 이 갯벌은 풍요로움이 가득한 갯벌이 아니라 스산한 갯벌이다. 이 스산한 갯벌에 화자는 눕는다. 그러나 이러한 자연으로의 회귀는 용납되지 않는다. 이 자연으로의 회귀를 막는 사람은 산골 아이이다. 산골 아이가 떨어진 화자의 머리를 제자리에 붙여놓음으로써 화자는 도시인의 모습으로 다시 돌아오게 된다. 이는 마치 앞에서 살펴본 이승훈의 「술 마시는 남자」에서 화자가 고향으로의 회귀를 꿈꾸지만 이루어지지 않고 도시 공간에서도 가장 극한의 상황에 머물게 되는 것과 등가관계에 있다.

화자가 다시 도시인으로 돌아와서 주위를 살펴보면 모든 것이 인공물 천지이다. '손톱으로 성에를 긁으면 제라늄 같은 흰 꽃'도 만들 수 있을 뿐만 아니라 심지어는 '웃음'도 만들 수 있다. 인공의 세계에서 이렇게 만들어진 웃음은 화자를 공허하게 만들 뿐이다. 화자는 이 웃음을 철저하게 인공물로 인식하고 그 웃음을 마치 어떤 사물을 담듯 접시에 담는다. 만들어진 웃음은 접시에 담겨짐으로써 인간과 완전히 분리되며 하나의 개체로 존재하게 된다. 화자는 이렇게 개체화된 웃음을 담은 접시를 다른 사람들 앞에 내놓는다. 이로써 화자가 다른 사람들과 나누는 직접적인 교류는 사라지게 된다. 다른 사람들 역시 이 웃음 접시를 자연스럽게 받아들이는데 이는 사람들이 포장된 인간관계에 대해 이미 인식하고 있으며 묵인하고 있음을 의미한다. 그 모습은 마치 '이쁜 혀들이 속눈썹을 서로 핥고 있는' 것처럼 화자에게 인식된다.

현대 도시의 삶은 이렇게 철저히 포장된 삶이라 할 수 있다.

> 뒷머리를 질끈 동여맨 여자의 모가지 하나가
> 여러 사내 어깨 사이에 끼인다
> 급히 여자가 자기의 모가지를 남의 몸에
> 붙인다 두 발짝 가더니 다시
> 모가지를 남의 어깨 위에 붙여놓는다 나는
> 사람들을 비키며 제자리에 붙인다
> 감동할 시간도 주지 않고 한 여자의
> 핸드백과 한 여자의 아랫도리 사이
> 하얀 성모 마리아의 가슴에
> 주전자가 올라붙는다 마리아의 한쪽 가슴에서
> 물이 줄줄 흐른다 놀란 여자 하나
> 그 자리에 멈춘다 아스팔트가 꿈틀한다
> 꾹꾹 아스팔트를 제압하며 승용차가
> 간다 또 한 대 두 대의 트럭이
> 이런 사내와 저런 여자들을 썩썩 뭉개며
> 간다 사내와 여자들이 뭉개지며 감동할
> 시간을 주지 않고
> 나는 시간을 따로 잘라내어 만든다
> — 정현종, 「거리의 시간」 부분

「거리의 시간」에서 시간은 거리의 시간으로 한정된다. 그리고 그 시간은 바로 감동할 시간으로 환치되며 이 시에서 감동할 시간은 누구에게도 주어지지 않는다. 거리에서 벌어지는 일은 인간이 그 일에 대해 인식하거나 해석할 시간을 주지 않고 바로 행해진다. 어떠한 사건들이 아무런 생각 없이 벌어지게 되고 인간은 그 일을 아무런 생각 없이 받아들이게 된다. 화자는 이러한 거리의 생리를 인식하게 되고 잃어버린 자아를 되찾으려 한다. 화자의 이런 생각은 몇 가지 사건에 비추어 나타난다.

화자는 남의 어깨 위에 자신의 '모가지'를 붙여 놓는 여자를 발견한다. 이 여자 역시 '감동할 시간'도 주지 않은 채 이러한 행위를 한다. 여기서 '감동할 시간'이란 바로 그 '모가지'를 받게 되는 사람과의 교감을 말한다. 여자가 '모가지'를 붙여 놓는 대상은 무작위적이다. 여자는 아무렇게나 사내들 사이에 끼어들어 아무 사내에게나 자신의 '모가지'를 붙여보는 것이다. 그러나 사내들은 여자의 행위를 거부하지도 받아들이지도 않는다. 이는 이들 사이에 '감동할 시간'이 존재하지 않기 때문이다. 여자의 행위를 원래의 상태로 돌려놓으려는 화자의 태도에서 화자가 이 거리에 존재하는 인간들과는 다른 세계관을 가지고 있다는 것을 알 수 있다.

또한 성모 마리아는 거리를 걷고 있는 '여자의 핸드백과 여자의 아랫도리 사이'에 끼어든다. 거리의 성모 마리아가 주체적으로 주전자를 안는 것이 아니라 '주전자가 성모 마리아에게 올라붙는다'. 그리고 마리아의 한쪽 가슴에서 물이 줄줄 흐른다. 이 물이 가슴에서 흐른 것이든 주전자에서 흘러나온 것이든 그것은 중요하지 않다. 중요한 것은 그 물이 한 여자를 놀라게 했다는 것이다. 여자가 느낀 놀라움은 여자의 자아를 되돌아보게 하는 계기가 된다. 자아를 되돌아보게 하는 행위는 여자에게는 지금까지의 삶과는 다른 새 삶의 시작을 의미한다. 성모 마리아의 가슴에서 흐르는 물이 의미하는 바는 마치 세례의식과 같은 것이어서 인간에게 새로운 생명을 부여하게 되고 인간이 아닌 아스팔트까지도 꿈틀거리게 만들 만큼 그 위력이 강하게 나타난다.

그러나 이러한 새 삶의 시작은 문명의 힘에 의해 여지없이 다시 뭉개진다. 꿈틀거리는 아스팔트를 '승용차가 제압하며 지나가고 트럭이 뭉개며' 지나간다는 구절에서 알 수 있듯이 아스팔트 역시 문명의 산물이기는 하지만 또 다른 문명의 힘에 의해 생명의 회복에 실패하게 된다. 이러한 결과가 나타나는 이유는 인간의 새로운 시작이 자신의 내면세계로부터 발현된 것이 아니고 외부의 자극에 의해 이루어졌기 때문이다. 여기서 외부의 매개체란 성모 마리아를 말한다. 이는 성모 마리아의 중재에 의한 새로운 시작은 짧은 시간에 힘을 잃게 되며 그 생명이 오래가지 못한다는 말과 같다. 이 시에서는 내면으로부터의 새로운 시작이 되는 단서가 '감동할 시간'에 있다. 감동할 시간은 인간 서로간의 교감에 있으며 이러한 교감 없이는 인간과 그 외의 어떤 것도 생명을 부여받을 수 없음을 의미한다. 이렇게 생명 없는 공간에서 인간은 그 사실을 인식하지 못한 채 걷고 있다. 그리고 화자는 이들 속에 묻혀 있는 것이 아니라 관찰하는 자의 입장에서 현실을 바라보고 있으며 이들에게 개입하여 교감의 시간을 만들어주려 노력한다.

화자가 택한 방법은 시간을 만들어내는 일인데 이 일은 바로 거리의 시간을 '감동할 시간'으로 환치시키는 것이다. 여기서 감동할 시간이란 인간 사이의 교감을 말하며 '거리의 시간'으로 표현되는 물리적 시간이 시의 후반부에 와서 인간의 심리적 시간으로 변화되는 것을 말한다. 그리고 이렇게 변화된 심리적 시간은 인간 사이의 교감만이 인간에게 생명을 부여할 수 있다는 것을 다시 한 번 강조하는 역할을 한다. 이렇게 만들어진 시간 아래 화자는 움직이고, 자아를 잃은 현대인의 모습에서 벗어나 화자의 정체성은 확립되어 간다.

> 사나이의 팔이 달아나고 한 마리 흰 닭이 구 구 구 잃어버린 목을 좇아 달린다. 오 나를 부르는 깊은 命令의 겨울 地下室에선 더욱 進擊하기 위하여 등불을 켜놓고 우린 생각의 따스한 닭들을 키운다. 닭들을 키운다. 새벽마다 쓰라리게 精神의 땅을 판다. 頑强한 時間의 사슬이 끊어진 새벽 문지방에서 소리들은 피를 흘린다. 그리고 그것은 하이얀 液體로 變하더니 이윽고 목이 없는 한 마리 흰 닭이 되어 저렇게 많은 아침 햇빛속을 뒤우뚱거리며 뛰기 시작한다.
>
> — 이승훈, 「事物 A」 전문

이 시에서 '팔이 달아난 사나이'와 '목이 없는 닭'의 병치는 화자의 내면 풍경을 묘사한 것으로, 이는 억압된 무의식이 병든 자아를 창출한다. 그러므로 목을 좇아 달리는 행위는 신체 훼손의 세계를 극복하고자 이상세계를 향하여 달리고 있는 것이다. 사나이가 추구하는 이상세계는 바로 무의식의[3] 세계로 시에서는 어두운 공간 즉, '지하실'과 같은 공간이다.[4] '등불을 켜놓고 생각의 따스한 닭을 키우는 행위' 또한 이상세계를 추구하는 행위이다.

그러나 훼손된 자아의 '등불을 켜놓고 따스한 닭들을 키우는 행위', '새벽마다 쓰라리게 정신의 땅을 파는 행위'는 화자가 추구하는 이상세계로 다가가지 못한다. 화자가 서 있는 문지방의 세계는 하나의 경계를 말하는데 이 경계는 시간의 원리에 의해 깨어진다. 화자가 문지방을 넘어 맞이하게 되는 세계는 '하이얀 액체', '아침 햇빛'의 세계이다. 이 세계는 화자를 다시 불안과 공포만이 존재하는 억압의 세계로 몰아넣는다. 화자에게 밝은 빛 또는 흰색의 이미지는 이 세상에 존재하지 않는 색채로, 불안과 공포만을 안겨주기 때문이다.

고명수는 이러한 불안과 공포가 '식민지 시대의 李箱으로부터 시작

---

3) 이에 대하여 문혜원은 '이 시에는 현실적인 대상 대신 단절되어 있는 몇 개의 기호들만이 나열되어 있다. 제목인 「事物 A」는 이 시의 대상이 특정한 어떤 것이 아님을 보여준다. 여기서 드러나는 것은 단지 시인의 직관을 통해 파악된 이미지들이다. 그것은 현실적인 대상이 아니라 시인의 머릿속에서 나온 비대상의 영역에 해당한다. 언어는 개념을 설명하는 데 바쳐지지 않고 비대상을 지칭한다는 근원적인 모순 속에 놓여 있다. 언어는 현실적인 의미망이 아닌 무의식과 비대상의 새로운 구조 안에 위치하고 있는 것이다. 언어 자체에 대한 질문에서 시작되는 이승훈의 시는 과감한 언어 실험을 계속한다'라고 지적한다. 문혜원,『한국 현대시와 전통』(태학사, 2003), p.118.

4) 이승훈은 이 시에 대하여 '김영태가 아름다운 환상을 지향한다면 나는 어두운 환상을 지향한다'라고 밝히고 있다. 이승훈, 『한국모더니즘시사』, p.243 참조. 김준오에 의하면 '이 내면세계란 좀처럼 포착되지도 언어로 표현할 수도 없는 잠재의식이다. 그의 언어는 잠재의식 자체이므로 일상어의 관습과 문법을 벗어난다. 장면의 연결이 비논리적이고 환상적이다. 그래서 그의 시는 난해시의 전형적 표본이 된다. 그는 포착하기 힘든 어둡고 캄캄한 내면세계를 천착한다'. 김준오, 「순수·참여와 다극화시대」,『한국현대문학사』, p.385 참조.

되어 해방 후의 김춘수를 거쳐 이승훈에게 이어졌다'고 지적한다.[5] 이 시에서 발견되는 불안과 공포는 화자가 원하는 이상, 즉 무의식의 세계인 '지하실'에 머물지 못하고 이탈되어 '아침 햇빛 속을 뒤우뚱거리는' 자아의 모습으로 지속된다. 이탈된 자아가 공포와 불안의 상태에 머물러 있는 것이다.

이렇게 절단되어 주체를 이탈한 신체의 일부분은 화자가 잊고 있었던 내면세계의 일면이나 무의식의 세계를 보여주고 있다. 이탈된 신체 안에 화자가 잊고 있었던 내면세계나 무의식의 세계가 객관화되어 하나의 개체로 존재하고 있는 것이다. 전체로서 하나를 이루던 신체가 인식하지 못했던 사항들은 일부분이 이탈되어 나감으로써 다른 하나의 개체로 생성이 된다. 이탈된 신체는 하나의 개체로 생성됨으로써 전체였던 화자와 거리감이 생기게 된다. 거리감이 생긴다는 것은 상대를 자세히 볼 수 있는 눈이 생긴다는 것이다. 그래서 비로소 자신에게 가려져 볼 수 없었던 세계를 화자는 의식하게 되는 것이다.

신체로부터 분리되어 화자에게 인식된 자아는 화자가 잊고 있었던 것 혹은 잊고 싶었던 것들이다. 화자는 그것과 분리됨으로써 자신과 세계를 다시 볼 수 있는 눈을 얻게 되는 것이다. 신체의 일부분을 잃음으로써 자신의 내면을 살펴볼 수 있는 혜안을 갖게 되는 이러한 형식은 다시 말해서 자신의 신체를 죽임으로써 정신세계를 얻게 되는 상황이다. 신체를 통해 정신을 얻는다는 것은 곧 정신과 신체가 등가관계에 있다는 것을 증명하는 것과 같다. 이는 앞에서 말한 신체와 정신이 이분되어 있는 것이 아니라 동일한 관계로 맺어져 있다는 기본전제

---

5) 달아나는 사나이의 팔, 목을 잃어버린 흰닭, 피 흘리는 소리와 같은 초현실적 오브제들이 난무하는 이 시에서 '구체적인 현실'은 찾아보기 어렵다. 우리 시사에서 보면 이러한 전통은 식민지 시대의 李箱으로부터 해방 후의 김춘수로 이어지는 흐름이 있다. 이러한 심리적 현실을 드러내는 시적 전통은 식민지 시대의 내적인 불안이나 초조, 공포감 등을 드러낸 李箱이나, 이른바 실존의 리듬 혹은 탈이미지의 세계를 집요하게 추구한 김춘수를 거쳐 이승훈에게 이어진다. 고명수, 「이승훈 시인을 찾아서」(문학과창작, 1996. 7), p.309.

와 일맥상통한다.

그러면 이탈된 신체를 통해 드러난 내면세계에 존재하고 있는 것은 무엇인가. 마종기의 「第3講義室」은 이탈된 신체를 통해 인간의 이중적이며 모순된 상황을 지적한다. 또한 자아의 모순을 눈감아 주고 있는 사회상황을 비판하며 이러한 사회 또한 이중적이고 모순된 상황을 안고 있다고 지적한다. 이러한 지적에서 우리가 알 수 있는 것은 인간과 사회를 동일선상에 놓고 분석할 수 있다는 것이다. 인간의 모순은 곧 사회의 모순이며 인간이 왜곡되어 있을 때 사회 또한 왜곡되고 비틀린 상황을 끌어안은 채 진행되어 간다는 것을 알 수 있다.

이승훈의 「술 마시는 남자」와 황동규의 「한 시민」은 냉혹한 현실에 대해 위기감을 느끼는 자아를 발견하게 된다. 그래서 화자는 현실에서 벗어나기 위한 공간을 상상하고 그곳으로 떠나기를 희망한다. 그러나 내면세계의 공간이동은 현재의 상황보다 훨씬 비극적인 공간으로만 이동하게 된다. 그래서 화자의 내면은 서정적 공간을 잃은 채 헤매는 상황이 지속된다.

김영태의 「寂寥」는 현대인의 도시 생활을 위선적으로 본다. 또한 그 안에서 생활하고 있는 자아는 도시 생활의 위선을 인식하지 못한 채 오히려 그 상황을 같이 즐기는 상황으로 나타난다. 이렇게 위선적 도시 생활에서 벗어나기 위해 김영태가 제시하는 세계는 이승훈과 마찬가지로 자연의 세계이다. 그래서 자연의 세계에 자신의 정체를 고착시키고자 하지만 자연의 세계에 의해 거부당함으로써 이들의 방황은 멈추지 않고 계속된다.

정현종의 「거리의 시간」은 자아의 이탈을 인식하지 못한 채 아무런 감각도 없이 살아가는 도시인의 모습을 비판하고 있으며 이들에게 정체성을 찾아주는 작업을 시도한다. 이 시가 도시인의 모습을 비판한다는 점에서는 위의 다른 시들과 같지만 그 도시인의 모습에서 화자가 빠져 있다는 것은 위의 다른 시들과 다른 점이다. 이는 이 시가 다른 시들에 비해 좀 더 자아와 사회를 객관화된 시각으로 바라보고 있기 때문이다.

무의식 속에 감춰진 자아의 발견을 통해 우리가 알 수 있는 것은 현실의 모순상황이다. 이 현실의 모순상황의 시작은 자아의 모순에서 나온다. 비틀리고 왜곡된 자아가 모여 현실의 모순상황을 보여주는 것이다. 이렇게 왜곡된 자아의 발견이 신체의 출혈을 통해서만 이루어진다는 것은 현실의 비극이다. 그러나 이는 바꾸어 말하면 신체의 출혈을 통해 얻은 진실이기에 더 값진 것이라는 뜻이기도 하다. 훼손된 신체의 이미지는 감추어진 자아를 드러냄으로써 우리가 인식하고 있지 못한 현실 상황의 모순을 좀더 치열하게 보여주고 있다.

2) 신체기관의 상실과 자아의 상실

모든 것이 제 위치에 적절히 자리하고 있을 때 우리는 그 상태를 무심코 지나치게 되며 완벽하거나 안정적이라고 느끼게 된다. 그것이 신체에서라면 누구라도 당연히 모든 기관들이 제 위치에 자리하기를 간절히 바라게 된다. 그러나 조금만 자세히 살펴보면 세상에는 완벽하다거나 안정적인 것 보다는 그 전형에서 벗어난 것들이 많이 존재한다. 전형이 아닌 것들이 모여 세상은 하나의 모형도를 그려나가고 있는 것이다. 그리고 전형에서 벗어난 모습, 완벽하지도 않고 불안한 상태가 시에서는 많은 모티브를 제공하게 된다. 시에서 종종 찾아볼 수 있는 신체가 상실되어 가는 과정, 혹은 이미 상실되어버린 신체에 대한 표현 또한 이러한 현상의 일부분이라 할 수 있다.

신체의 일부분이나 전체가 상실되는 것에 대한 표현은 현실적으로도 가능하며 상상력에 의해서도 가능하다. 오히려 상상력에 의한 신체의 상실이 더 빈번한 횟수로 발견된다. 이러한 현상은 신체의 상실에 대한 표현이 신체적 고통보다는 심리학적 고통을 더 크게 동반한다는 것을 증명해 보이는 것과 같다. 신체기관의 상실을 통해 시인은 자신에게서 상실된 무엇인가를 표현하려 하는 것이다. 그래서 신체기관의 상실에 대한 표현을 통해 시인이 느끼는 상실의식에 대한 근원을 추적해 보는 것은 의미 있는 일이다.

　신체의 상실에 관한 표현은 김춘수, 황동규, 이승훈, 오규원, 김혜순 등의 시에서 찾아볼 수 있다. '머리도 가슴도 팔도 모두 사라지던 밤에', '없는 얼굴', '얼굴이 지워져 있다', '하체 없는 나의 상체가', '머리가 없는', '없어진 팔들', '나의 살과 뼈 사라지고', '사라진 그의 손'과 같은 표현이 그것이다. '사라지다', '지워지다', '없다'와 같은 표현들은 여지없이 신체의 불균형을 초래하며 그 불균형은 상실에 의한 불균형을 의미한다. 상상력에 의한 신체의 상실이라면 이러한 표현은 모두 화자가 신체의 일부분을 존재에서 부재로 인식하거나 처음부터 존재하지 않는 것으로 인식하는 데서 비롯된다. 신체의 존재와 부재 이 두 가지 인식 아래 신체 훼손 이미지는 다양하게 나타난다.

4
길은 동강 나 있었다.
소설 속에 불쑥 나온 언어 단편처럼,
눈썹이 없는 아이가 눈썹이 없는 아이를
울리고 있었다. 언제까지나
아침에 죽고
저녁에는 눈을 뜨는 별들처럼
동강 난 길은 언제쯤
다시 살아날까,
어느 날은
살 오른 숭어 새끼
온몸으로 바다를 박차고
솟아올랐지만, 그의 눈에는
그 해의 첫 눈이 오고 있었다.
잡목림 너머

가고 있는 늙은 들쥐와
南天의 작은 꽃이
젖고 있었다. 새봄인데
아주 아주 낡은 투로 말이다.

6
외할머니는 통영을
퇴영이라고 하셨다.
오늘은 뉘더라
얼굴이 하나 지워지고 있다.
눈썹 밑에 눈이 없고
눈 밑에 코가 없고
입은 옆으로 비스듬히 돌아앉아 있다.
외할머니의 퇴영은 통영이 아니랄까봐
오늘은 아침부터 물새가 울고
　　　　　　　　　　－ 김춘수, 「處容斷章 제3부 메아리」 부분

　이 시에서 화자는 '동강난 길'을 '다시 살아날까'에서 알 수 있듯이 '죽은 길'로 인식한다. 이 동강난 길은 '소설 속에 불쑥 나온 언어 단편'으로 묘사된다. 이는 엄연히 존재하면서도 단절된 세계여서 서로 접근하지 못하는 상황을 의미한다. 이는 '눈썹이 없는 아이가 눈썹이 없는 아이를 울리는' 상황처럼 상처가 치유되지 않은 채 서로에게 다시 상처를 내는 결과를 빚는다. 그래서 그 울음은 '언제까지나' 계속된다. 이렇게 계속되는 울음을 화자는 별에 비유한다. 별이 '언제까지나' 존재하는 것처럼 이들의 울음도 '언제까지나' 계속된다. 이런 상황은 또한 '아침에 죽고 저녁에는 눈을 뜨는' 식의 표현에서도 알 수 있듯이 생과 사가 반복되어 나타나는 현상을 빚는다.

　그래서 화자는 '동강난 길'을 아침에 빛을 발휘하지 못하는 별처럼 '죽어 있다'고 보며 이 '동강난 길'이 되살아나기를 기원한다. '동강난 길'이 되살아나는 일은 길이 이어지는 것이다. 길이 이어지는 것은 인간들 내면에 잠재해 있는 단절의식이 사라지는 것이다. 단절의식이 사라지면 사람들이 서로에게 상처를 주는 일 같은 것은 하지 않을 것이다. 상처받는 이가 없으니 울음도 그치게 될 것이다. 이렇게 '동강난 길'이 이어지는 하나의 상황은 연쇄적으로 또 다른 상황들을 몰고 온다.

화자가 바라는 이상세계는 쉽게 실현되지 않는다. 이를 증명이라도 하듯 기껏 몸부림쳐 보아도 화자가 결국 만나게 되는 세상은 상처투성이의 세계이다. 이러한 표현은 '새봄에 어렵게 바다를 박차고 나온 숭어새끼'가 맞이하게 되는 것이 따뜻한 봄바람이 아니라 때 아닌 '눈'이라는 데서 찾아볼 수 있다. 또한 봄에 내리는 이 눈이 어이없게도 그 해의 '첫눈'이라는 점은 화자의 모순된 상황을 배가시키는 역할을 한다. 새봄에 '첫눈'이 오는 이 모순된 상황은 '늙은 들쥐와 작은 꽃'에게 상처를 주게 된다. 그리고 화자는 이러한 상황을 '낡은 투'라고 표현한다. 이는 상처 입은 자가 또 다른 상처 입은 자를 울리는 모순된 상황이 오래 전부터 계속되어왔으며 이제는 곧 소멸할 것이라는 시간적 경과를 의미한다.

외할머니가 '통영'을 자꾸 '퇴영'이라 발음하는 것이 사투리 때문인지 입의 손상 때문인지는 알 수 없다. 그러나 화자는 이 발음이 비스듬히 돌아앉은 입 때문이라고 인식하고 있다. 화자가 통영을 떠올릴 때는 먼저 외할머니의 입이 떠오른다. 이 시에서는 외할머니가 늙어가고 죽음을 맞이하게 되는 것을 신체의 일부분이 차례로 없어지는 것으로 표현한다. 할머니의 얼굴은 눈과 코가 없어지고 비뚤어진 입만 남은 형상인데 이는 외할머니가 내뱉곤 했던 '퇴영'이라는 발음 때문이다. 외할머니의 얼굴은 이미 지워져버렸지만 '퇴영'이라는 발음 때문에 화자의 기억에서 입은 사라지지 않는다. 오히려 그 입은 기억 속에 선명히 남게 되고 결국 외할머니는 '비뚤어진 입'으로만 존재하게 된다. 그 '비뚤어진 입'이 곧 외할머니인 것이다.

‘통영’은 ‘통영’이라는 지명 그 자체로 작용하지만 ‘퇴영’은 외할머니의 발음에서 나온 특수한 지명으로 전환된다. 그래서 화자는 외할머니로 인해 ‘통영’을 특수화된 공간으로 인식하게 된다. 이러한 화자의 인식 세계를 깨뜨리는 것은 ‘물새’이다. ‘물새’는 아침부터 울어댐으로써 외할머니로 인해 특수화된 ‘통영’이 아니라 인간이 개입하지 않은 공간으로서의 ‘통영’을 화자에게 인식시킨다. 이 때 ‘통영’은 인간이 아니라 ‘통영’이 주체가 되는 세계이다.

김춘수의 시에서 인간의 손이 닿지 않은 바닷속 저 깊은 곳에서도 모순된 상황은 계속된다. 「해파리」에서 보면 바다 밑은 해가 져도 밤이 오지 않는 세계이다. 그 이유는 바다 밑이 너무 어둡기 때문이다. 어두워서 밤이 오지 않는 것은 어둠이 어둠을 부정하는 것과 같은 모순된 상황이다.[6] 이는 「處容斷章 제3부 메아리」에서 ‘눈썹이 없는 아이가 눈썹이 없는 아이를 울리는’ 상황과 동일하다. 이러한 상황에서 바다 밑에 존재하던 ‘절대자는 눈이 없어지고 코가 없어지는’ 것과 같은 단계를 거치며 결국에는 흔적조차 없어진다. 이는 절대자의 부재에 대한 절망감을 통해 모순 상황의 지속성을 담고 있다.

> 아무리 새어나가도 자꾸 늘어나는 서울역의 노숙자들
> 그들은 콘크리트 바닥에 누워 얼굴을 신문으로 덮는다.
> 신문 벗기지 마라, 얼굴이 지워져 있다.

---

6) 이에 대한 박철석의 견해는 필자의 견해와 약간 다르다. 그는 ‘이 시는 사실상 의식에서 벗어난 완전한 초현실주의 수법을 차용하고 있다. 다시 말하면 <肛門과 膣> 그리고 <하나님 한 분만> 있는 <바다 밑>의 세계는 바로 神話素 같은 原型像이라 할 수 있다. 특히, 가정법으로 끝나는 <더라>로 반복되는 과거형 종결어미는 그전의 「處容斷章」 제1부의 <있었다>로 끝나는 것과 의미상 차이가 있는 것으로, <있었다>보다 <더라>가 직접적으로 전달하는 효과가 없을지는 몰라도 심리적인 면에서 훨씬 여유를 얻고 있다. 시 「해파리」는 감성적 직관을 보여준 그가 주장하는 무의미시의 한 표본이다. 그러나 이러한 세계가 미학으로서 얼마만큼 효과를 거두었는지는 의문이다’라고 지적한다. 박철석, 「金春洙論」, 『金春洙研究』(김춘수연구간행위원회, 1982), p.433 참조.

텔레비 화면 속 시에라 레온의 자동소총 쏘는 초등학생들
그들도 주중(週中)엔 총을 놓고
얼굴 달고 학교에 간다.
무단 폐기물로 널려 있던 주민들도
하나씩 얼굴 해 달고 밭에 나가 괭이질을 한다.
아프리카 건기(乾期)에 동트기 전
떠돌다가 모이는 별들.

신문지 밑으론 흐르지 않는다
아무것도.
흘러내릴 곳이 있어야지
혹 눈에 물이, 물이 고이더라도
흘러내릴 얼굴이······

— 황동규, 「흘러내릴 곳」 전문

이 시에서 서울역의 노숙자들과 시에라 레온의 초등학생들과 주민은 익명성의 측면에서 볼 때 서로 등가관계에 있다. 서울역의 노숙자는 얼굴에 신문지를 덮음으로써 익명이 되며, 시에라 레온의 초등학생은 신분에서 벗어나 총을 쏘는 행위로 인해 익명이 되며, 그곳의 주민들은 무단 폐기물로 널려 있음으로써 익명이 된다. 이러한 관계를 자세히 살펴보면 다음과 같다.

서울역에 있는 노숙자들은 자신의 얼굴에 신문지를 덮음으로써 개인의 신분을 드러내지 않을 수 있으며 '노숙자'라는 익명으로만 남아 있을 수 있다. 이들은 또한 신문지를 덮어 몰려오는 추위를 조금이나마 피하고 동사할지도 모를 자신의 몸을 보호한다. 이 때 신문지는 인간 개인의 신분과 그 개인의 신체를 동시에 보호하는 역할을 한다. 신문지를 벗기면 지워져 있는 이들의 얼굴은 인간 개별성의 소멸을 의미한다. 이는 신문지로 얼굴을 덮어 익명을 보장하는 것에서 한 걸음 더 나아가 신체의 일부분이 소멸되어 하나의 개인으로도 남기 어렵게 되어버린 상황을 의미한다.

아프리카 시에라 레온의 경우를 보자. 개인적 신분이 소멸된 인간은 익명성 속에 자신을 숨기고 개인이 아닌 익명이라는 이름으로 계속되는 내전에서 파괴적 행위를 과감하게 저지르기도 한다. 주말에는 군인이 되어 자동소총을 쏘는 초등학생들도 총을 쏠 때는 자신의 얼굴을 지워버린다. 얼굴을 지워버림으로써 초등학생이라는 개인적 신분은 사라지고 총을 든 무리 중의 하나로만 존재할 수 있는 것이다. 이는 자신이 누구인지 망각한 상태에서 벌이는 일이며 스스로 자신의 신분을 감추며 벌이는 행위이다. 그러므로 총을 쏠 때의 모습에서 그가 누구인지는 아무도 구별해내지 못한다. 총을 쏘는 자신들조차도 인간성을 상실한 채 살상행위를 무차별하게 저지른다. 이들은 학교에 나가는 주중에는 어린이이며 학생이라는 본래의 모습으로 돌아온다. 이들의 부모들도 '밭에 나가 일을 할 때'는 하나의 인간으로써 존재하지만 외부 세계의 시각으로 볼 때는 '폐기물'과 같은 존재로 세상에 널려 있는 익명의 인물들일 뿐이다.

여기서 서울역의 노숙자들은 시에라 레온의 초등학생과 주민보다 더 비극적 상황을 띠고 있는데 그 이유는 서울역 노숙자들은 그들처럼 다시 '달고' 나갈 얼굴이 없다는 것이다. 그들은 마음만 먹으면 자신들의 얼굴을 되찾을 수 있지만 서울역의 노숙자들은 그렇지 않다. 얼굴이 이미 없어져버렸기 때문에 즉 신체가 이미 상실되었기 때문에 어떠한 회복도 불가능하다. 시에라 레온의 그들이 언제든 다시 자신의 과거로 돌아가 자신을 찾을 수 있는 잠정적 익명성의 상태에 놓여 있다면 서울역의 노숙자는 다시는 개인으로 돌아갈 수 없는 상태, 즉 인간의 개별성이 완전히 말살된 상태에 놓여 있는 것이다.

이렇게 인간성이 상실된 노숙자 개인의 마음속에는 아무 것도 흐르는 것이 없다. 사람과 사람 사이를 적셔주는 '물' 같은 것, 혹은 '눈물' 같은 것이 고인다 해도 인간성이 소멸된 신체에서는 물을 받아들이지 못한다. '물' 혹은 '눈물'은 신체를 적시거나 그 안에 흐름으로써 소멸된 인간성을 부활시킬 매개체 역할을 한다. 그러나 '물'은 흐르는 물이 아닌 고인 물이며, 눈물이 '흘러내릴 얼굴이' 이미 이들에게는 없는 비극적 상황이다.

현실에서는 서울역의 노숙자들이 내전 중인 시에라 레온의 상황보다 나아 보인다. 그런데도 이 시 속에서는 서울역의 상황이 더 비극적으로 드러난다. 이러한 상황은 왜 발생한 것일까. 이에 대한 해답은 그들이 처한 익명의 상황이 다르다는 데서 찾을 수 있다. 서울역의 상황은 익명이 된 개인들이 서로 분열되어 있는 상태, 즉 익명성 속에서도 철저하게 혼자가 된 상태에 놓여 있다. 그리고 시에라 레온은 익명이 된 그들끼리 이미 하나로 단합되어 있다. 이와 같은 상황에서 알 수 있는 것은 어떤 살상무기의 사용보다 더 무서운 것이 사실은 인간 소외의 문제라는 것이다. 이름이 가려진 가운데서 더 철저하게 익명의 개인이 말살된 상태와 같은 비극적 상황은 인간소외의 공포를 그대로 드러내고 있다.

> 팔이 없는 육체로
> 머리가 없는 육체로
> 손이 없고 다리가 없는 육체로
> 가슴이 없는 육체로
> 거리를 헤맬 때
>   (중략)
> 목이 아프던 시간에
> 네가 찾아왔다
> 잘 때는 흰 타올을
> 목에 감고 자라고
>   (중략)
> 네가 오고 문득 팔이 생기고
> 머리도 생겼다
>   (중략)

　　네가 왔다 망상이 아니라
　　네가 진리다

— 이승훈, 「1994년 가을」 부분

　이 시 속의 자아는 관계 속에서만 존재한다. 따라서 관계가 없으면 자신도 존재하지 않는다. 이러한 생각은 '개인이 태어나는 것이 아니라 관계가 태어난다'는 레비-스트로스의 견해와 상통하는 바가 있다. 초기의 친족 체계 연구부터 레비-스트로스가 한결같이 추구한 것은 변형에 의해 모든 체계를 생성하는, 인간의 무의식 속에 존재하는 보편적 구조를 갖는 일이었다. 레비-스트로스의 『구조인류학』에 의하면 '의식'을 강조하면 친족관계의 용어나 신화적 요소들은 그 자체가 의미를 소유하지만 '무의식'을 강조하면 사정이 달라진다. 곧 무의식의 수준에서 요소들은 오직 다른 요소들과의 관계에 의해서만 의미를 소유하기 때문이다. 하나의 체계 속에 있는 요소들은 상호의존적이다. 어떤 요소도 다른 요소에 변화를 주지 않고는 변할 수 없다.[7]

　신체나 인간관계도 하나의 '체계'이므로 이 시를 레비-스트로스의 이론과 견주어 생각해볼 수가 있다. 이 시에서 화자는 '너'가 존재하지 않으면 자신의 신체도 존재하지 않는다. 그래서 화자는 네가 없는 세상에서는 '팔이 없는 육체로 머리가 없는 육체로 손이 없고 다리가 없는 육체로 가슴이 없는 육체로' 거리를 헤매고 다닌다. 이 때 육체는 존재하지만 존재하지 않는 무의식 속의 관념에 불과하다.

　존재하지 않던 신체는 '너'가 찾아옴으로써 존재가 확인된다. '너'는 화자의 아픈 신체를 보살펴 준다. '목이 아플 때' 찾아와 '흰 타올을 목에 감고 자라'고 충고한다. 그리고 화자는 '너'가 사라진 후에도 그 충고를 잊지 않는다. 계속해서 '너'가 해주었던 말이 환청으로 들려온다. '너'가 없는 상황에서도 화자는 항상 '너'와 함께 있는 것과 마찬

---

7) 이승훈, 『현대비평이론』(태학사, 2001), p.74 참조.

가지다. 그러나 이 또한 현실에는 존재하지 않는 환상에 불과한 관념이다.

'너'가 화자에게 찾아오는 때는 대개 화자가 절망적인 상황에 있을 때이다. '너'는 화자가 '목이 아플 때', '거지같은 망상으로 고생할 때', '황폐해진 정신으로 시커먼 술만 마실 때', '술에 취해 쓰러지던 밤에', '진창에 빠지던 밤에', '누군가를 죽이고 싶던 밤에', '인간이 얼마나 표독한가를 깨달은 밤에'와 같이 극도의 절망감에 시달릴 때 찾아온다. 화자가 이렇게 극도의 절망감에 빠지는 이유는 '너'가 없기 때문이다. '너'가 찾아온다면 화자의 이 모든 병들은 치유된다. 그리고 실제로 화자의 신체가 해체되어 사라지고 극도의 절망감에 빠질 때 '너'가 찾아온다고 화자는 말한다. 그러나 이것은 '너'가 찾아오는 것이 아니라 화자가 '너'를 떠올리는 것이다. 결국 이것은 화자가 극도의 절망적인 상황에 처했을 때 '너'를 찾게 된다는 말의 다른 표현이다.

'너'가 실제로 찾아오는 것이든 화자의 환상이든 상관없이 '너'가 찾아온다는 것은 화자의 와해된 관계가 복구된다는 것이고 이는 곧 소멸된 존재가 복구된다는 것이다. 화자는 자신이 이렇게 병든 이유가 '너' 때문이 아니라고 하지만 '너'와의 관계 때문에 화자는 병들고 치유되고 하는 것이다. 절망에 빠지고 신체가 사라지던 화자는 '너'가 찾아옴으로 해서 '팔이 생기고, 머리가 생긴다'. 이렇게 새로 생긴 신체를 화자는 '태어난다'라고 표현한다. 이는 부분으로서의 신체에 생명성을 부여하는 일이며 새로운 생명으로의 부활을 의미한다.

'너'가 찾아옴으로써 제자리를 찾았던 신체는 다시 목에 통증을 느낀다. 그리고 다시 '너'가 찾아온다. '너'의 존재와 부재가 반복되는 이러한 상황은 어디에서 연유하는 것인가. 그것은 '너'가 지칭하는 것이 바로 '관념'이기 때문이다. 화자는 '너'의 존재가 '망상이 아니라'고 주장하지만 '네가 진리다'라는 대목에서 '너'는 실제적 인물이 아니라 화자의 머릿속에서 화자의 신체를 조종하는 '관념'이었음이 드러난다. 이 진리는 다름 아닌 레비-스트로스의 '요소들은 오직 다른 요소들과의 관계에 의해서만 의미를 소유하며 하나의 체계 속에 있는 요소들은 상호의존적이다'라는 '체계'의 문제이며 '관계'의 문제이다.

> 강의 물을 따라가며 안개가 일었다
> 안개를 따라가며 강이 사라졌다 강의
> 물 밖으로 오래 전에 나온
> 돌들까지 안개를 따라 사라졌다
> 돌밭을 지나 초지를 지나 둑에까지
> 올라온 안개가 망초를 지우더니
> 곧 나의 하체를 지웠다
> 하체 없는 나의 상체가
> 허공에 떠 있었다
> 나는 이미 지워진 두 손으로
> 지워진 하체를 툭툭 쳤다
> 지상에서 보이지 않는 존재가
> 강변에서 툭 툭 소리를 냈다
>
> — 오규원, 「안개」 전문

화자의 하체를 지우는 것은 '안개'이다. 이 안개는 강에서 발생한 것이다. 안개는 강에 의해서 생겨났지만 오히려 자신을 만들어낸 강을 지우고 만다. 안개는 강에 의해 생겨났지만 강과는 별개의 존재가 된다. 독립된 존재가 된 안개는 강 주변의 것들을 모두 지워버린다. '지워버리는 것'은 안개의 속성이다. 그런데 이 지우는 속성에는 두 가지 특징이 있다. 첫째, 보는 자와 보이는 자의 거리가 어느 정도 유지된 상태에서만 지울 수 있다. 바로 눈앞의 사물이 안개에 가려 보이지 않는 일은 드물다. 둘째, 보는 자에게는 보이는 자가 지워지지만 보이는 자에게는 보는 자가 지워져 있다. 자신을 중심으로 안개에 가려진 서로를 볼 수 없는 것이다. 안개는 철저하게 자기중심적이다. 강과 안개의 관계가 전도되는 이유도 거기에 있다.

이러한 특징과 관련지어 살펴볼 때 안개에 지워진 '돌'과 '망초'와 화자의 '하체'는 화자의 시선과 얼마간의 거리를 유지하고 있음을 알 수 있다. 여기서 특히 주목해야 할 것은 화자의 하체와 화자의 시선이 먼 거리를 유지하며 분리되어 있다는 것이다. 이는 화자가 자신의 신체와 단절되어 있는 시각을 가지고 있기 때문에 발생하는 일이다. 하체 없이 떠 있는 상체는 그로테스크하다.[8] 이는 화자가 자신의 신체를 그로테스크하게 인식한다는 의미이다. 안개가 화자의 주변에 펼쳐져 있어서 화자는 자신의 시각을 이용해 자신의 하체를 확인할 수가 없다. 이 상태에서의 존재 확인은 촉각과 청각을 이용해서만 이루어진다. '지워진 두 손'이 하체를 확인하고 '지워진 하체가 툭툭 소리를' 내는 것은 새로운 신체의 확인이다. 이는 이제까지 바라만 보던 하체가 아닌 손으로 직접 만지고 귀로 듣기도 하는 확인이다. 특히 이 촉각적인 확인은 '지워진 두 손'에 의해 이루어지므로 안개에 가려진 신체끼리의 접촉이라 할 수 있다. 이 접촉은 시각이 느꼈던 신체에 대한 단절의식을 소멸시킨다. 이 때 신체는 지워지기 이전의 신체가 아니라 지워짐 속에서 새롭게 인식하는 신체이다. 이 신체는 지상에서는 보이지 않으며 지워짐 속에서만 존재하는 새로운 자아의 모습이기도 하다.

안개는 불확정적인 존재, 물질의 네 요소 가운데 공기와 물이 혼융

---

8) 그로테스크가 유발하는 웃음과 그와 뒤섞인 혐오, 공포 따위의 반대반응은 둘 다 신체적으로 잔인한 혹은 비정상적인 혹은 음란한 것에 대한 반응일 수 있다는 가능성이다. 다시 말해서 우리의 지적으로 세련된 반응과 나란히 우리 내부 깊이 무의식의 어떤 영역에 묻혀 있는 어떤 것, 은폐되어 있으나 분명히 작용하고 있는 가학적 충동이 우리로 하여금 그런 것들에 대해 성스럽지 못한 환희와 야만적 기쁨을 나타내도록 했을 가능성이 그것이다. 그로테스크는 일종의 갈등에 의존하며 본질적으로 조화롭지 못한 것이고 심각한 일탈감과 소외감의 표현이거나 혹은 풍자와 같은 것에서 쓰이는 한 가지 공격적인 기법이라는 사실을 달리 표현한 것에 불과하다. 필립 톰슨, 김영무 역, 『그로테스크』(서울대학교출판부, 1986), p.12.

된 상태, 윤곽이나 국면이 어쩔 수 없이 모호할 수밖에 없는 발전 과
정을 상징한다. '불의 안개'는 혼돈에 뒤따르는 우주적 삶의 단계를
암시하며, 물질의 요소 가운데 가장 단단한 요소인 지상에 앞서 존재
하는 세 요소, 곧 공기, 불, 물의 요소에 상응한다.[9] 이 시의 경우 안
개는 물과 공기가 혼용된 상태를 의미한다. 강의 요소인 물이 안개를
만들고 있으며 안개는 물을 따라 흐르고 있음이 이를 증명한다. 화자
에게 새로운 신체를 확인하게 하는 것은 안개이며 이 안개는 물에
의해 만들어졌으므로 화자를 일깨우는 것은 곧 물이며 공기로 대변
되는 자연세계이다. '돌밭을 지나 초지를 지나 둑에까지' 올라와 화자
의 하체를 지운 안개는 물을 따라 흐르므로 곧 또 사라질 것이다. 자
연의 이치는 물을 따라 움직이고 새롭게 발견된 자아 역시 자연의
원리를 따라 움직이게 된다. 결국 화자가 안개 속에서 새롭게 만나게
된 자아는 인간의 욕망을 지워주는 자연의 세계, 자연인으로 돌아간
인간의 세계인 것이다. 이는 단절되어 있던 인간과 자연의 관계가 자
연을 통해 인간의 내면을 읽게 되는 동일성의 관계로 변화되었음을
의미한다.[10]

> 해 떠오르면 머리를 감는 여자
> 허벅지가 없는 그 여자가
> 머리칼 위로 모래를 한 바가지 퍼 들이붓고는
> 첨벙 모래 구덩이에 머리를 담그는구나
> 발도 없는 여자가
> 모래강 위에서 머리를 절레절레 헹구고 있구나

---

9) 이승훈, 『문학상징사전』(고려원, 1995), p.357.
10) 20세기에 오면서 단절이 우리들의 삶의 특성으로 드러났다는 것은 삶의 본질
    에 대한 새로운 자각을 요구한다. 그것은 19세기적 인간관을 벗어나 소위 20
    세기적 인간관을 형성한다. 19세기적 인간관이란 다윈이나 마르크스의 이론에
    서 읽을 수 있었던, 인간은 자연과 연속된 존재라는 명제를 중심으로 한다.
    이승훈, 『詩論』(고려원, 1986), p.297.

> 가슴도 없는 여자가
> 머리칼도 없는 여자가
> 오, 몸도 없는 여자가 머리를 감고 있구나
> 우리 가지도…… 오지도…… 말고…… 너는 거기…… 나는 여기
> 무너진 나날의 메마른 머리칼이 부풀었다 퍼졌다 이리저리 뒤척인다
> 해 떠오를 때부터 해질 때가지
> 없는 허리를 한번도 펴지 않고 그 여자가 머리를 감는구나
> 모래강의 물살을 뒤적여 빗고 있구나
>
> — 김혜순, 「타클라마칸」 전문

이 시에서 모래, 물, 머리는 동일시되어 나타난다. '여자'가 머리를 감는 행위는 해가 떠오르면 시작되는데 이는 결국 해가 떠오르면 여자가 모래와 같이 물화되어 그 몸을 모래 속에 숨게 한다는 말과 동일하다. 마치 오규원의 「안개」에서 안개가 인간의 신체를 지웠던 것처럼 이 시에서는 머리를 감는 행위를 통해 모래가 인간의 신체를 지워버린다. 처음에는 하체, 즉 허벅지와 발이 없었으나 점점 가슴, 머리칼, 몸, 허리와 같이 신체 전체가 모래에 휩쓸려 사라지는 상황은 바로 모래가 신체를 지워버리는 상황 그 자체이다. 이러한 상황은 오규원의 「안개」에서처럼 그로테스크하다.

'여자'가 머리를 감는 행위는 몸이 모래에 지워지는 행위이며, 머리를 헹구는 행위는 몸에서 모래를 털어내 본래의 신체를 되찾고자 하는 일이다. 하지만 몸에서 모래는 떨어지지 않고 오히려 모래가 여자의 신체를 자꾸 지워나간다. 신체가 지워짐으로써 여자는 어디로도 이동하지 못하고 화자와 어느 정도 거리를 유지한 자리에 머문다. 이 거리감은 화자와 여자가 각자의 자리에 위치함으로써 존재할 수 있게 하는 역할을 한다. 그래서 이렇게 둘 사이에 거리가 유지되어야만 각각은 신체가 지워져도 이 세상에 존재할 수 있음을 암시한다.

결국 여자가 머리를 감고 헹구는 행위는 자신의 머리가 아니라 모래를 빗질하는 행위와 동일시된다. 여자는 다른 인간과 일치되는 것이

아니고 자연과 일치되는 것이다. 또한 신체는 모래에게 지워져 없어지는 것이 아니라 모래가 되어 다시 태어남을 의미한다. 이러한 결과는 여자가 하루종일 잠시도 쉬지 않고 머리를 감은 대가이다. 그러므로 머리를 감는 행위는 자신의 몸을 깨끗이 함으로써 인간이 자연의 일부가 되는, 즉 자연과 동일시되는 과정으로 자리매김된다. 더불어 여자의 행위는 자신의 머리를 빗는 행위이면서 모래강의 물살을 빗는 행위로 동일시된다.

이상 살펴보았듯이 신체의 부재를 통해 알 수 있는 것은 자아의 상실에 관한 문제이다. 신체의 부재는 곧 자아상실을 의미하며 자아의 상실은 신체의 부재라는 형식을 통해 시 속에 표현되는 것이다.

김춘수의 「處容斷章 제3부 메아리」에서 자아의 상실은 자연에 인간의 내면을 개입시켜 인식하는 가운데 발생한다. 자연에게 인간의 시각을 개입시키는 일은 자연을 왜곡시키는 것이 아니라 인간의 자아를 상실하게 하는 결과를 가져온다. 그리고 인간에 의해 왜곡되지 않은 자연은 자연 그 자체로 남아서 존재한다.

황동규의 「흘러내릴 곳」에서는 자신의 얼굴을 감추고 익명으로 행동할 때 인간의 자아가 상실된다. 이렇게 상실된 자아는 인간에게 소외당하는 익명이 된다. 한 번 익명이 된 개인은 신체의 부재를 통해 개인으로 돌아오는 길을 잃게 된다. 개인으로 돌아갈 수 없는 익명의 존재는 계속해서 소외의 상태에 머물게 된다. 이렇게 소외된 익명에게는 어떠한 화해의 계기도 마련되지 못하고 익명으로서만 존재하게 된다.

이승훈의 「1994년 가을」의 경우 인간관계가 단절되었을 때 자아는 상실되며 인간관계가 회복되면 상실된 자아도 되찾게 된다. 이러한 호응관계는 시 안에서 하나의 진리가 되며, 철저하게 이러한 진리하에 시가 쓰여진다. 자아 상실과 관계 단절의 문제는 황동규의 시에서도 드러나듯이 이 시에서도 소외의 문제와 통한다. 인간으로부터 소외되었을 때 자아는 존재하지 않고 신체도 존재하지 않는 것이다.

오규원의 「안개」에서는 인간이 미처 인식하지 못하고 있던 신체를 인식하게 되는 과정을 표현하고 있다. 이는 자연의 역할에 의해 이루어진다. 그러므로 인간은 자연과 단절되어 있을 때 자신의 신체조차 인식하지 못하는 존재가 되는 것이다. 이는 뒤집어 말하면 상실된 자아로 인해 신체는 사라지고 사라진 신체로 인해 남은 신체는 그로테스크한 형상을 연출하게 되며, 이 그로테스크한 형상은 인간에게 자연을 다시 인식하게 하는 계기를 마련해 준다.

김혜순의 시 「타클라마칸」에서는 인간이 서로 밀착되어 있을 때보다는 어느 정도의 거리를 유지하고 있을 때 인간으로 존재할 수 있음을 말한다. 이러한 거리감을 유지시켜 주는 매개체 역할을 하는 것은 자연이다. 자연을 인식하고 자연 속에 파묻히는 가운데 인간은 자연과 동일시되며 이 동일시는 인간관계를 유지시켜 준다. 이 시를 통해서 우리가 알 수 있는 것은 신체의 부재를 통해 자아가 상실되며, 상실된 자아의 힘이 다시 인간을 존재하게 하는 순환적 고리를 갖게 된다는 것이다. 이러한 상태에서 자연은 인간과의 몸 바꾸기를 통해 두 가지의 신체로 존재하게 된다.

우리는 누구나 상실된 것은 다시 회복시키고자 하는 욕망을 갖게 된다. 그리고 이상 살펴본 시에서 상실된 자아의 회복은 있는 그대로의 자연을 인식하거나 개인의 정체성을 깨달았을 때, 단절된 인간관계나 자연과의 관계가 회복될 때 이루어질 수 있다. 그러나 지워진 신체는 새로운 회복을 원하지 않고 그 상태에 머물기를 바란다. 오히려 상실된 자아, 즉 신체의 부재 상태에서 존재는 다시 새롭게 꾸며진다. 그래서 신체는 끊임없이 사라지고, 지워지고, 없어지는 형식을 되풀이 한다. 이 자연과 인간의 거듭되는 몸 바꾸기를 통해 인간은 자아의 존재 형식을 재인식하게 되는 것이다.

2. 신체 훼손과 욕망

1) 욕망의 소통과 단절

인간은 언어라는 매체를 통해서 자신의 감정을 타인에게 표현한다. 그러나 '귀머거리'나 '벙어리'는 신체의 결손 때문에 언어수행을 하지 못한다. 청각이 결손된 사람은 언어라는 매체를 제대로 사용할 수 없다. 그렇기 때문에 다른 수단을 통해 타인과의 의사소통을 이루어갈 수밖에 없다. 그러나 우리가 사용하고 있는 언어라는 것이 완벽할 수 없듯이 다른 방식의 표현 매체 또한 완벽할 수가 없다. 이 완벽할 수 없는 의사소통의 문제로 인간관계에는 뜻하지 않은 문제가 발생하기도 한다. 시에서 청각의 결손은 '막힌 귀', '이상한 소리가 나기 시작한 귀', '귀머거리', '형편없는 귀' 등과 같은 표현에서 찾아볼 수 있다. 타자와의 의사소통 수단 중 하나인 청각이 결손된 상태에서 타자는 어떻게 인식되며 이러한 상태에서 자아의 욕망은 어떻게 드러나는지 살펴보자.

> 어제 나는 내 귀에 말뚝을 박고 돌아왔다
> 오늘 나는 내 눈에 철조망을 치고 붕대로 감아버렸다
> 내일 나는 내 입에 흙을
> 한 삽 처넣고 솜으로 막는다
>
> 날이면 날마다
> 밤이면 밤마다
> 나는 나의 일부를 파묻는다
> 나의 증거 인멸을 위해
> 나의 살아 남음을 위해
>
> — 황지우, 「그날그날의 현장 검증」 전문

이 시에서 화자의 신체는 타인에 의해서가 아니라 스스로에 의해 훼손당한다. 그런데 훼손당하는 신체기관이라는 것이 귀와 눈, 입과 같

은 감각기관이다. 화자의 감각기관은 스스로에 의해 모두 없어져 버리거나 있어도 제 구실을 할 수 없게 되는 것이다. 이는 달리 말하면 화자 스스로 세상을 향한 모든 감각을 닫아버린다는 얘기와 통한다. 타인에 의해서가 아니라 자신에 의해서 훼손당하는 신체는 훼손하는 주체와 훼손당하는 주체가 동일인이라는 점에서 주목할 만하다. 이렇게 스스로 자신의 신체를 훼손하는 원인과 그로 인해 파생되는 문제점들을 밝혀보는 것이 이 작품의 관건이 된다.

스스로 자신의 감각기관을 지워버리는 행위는 말뚝을 박는다든가, 철조망을 친다든가, 붕대로 감아버리고, 흙을 처넣는다는 식의 표현에서 알 수 있듯이 신체와 관련된 용어들이 아니며 그 형식은 위악적으로 보일 정도로 잔인하기 짝이 없다. 이때 화자의 행위가 잔인할수록 그 비극성은 커진다. 이렇게 증폭되는 비극성으로 인해 화자의 신체 훼손에 대한 절실함도 배가된다. 여기서 말뚝을 박고 철조망을 치고 흙을 넣는 형식은 타인의 접근을 막기 위해 경계망을 치는 것, 즉 타인과의 단절을 의미한다. 또한 자신의 감각기관을 흙 속에 매장하는 것을 의미하며 이는 타인과의 관계를 매장하는 것으로도 해석할 수 있다.

2연에서는 이러한 신체의 훼손이 한 번으로 끝나지 않고 매일매일 계속된다는 것에 주목할 필요가 있다. 이는 없어졌던 것이 다시 살아나고 살아난 것을 다시 죽이는 일이 반복됨을 말한다. 한 번 훼손당한 신체는 그대로 훼손 상태에 머물러 있는 것이 아니라 훼손 이전의 상태로 되돌아온다. 그럼으로써 화자는 훼손당하거나 매장당한 상태가 아니라 다시 원래의 신체로 살아나는 것이다. 원래의 상태로 돌아온 신체를 날마다 반복하여 훼손하는 일은 되살아난 자아를 확인하는 일에 다름아니다. 그런데 이러한 자아의 확인은 현장 검증의 형식으로 이루어진다. 삶은 일상에서 이미 이탈하였고 자아의 확인은 다른 사람 앞에서 자신의 죄과를 내보이는 형식으로나 가능한 것이다. 이것은 삶이 곧 죄임을 의미하는 것이기도 하다. 마치 현장 검증을 하듯이 자해의 형식을 통해 살아 있음을 확인하게 되는 화자의 삶은 아이러니하다.

또한 화자는 자신의 일부를 파묻는다고 표현하지만 그 일부가 없는 완전하지 못한 신체는 이미 다 없어져버린 신체와 다를 바가 없다. 이는 달리 말하면 화자의 감각기관이 화자의 전부라는 얘기와 같다. 그래서 매일 신체를 훼손하는 일, 즉 자신의 일부를 파묻는 일은 매일 장례식을 치르는 일과 다름없다. 이 시에서 신체의 훼손은 곧 자아의 확인임과 동시에 죽음을 의미하는 양가성을 띠고 있는 것이다.

자신의 일부를 파묻는 일은 이 시에서 증거를 인멸하는 것과 같은 행위가 된다. 증거가 인멸됨으로써 살아남을 수 있다는 것은 감각기관이 제 구실을 하면 죄를 짓게 된다는 것을 의미한다. 그러므로 감각기관만 파묻는다면, 즉 자신의 감각기관이 세상에 대해 눈감아준다면 화자는 다시 살아남을 수 있는 것이다. '없는 것'의 형식을 취해야만 살 수 있는 이러한 상황의 원인은 그 대상이 구체적으로 드러나지 않음으로 보아 자신과 타인의 문제를 떠나서 시대의 억압임을 알 수 있다. 증거 인멸이 곧 살아남음의 세계가 되는 상황은 없음이 곧 있음이 되는 세계를 말하고 있다. 이 시에서 없음이 곧 있음이 되는 세계는 죽은 듯이 살아야 하는 시대의 아이러니를 풍자하고 있다.

오늘날 나는 글을 쓴다
자신의 검열을 거쳐서
(나여, 제일 높은 벽이여)
활자와 함께 반짝이는 눈이 아니라
활자 뒤에 숨어 있는 눈을 거쳐서
이념들의 검열을 거쳐서
(벽은 새처럼 솟아오른다)
욕심들의 검열을 거쳐서

날개의 숨결을 압박하는 물귀신들
한숨의 길 眞空을 거쳐서
적대감의 균형, 잔인의 뒤안길
오해의 검열을 거쳐서
공포의 돋보기를 거쳐서
(벽은 불길 높이로 솟아오른다)
목구멍들을 거쳐서
막힌 귀를 거쳐서
그림자들을 거쳐서
거치고 거쳐서
거쳐서

ㅡ 정현종, 「걸작의 조건」 부분

　이 시에서 걸작의 조건을 거칠 때 시인과 독자 사이에는 '벽'이 존재한다. 이 '벽'을 허물어뜨리느냐 못하느냐에 따라 걸작인가 아닌가의 문제는 결정된다. 이 검열 과정은 4개의 단계를 거치게 된다. 먼저 제1단계는 '자신'이다. 제일 먼저 자신의 쓰는 행위가 검열의 대상에 오르며 이 행위는 걸작의 조건을 판가름하는 가장 높은 벽이 된다. 제2단계는 활자 뒤에 숨어 있는 눈과 이념이다. 2단계를 거쳤을 때 벽은 허물어지지 않고 새처럼 솟아오른다. 제3단계의 조건은 욕심, 억압, 한숨, 적대감, 잔인, 오해, 공포 등이다. 이러한 감정들을 조건으로 검열했을 때 벽은 불길 높이로 솟아오른다. 제4단계는 시가 독자에게 읽혀지는 단계이다. '목구멍'은 시를 읽는 행위를, '막힌 귀'는 시를 받아들이는 행위를, '그림자'는 시를 읽고 난 후의 여운을 각각 의미한다. 시를 받아들이는 행위인 귀에서 정상적인 귀가 아니고 결손 상태의 막힌 귀는 그 벽을 허물거나 뚫기가 어렵다는 것을 나타내고 있다.

　이 시에서 타인의 청각 결손은 나를 확인하는 작업이 된다. 내가 쓰는 시가 타인의 '막힌 귀'를 열게 할 수 있는가는 작품이 걸작인가 아닌가의 문제로 귀결된다. 이 시에서는 시를 읽는 독자, 즉 시를 쓰는 시인이 아닌 타인 모두를 청각의 결손 상태로 보고 있다. 이는 인간관계가 단절된 상태라는 것을 의미한다. 그리고 이 단절감, 즉 청각의 결손이 극복될 수 있는 것은 걸작의 수준에 이르는 시에 의해서이다. 막힌 귀는 걸작의 조건을 갖춘 시를 읽음으로써 뚫리게 되는 것이다. 이는 뒤집어 말하면 막힌 귀를 뚫을 수 있는 시만이 걸작의 조건을 갖추고 있다는 말이 된다. 이렇게 타인의 청각 결손은 인간관계의 단절감을 표현하고 있으며, 인간관계의 단절감을 극복할 수 있는 것은 바로 걸작의 조건을 갖춘 시이다.

　타인의 청각 결손이 위와 같이 불특정 다수일 때와 달리 어떤 특정한 인물로 고정될 때는 그 결손인물에게 다가가지 못하는 마음이 사람을 병들게 한다. 더불어 이 단절감은 인간뿐만 아니라 주변의 모든 사물과 자연현상까지도 병들게 한다.

산은 미친 산
꽃이 피는 산
시 짓던 손을 놓고
밖을 보니
님이 쑥 솟는구나
님은 귀가 먹어
내 말 못 들어
님은 웃기만 하고
무슨 공부를 한다고
　　(중략)
눈이 나빠
제대로 못 읽고
골이 아파
제대로 못 쓰고

－ 이승훈, 「봄」 부분

이 시에서의 화자도 시를 쓰는 일 외의 일들을 결손의 상태로 느낀다. '꽃이 피는 산'을 '미친 산'이라고 표현하고 있는데 사실 산이 미쳤다기보다는 산이 화자를 미치게 하는 것이다. 이 미치게 하는 산은 시를 짓고 있는 화자의 손을 놓게 한다. 산에 핀 꽃들은 화자에게 아무 것도 못하게 하고 다만 님을 생각하게 한다. '봄이 쑥 솟는' 것처럼, '산이 쑥 솟는' 것처럼 '님이 쑥 솟는'다. 산이나 꽃, 봄과 같은 자연현상들은 결국 '님'이라는 화자의 인간관계로 집결이 된다. 그러나 님은 화자와 의사소통이 되지 않는다. '님은 귀가 먹어' 화자 말을 못 알아듣기 때문이다. 그래서 님이 보이는 웃음은 헛웃음에 불과하다.

님이 화자의 말을 알아듣지 못해 화자와 합일이 되지 못한 채 헛웃음만 보내는 것처럼 더불어 자연도 화자와는 합일되지 못한다. 그래서 열심히 일을 하던 화자의 모든 일상은 엉망이 되어버린다. 공부도 하고 시도 썼지만 제대로 되는 일이 없다. 더불어 '몸도 아프다'. '눈이 나쁘고', '머리도 나쁘며', '골은 아프고', '골은 쑤시고', '병이 도진다'. 자신의 몸이 님과의 합일을 이루지 못해 병들어버린 화자는 열렬히 님을 원한다. 타인과의 이러한 단절 상태는 「이승훈 씨의 하루」에 오면 환청에 시달리는 모습으로 나타난다.

> 그에게선 이상한 소리가 나기 시작했다 그의 머리에서 나고 그의 가슴에서 나고 그의 팔에서도 나고 아침에도 나고 한밤에도 나고 아무튼 무슨 소리가 나고 덜그럭거리는 소리 사슬 끄는 소리 한밤에도 잠을 이룰 수 없었으며
>
> 그런 나라에서 그런 시를 쓰는 그런 시인이 되었도다
> - 이승훈, 「이승훈 씨의 하루」 부분

타인에게 가지 못해 허공 중에 떠도는 소리를 자신이 되듣게 되는 고통은 화자를 병들게 한다. 화자는 그 소리를 잠재우기 위해 술을 마

시거나, 웃거나, 시를 쓴다. 그러므로 '술을 마시는 행위'와 '웃는 행위'는 '시를 쓰는 일'과 동일선상에 있다. '그런 나라에서 그런 시를 쓰는 그런 시인이 되었도다'와 같은 자조적인 고백은 화자의 고통을 극대화시켜 보여준다. 뿐만 아니라 환청의 고통을 잠재우기 위해 화자가 할 수 있는 일은 '다시 시를 쓰는 일' 뿐이라는 것을 증명해 준다. 그래서 화자에게 시를 쓰는 일은 허공 중에 떠돌고 있는 화자의 소리 즉, '나'를 찾는 작업이 된다.[11]

> 내가 쓴 詩는 당신 젊을 때 그림만큼 약하다.
> 그러니까 나도 나이를 먹으면 귀머거리가 되리라.
> 한 칸의 방을 얻어 사면에 흑칠을 하고
> 내 문필의 늦은 침묵의 시대를 열리라.
>
> 죄없이 죽고 죽이던 총소리에 귀가 먼 후
> 당신은 나머지 세상을 문 닫고 끝냈다지만
> 나는 긴 전쟁의 회오리에 손가락 하나 잘리지 않고
> 억울한 피눈물도 얼마 흘린 적 없었으니
> 수십 년 피해온 큰 바다를 대면하듯
> 나이 들면 나도 귀머거리 시인이 되리라.
>
> 그래서 먼지 쌓인 게으름의 때를 몇 해 씻어내고
> 늙은 욕심의 살과 피가 다 녹아 흐를 때

---

11) 「이승훈 씨의 하루」에서 환청에 시달리는 화자가 시를 쓰는 일에 매달리게 되듯 「너」에서는 계속되는 어둠의 세계를 극복하기 위해 시를 쓴다. 윤호병은 이승훈의 「너」를 분석하면서 이승훈이 찾는 '너' 또한 '시쓰기'임을 지적한다. '시적 자아가 만난 너는 다름 아닌 글쓰기, 곧 시쓰기이며 자신의 시를 사람으로서의 독자가 아닌 무생물로서의 돌이 읽으리라고 자조 섞인 추정을 하게 된다. 다시 말하면 처음의 시쓰기에서부터 지금 이 순간의 시쓰기까지 드러나는 글쓰기의 허탈감은 자신의 시를 아무도 읽지 않을 것─"아마 돌들이 읽으리라"─이라는 생각에 의해서 더욱 가중된다.' 윤호병, 『아이콘의 언어』(문예출판사, 2001), pp.211-212 참조.

들을 수 없는 큰 목소리를 잡고 살리라.
온몸으로 불을 켜는 고문받는 땅 위에
마지막 밤의 별처럼 보이는 그 집에서.
　　　　　　　　－ 마종기, 「밤노래 － 화가 고야의 집에서」 전문

　이 시의 화자는 '나이를 먹으면 귀머거리가 되'고자 한다. 그것은 '고야'와의 합일을 위해서이다. 화자가 쓴 시가 고야의 '젊었을 때 그림만큼 약하다'는 이유로 동질감을 느끼며 늙어서는 귀머거리가 되는 것으로 고야와 자신을 동일시하려 한다. 귀머거리가 된 후 진정한 '문필'작업의 시대를 열겠노라고 다짐한다. 이는 고야를 통한 자신의 반성이며 앞으로의 다짐이다.

　화자와 고야는 전쟁을 겪었다는 점에서 동일하다. 그러나 고야는 전쟁의 총 소리에 귀가 먹은 데 반해 화자는 손가락 하나 다치지 않았다. 화자는 이 문제를 적극적인 현실 대응과 소극적인 현실대응의 문제로 받아들인다. 그래서 손가락 하나 잘리지 않은 자신을 현실을 회피한 사람으로 단정짓고 이 다음 늙어서는 적극적으로 현실과 대응하겠노라고 밝힌다. 그가 현실대응이라 예측하는 것은 자신이 늙어서 귀머거리가 된다는 것이다. 귀머거리가 된다는 것 자체는 현실을 외면하려는 행위로 읽힐 수도 있다. 하지만 이 시에서는 고난이 고야의 귀를 멀게 했기 때문에 화자도 나중에 가서는 고야처럼 현실에 의해 희생당하는 형식으로 귀를 잃고 싶은 것이다. 귀를 잃은 채 그리는 그림이 진실을 말하고 있듯이 귀를 잃은 채 쓰는 시가 진실한 시라고 화자는 말하고 있다.

　또한 화자는 자신의 살과 피를 욕망의 상징물로 본다. 이런 시각이라면 신체는 그 자체가 욕망의 덩어리가 되는 것이다. 그래서 귀를 잃는 것은 곧 자신의 욕망 한 자락을 잘라버리는 행위를 의미하게 된다. 그 욕망의 귀를 버린 다음에 들을 수 있는 소리는 인간이 개입되지 않은 자연 그 자체의 소리이며 화자는 그 소리를 시로 쓰고 싶은 것이다. 아직도 화자가 보기에 이 땅은 '고문받는 땅'으로 인식되고 있으므로 이제 화자는 이 고문의 땅에서 도망치지 않고 귀머거리가 듣는 새로운 소리로 이 세상을 노래하고자 한다. '별이 온몸으로 불을 켜듯이' 욕망을 다 버린 신체로 새로운 노래를 하고 싶은 것이다.

살펴보았듯이 청각의 결손은 타인의 결손과 화자 자신의 결손으로 나타난다. 타인의 결손 상태는 타인을 통해 나를 확인하는 작업으로 나타나거나, 의사소통의 부재로 인해 타인과의 관계가 단절되게 만든다. 이 타인과의 단절은 인간의 몸을 병들게 하여 환청이나 이명에 시달리게 한다. 이 때 타인의 청각 결손은 고통으로 화자의 내면에 자리한다. 그러나 타인이 아닌 자신의 청각 결손은 내적 성찰의 기회를 가져온다. 청각의 결손은 인간의 내면세계 한켠에 자리하는 욕망을 부인하는 것으로 발전되기도 한다. 그 까닭은 욕망으로부터 벗어나는 일이 자신을 바로 보는 일이며 자신의 삶을 제대로 사는 일이라고 믿기 때문이다. 이는 곧 시인으로서의 본연의 삶을 꿈꾸는 일이기도 하다. 한편 결손은 외부에 의해서가 아니라 자신에 의해서 발생되기도 한다. 스스로 자신을 결손인물로 만들면서 이 세상을 구축해 나가는 인물상을 드러내는 시가 바로 그것이다. 이러한 시는 자신을 결손인물로 만들어야만, 즉 자신의 감각기관을 모두 죽여야만 세상에 발붙일 수 있는 시대적 상황과 힘의 논리에서 억압당하는 나약한 현대인의 모습을 풍자한다.

2) 욕망의 결핍과 과잉

인간이 질병에 걸리지 않고 인생을 살아갈 수 있는 경우는 드물다. 질병에 걸리지 않을 확률을 가지고 이 세상에 태어나는 사람은 없다. 아무리 건강한 삶만 영위하고 싶어도 그 일은 인간의 뜻대로 되지 않는다. 결국 우리는 우리가 질병에 노출되어 있는 존재임을 깨달을 수밖에 없다.

건강은 신체에 음양의 조화가 이루어진 상태이며, 질병은 그 조화가 깨진 상황에서 발생한다는 것이 질병에 대한 전통 한의학의 견해이다. 이러한 견해에 대해서는 서양의학도 맥락을 같이한다. 질병은 환자의 신체와 분리되지 않으며, 환자의 신체는 자연과의 유기적 연관하에서 존재하기 때문이다. 그렇게 볼 경우, 치료는 환자의 신체를 둘러싼 여러 조건들의 깨진 불균형을 다시 회복시키는 데 주력하게 된다.[12]

그런데 이렇게 신체와 자연이 유기적인 관계에 있다는 전제 하에 있을 때 질병의 원인은 이루 헤아릴 수 없지만 그 중에서도 무언가 결핍되어 생기는 병이 있는가 하면 너무 과잉되어 생기는 병이 있다. 이러한 결핍과 과잉의 현상은 신체뿐만 아니라 정신적인 면에서도 발생한다. 이러한 결핍과 과잉에 따라 발생한 질병의 문제에서 신체와 정신의 관계는 어떻게 되는지 살펴보기로 하자.

잠이 오지 않는 밤이 잦다.
오늘도 감기지 않는 내 눈을 기다리다
잠이 혼자 먼저 잠들고, 잠의 옷도, 잠의 신발도,
잠의 문패도 잠들고
나는 남아서 혼자 먼저 잠든 잠을
내려다본다.

지친 잠은 내 옆에 쓰러지자마자 몸을 웅크리고
가느다랗게 코를 곤다.
나의 잠은 어디 있는가.
나의 잠은 방문까지는 왔다가 되돌아가는지
방 밖에서는 가끔
모래알 허물어지는 소리만 보내온다.
남들이 시를 쓸 때 나도 시를 쓴다는 일은
아무래도 민망한 일이라고
나의 시는 조그만 충격에도 다른 소리를 내고

---

12) 고미숙, 『한국의 근대성, 그 기원을 찾아서』(책세상, 2001), p.142 참조

잠이 오지 않는다. 오지 않는 나의 잠을
누가 대신 자는가.
남의 잠은 잠의 평화이고
나의 잠은 잠의 죽음이라고
남의 잠은 잠의 꿈이고
나의 잠은 잠의 현실이라고

나의 잠은 나를 위해
꺼이 꺼이 울면서 어디로 갔는가.
— 오규원, 「남들이 시를 쓸 때」 전문

　이 시는 '나'와 '잠'이 분리되며 '잠'은 다시 '나의 잠'과 '남의 잠'으로 분리된다. 그래서 첫 행의 '잠이 오지 않는 밤이 잦다'는 '내가 자는 것'이기 때문에 '잠'이 '나'와 등가성을 이루는 것이 아니라 '나'와 '잠'이 엄격하게 분리되어 있음을 확인시켜주고 있다. '눈을 감다'라는 물리적 현상과 '잠이 들다'라고 하는 생리적 현상은 유사한 형식을 가졌음에도 불구하고 동일한 현상은 아니다. 그래서 '감기지 않는 내 눈'은 '잠들지 못하는 나'와 '잠들고 싶어하는 나'가 분리되는 현상을 초래한다. '잠'은 '잠들지 못하는 나'와 분리되어 홀로 잠이 든다. 그리고 '잠들지 못하는 나'는 '잠'과는 거리를 유지한 채 '잠든 잠'을 내려다본다. 이 '잠든 잠'은 '나'와 분리되어 있지만 '나의 잠'이다.

　2연에서의 '지친 잠'은 '나'의 몸 속에 들어와 잠들고 싶은 잠이지만 내가 잠들지 못했기 때문에 나와 분리되어 잠들어 있다. 이 '지친 잠'은 '나의 잠'이다. 그러나 '지친 잠'은 '나'의 몸 속에 들어와 '나'와 잠든 '잠'이 아니다. 그래서 '나'는 '나의 잠이 어디 있는가'라고 묻는다. 그리고 '나의 잠'이 '방 밖' 즉 나와의 경계 밖에 있음을 밝힌다. '나'는 '잠'이 '나'의 경계 밖에 있음을 절망적 상황으로 인식한다.

3연의 '다른 소리'는 2연에서의 '모래알 허물어지는 소리'와 등가성을 이룬다. 등가성을 이루는 이 두 소리는 곧 절망적 상황의 암시이며 이 절망적 상황은 '나'로 하여금 시를 쓰지 못하게 만든다. 그래서 '나'는 '남들이 시를 쓸 때' 자신도 시를 쓰는 일을 '민망한 일'로 여긴다.

4연에서 '나'는 여전히 잠을 이루지 못하고 있고, '나'가 취하지 못하는 잠을 '나'는 다른 사람이 대신 자고 있다고 생각한다. 이는 '나'의 '잠'을 타인에게 빼앗겼음을 의미한다. 여기서 '잠'은 '나의 잠'과 '남의 잠'으로 분리되는데 사실 '남의 잠'은 '나의 잠'이기도 하다. 다른 사람에게로 가서 잘 자고 있는 '남의 잠'(원래는 '나의 잠'인)은 '나'에게 '평화'와 '꿈'으로 인식되며 '나'와 함께 잠들지 못하는 '나의 잠'은 '죽음'과 '현실'로 인식된다. '나'가 '나의 잠'을 '죽음'과 '현실'로 인식하는 이유는 잠들지 못하는 '나의 잠'의 상황이 곧 시를 쓰는 일이 '민망한' 일처럼 느껴지는 상황이며, 시를 쓰지 못하는 상황이 '나'에게는 절망적인 상황이기 때문이다.

잠은 식욕 성욕과 더불어 동물에게 없어서는 안 될 본능적인 욕구이다.[13] 이런 인간의 본능적인 욕구가 결핍될 때 인간이 꿈꾸는 이상세계는 멀게만 느껴지고 현실은 절망적으로 인식될 뿐이다. 이 절망적 인식은 울음으로 표현된다. '죽음'이고 '현실'인 '나의 잠'은 '잠들지 못하는 나'를 위해 울음을 운다. 그러나 울면서 '나'의 곁에 있는 것이 아니라 어디론가 떠나버렸으며 '나'는 그 '나의 잠'을 찾을 수 없다. 이는 '남의 잠'이 되어버린 '평화'와 '꿈'의 부재를 의미한다.

> 당신이 꽃이라면
> 나는 꽃의 남편이 되겠다.
> 　　　(중략)

---

13) 타노이 마사오, 윤소영 역, 『3일만에 읽는 몸의 구조』(서울문화사, 2001), p.226.

죽은 꽃들이 조용히 손잡고 지나간다.
남편들이 머뭇대며 그 뒤를 따라간다.
스물 몇 살의 꽃이 한겨울에 피어난다.
(중략)
문 열어라, 에미야.
빈집의 문을 두드리는 오랜 불면증,
잠 속의 의심은 내 허기증.
흉흉한 소문이 도시를 덮을 때
날지 못하는 새가 되어 목이 메인다.
유태인 수용소의 시체더미 위의 밤,
작곡가는 마지막 날의 음악을 쓰고
육이오 때는 병원 뒤뜰에 높이 쌓인 시체들,
사람이 사람을 죽이는 외마디 음악이 들린다.
밤마다 억울한 시체는 썩으면서 울었다.
(중략)
돌보지 않던 땅이 바다가 된다.
모래들은 모여서 밀리고 뒹굴면서
오래오래 소리치는 땅 위의 흔적.

— 마종기, 「밤의 四重奏」 부분

이 시에서의 불면은 과거로의 여행을 시작하게 한다. 수면의 결핍으로 인해 화자에게는 무의식에 묻어두었던 과거가 떠오르기 시작한다. 그러나 그 과거는 아름답지 못한 과거이다. 과거로 향하는 문은 닫혀 있다. 화자가 과거를 꽃으로 상정하고 '꽃의 남편'이 되겠다고 맹세하자 과거의 문은 열린다. 그 과거에는 죽은 꽃, 즉 죽음의 기억만이 가득하다. 죽음으로 가득찬 과거는 화자의 나이든 전신에 젖어들어와 그때의 고통을 다시 한 번 느끼게 한다.

화자뿐만 아니라 모든 사람들에게 그 때의 과거는 처참한 죽음의 세계로 가득 차 있다. 꽃은 모두 '죽은 꽃'이며 '꽃의 남편'이 되기로 한 사람들은 그 죽음을 고통 속에서도 온몸으로 받아들여야만 한다.

그리고 이 죽음의 꽃이 혹독한 추위 속에서도 끊임없이 피어남으로 해서 꽃의 남편인 이들의 고통은 끝없이 이어진다. 한겨울에도 끊임없이 들려오는 꽃 피는 소리는 바로 꽃의 남편들이 당하는 고통의 소리이다.

인용된 부분에서 '죽은 꽃'들의 의미는 구체적으로 드러난다. 작곡가에게는 '유태인 수용소의 시체더미 위의 밤'이 '죽은 꽃'이며 화자에게는 '육이오 전쟁으로 인해 병원 뒤뜰에 높이 쌓인 시체들'이 바로 '죽은 꽃'이다. 작곡가가 '마지막 날의 음악'을 쓰는 것처럼 화자에게도 음악이 들린다. 그러나 이 음악은 사실 음악이 아니라 '사람이 사람을 죽이는 외마디' 소리이다. 또한 밤마다 억울한 시체가 썩으면서 우는 소리이기도 하다. 그 소리들을 화자는 '음악'으로 듣는다. 이는 「第3講義室」에서 의사가 환자들의 죽음에 대한 슬픔을 억누르기 위해 억지로 그 울음소리를 외면하는 모습과 동일하다.[14] 외형적으로는 이러한 태도가 인간성이 상실된 냉혹한 태도로 보일지 모르지만 그 내면에는 자신의 고통을 인내하고자 하는 처절한 몸부림이 내포되어 있다.

이러한 인내를 통해 결국 과거의 땅에서 죽음은 모두 걷히고 새로운 물결이 들어차 바다가 된다. 썩어가는 시체 대신 모래들과 바닷물이 밀리고 뒹굴면서 오래오래 살아간다. 죽고 죽이는 인간의 살상이 사라지고 자연만이 한가로이 조화를 이루는 세계가 된 것이다. 그리고 화자는 자연의 세계를 반갑게 맞이한다. 불면의 세계는 수많은 고통을 거쳐 결국은 평화의 세계를 획득한다. 이는 죽음의 소리를 음악으로

---

14) 마종기의 시 「第3講義室」에서 죽음에 대한 울음 소리는 화자에게 다음과 같이 인식된다. '그러나 우리는 허구헌 날, 이 第3講義室에서 매일 한두 차례씩 이런 노래를 들어 왔읍니다. 처음 얼마는 내 목을 메이게 하고, 다음 얼마는 나를 肅然한 思索의 姿勢로 만들어 놓더니, 그것이 지나고는 차차 귀머거리 병신이 되었는가싶게 無心하였지만, 요즈음에 와서는 드디어 귀가 트이어 音樂으로 들리고 있었읍니다. 말하자면 中央 아시아의 曠野에서 듣는 것 같은 音樂으로 말입니다.'

듣는 인내를 통해서만 이루어진다. 불면의 밤은 곧 음악의 세계인 것이다.

> 한밤에 壁時計는 不吉한 啄木鳥!
> 나의 腦髓를 미신바늘처럼 쫏다.
>
> 일어나 쫑알거리는 <時間>을 비틀어 죽이다.
> 殘忍한 손아귀에 감기는 간열핀 모가지여!
>
> 오늘은 열시간 일하였노라.
> 疲勞한 理智는 그대로 齒車를 돌리다.
>
> 나의 生活은 일절 憤怒를 잊었노라.
> 琉璃안에 설레는 검은 곰 인양 하품하다.
>
> 꿈과 같은 이야기는 꿈에도 아니 하란다.
> 必要하다면 눈물도 製造할뿐!
>
> 어쨌던 定刻에 꼭 睡眠하는 것이
> 고상한 無表情이오 한趣味로 하노라!
>
> 明日!(日字가 아니어도 좋은 永遠한 婚禮!)
> 소리없이 옮겨가는 나의 白金체펠린의 悠悠한 夜間航路여!
>   - 정지용, 「時計를 죽임」 전문

이 시에서 인간의 신체를 훼손하는 것은 시간이다. 화자는 시간 때문에 두통을 느끼게 된다. 시간은 탁목조(딱따구리)처럼 인간의 뇌수를 쪼는 것이다. 시간이 화자의 신체를 훼손하는 이유는 자극을 주기 위해서이다. 시간이 화자의 뇌수를 쪼지 않는 이상 화자는 자신의 상황을 자각하지 못하고 무심코 존재할 뿐이다. 이렇게 시간이 화자의 신

체를 훼손하는 상황에서 화자가 느끼는 것은 불길함이다. 왜 불길한가. 그것은 화자의 심리 때문이다. 화자는 지금 자신이 처한 상황에 빠져 있어서 그 상황을 볼 수 없고 자신이 처해 있는 상황을 자각하는 일에 불길함을 느끼는 것이다. 이는 화자의 삶이 불길하다는 것을 암시하는 것이기도 하다.

이 불길함에서 벗어나기 위해 화자가 할 수 있는 일은 시간을 죽이는 일이다. 그래서 2연에 오면 사건은 전복된다. 인간이 자신의 신체를 훼손하던 시계를 죽이게 되는 것이다. 시간을 비틀어 죽인다는 표현은 시계가 평평한 판이 아니면 돌아가지 못한다는 말을 암시하고 있다. 시계가 평평하지 않으면 가지 못한다는 것은 시간 또한 평평하지 않으면 가지 않는다는 말과 통하고 이는 삶이 평탄하지 않을 때는 시간이 가지 않는 것처럼 힘들고 지루하게 느껴진다는 말과도 통한다. 시계는 사물이지만 마치 인간화 되어 인간의 손아귀에 감긴다. 이는 마치 인간이 인간의 손에 비틀려지는 것과 같은 정조를 만들어나간다. 화자가 그것을 '간열편 모가지'로 표현하는 이유는 시계의 모습에서 곧 인간의 모습을 발견했기 때문이다. 이로써 인간과 시계의 관계는 서로를 훼손시키는 적대적인 관계가 아니라 동일관계를 이루게 된다.

그렇다면 시계가 화자를 괴롭히는 이유는 무엇이며 화자는 구체적으로 어떠한 상황에 빠져 있는가? 3연에 드러나는 바로는 열 시간째 계속되는 노동으로 인해 화자는 피로감에 젖어 있는 상태이다. 그러나 화자는 그 피로감을 미처 감각하지 못하는 상태이다. 그 죽어버린 감각을 깨우치는 것은 화자에게 찾아온 두통이고 화자는 그 두통을 시간이 자각하게 만들었다고 생각한다. 화자는 열 시간의 노동 때문에 두통을 느낀 것이다. 열 시간의 노동은 화자의 이지마저 피로하게 만든다. 화자에게는 어떤 정신적인 작용도 없고 그저 물리적 행동만 존재할 뿐이다. 그래서 피로한 이지는 치차를 돌리게 된다. 여기서 치차를 돌리는 행동은 유의할 만하다. 치차는 톱니바퀴를 말하는 것으로 노동

현장에서 일하는 것을 의미할 수도 있고, 시계의 톱니바퀴를 돌려 시간이 그냥 흘러가게 둔다는 것을 의미할 수도 있다. 화자가 지금 있는 곳이 노동현장이 아닌 경우라면 이러한 행동은 생각의 노동을 계속한다는 의미로도 읽힌다.

4연에서 화자는 역시 노동에서 벗어나지 못하고 있음이 드러난다. 화자는 이렇게 피로한 일상에 분노도 느끼지 않는 인간으로 나타난다. 분노를 느끼지 못하는 몸은 항상 영어된 몸이다. 영어된 몸은 곧 억압된 몸을 의미한다. 화자의 신체는 억압된 채 나른한 몸으로 하품이나 하고 있다. 이러한 화자의 태도는 나태하기 그지없다. 마치 막연히 치차를 돌리는 모습처럼 역동적인 것과는 거리가 먼 모습으로 존재한다.

나태함에 빠져든 화자의 감정은 5연에서 완전히 메말라 버린다. 억압 밖의 세계 즉 유리 밖의 세계를 이루지 못할 꿈의 세계로 치부할 뿐 유리를 깨고 밖으로 나갈 생각을 하지 않는다. 이루지 못할 꿈에 대한 무기력한 상상은 극에 달해 급기야는 눈물조차도 제조할 수 있다고 자조섞인 감탄을 내쏟는다. 이 자조섞인 감탄에서 어떠한 역설이나 풍자도 느껴지지 않는다.

화자가 무기력한 인간이 되어버린 이유는 어디에 있을까. 6연에서 화자는 자신이 이렇게 감정이 메말라버린 무료한 인간으로 변한 탓이 바로 피로 때문이라고 생각한다. 그래서 피로에서 벗어나기 위해서는 휴식이 필요하다는 것을 강조한다. 그러나 쉬고 싶을 때 쉴 수 있는 처지는 되지 못하므로 화자는 그것을 고상한 무표정, 혹은 취미로 일축해 버린다. 이는 휴식을 가질 수 없는 상황을 풍자하는 것이기도 하다. 그래서 화자의 어투는 다소 냉소적으로 드러난다.

화자가 꿈꾸는 세상은 지금이 아닌 다음날에나 존재하는 것이고 영원 속에서나 약속할 수 있는 일이 된다. 화자는 어떠한 소리도 내지 못하고 지금의 시간에서 다음의 시간으로 떠나가 버린다. 그러므로 그가 지금의 피로에서 벗어날 수 있는 방법은 시간의 구속을 떠나 어디로든 탈출하는 것이다. 이 일은 한밤에 벌어지므로 화자는 그것을 야간항로라고 명명한다. 그러나 전조등도 없이 야간에 배를 타는 일은 생명을 위협하는 것과 같은 위험한 일이다. 이는 무기력한 인간이 자신을 억압하고 있는 상황에서 벗어나는 일은 쉽게 이루어질 수 없으며 난관에 부딪히게 되리라는 것을 암시하는 결과라고 볼 수 있다.

자신을 억압하고 있는 상황에서 벗어나는 일이 쉬운 일은 아니다. 그러므로 이러한 상황에 처했을 때 그 상황에서 벗어나는 방법은 상상력 밖에 없다. 신체 훼손이 의미하는 것은 이러한 자각을 하게 한다는 것이다. 두통이 없었다면 화자는 아무런 자각도 없이 노동을 계속하였을 것이다. 그것이 어떠한 노동이든 그것은 관계없는 일이다. 중요한 것은 두통이 무심코 시간을 죽이는 인간을 자각하게 하고 그 자각으로 인해 화자는 자신의 정체성에 의심을 갖게 되었으며 이 의심이 언젠가는 화자를 억압의 상태에서 벗어나게 해 주리라는 것이다.

> 이른봄부터 국문과 이선생의 오른쪽 눈
> 슬몃슬몃 어두워졌다.
> 영문과 홍선생의 망막 지평선 위론
> 모기 두 마리가 날기 시작했다
> 눈뜨면 바로 눈앞에 모기 두 마리.
> 내 홍선생에게 말했다,
> 모기 날음[飛蚊]이 아니라 모기 춤이라 하자.
>
> 눈 속에서 물것이 춤추면
> 한 눈 감아도
> 세상 온통 춤밭 되리.
> 어디서 날아와 둥지 틀었는지
> 벤자민 화분에 핀 민들레꽃도 춤추리.
> 민들레 잎에 붙어 있는 풍뎅이 등에

　　한없이 박혀 자지러지게 춤추는
　　고동색(古銅色) 반점!

– 황동규, 「풍장 55」 전문

　백내장은 카메라의 렌즈에 해당하는 수정체가 흐려져서 생기는 병이다. 수정체는 밖에서 들어오는 빛을 굴절시켜 망막에 초점이 맺히도록 하는데, 수정체가 흐려지면 상이 제대로 생기지 않는다. 백내장은 염증이나 당뇨병에서 기인하기도 하지만 대다수는 노인성 백내장이다. 노화로 인해 나타나는 백내장은 백발과 같은 것으로 70대가 되면 90%의 사람이 백내장을 갖게 된다.[15] 이 시에서 어두워진 눈과 모기 두 마리가 날기 시작한 눈은 모두 이런 노화현상에 속한다.

　노화현상의 하나로 결핍되기 시작한 시력을 화자는 겸허하게 받아들이려 한다. 시야가 흐려지는 것을 '모기가 날기 시작했다'라고 표현하는 것만 보아도 그 여유로움이 느껴진다. 나아가서는 이 모기의 날음을 '모기의 춤'이라고 표현하면서 그 결핍상태를 이상적으로 승화시키려 한다. 이러한 여유로움은 노화로 인해 많은 것을 잃어가고 있음과 더불어 잃게 될 목숨까지도 겸허하게 받아들이려는 태도로 보인다.

　흐려지는 시야를 춤으로 인식하자 화자에게 세상은 온통 춤판이 된다. 벤자민 화분에 핀 민들레꽃과 풍뎅이 등에 있는 반점도 모두 춤으로 보인다. 이전에는 잡초로 보여 뽑히거나 질병으로 보여질 것들이 춤으로 즉 삶으로 인식되기 시작한다. 이러한 춤판은 화자가 죽음을 맞이했을 때도 그것을 기꺼이 받아들이며 오히려 즐거워하리라는 생각을 불러온다. 남진우에 의하면 황동규의 시에서 '춤은 물질성을 초극한 육체의 율동이며 무한히 자유롭고 역동적인 그 춤의 공간은 생명과 환희로 충만해 있다. 그것은 죽음의 허무와 비극성을 딛고 일어서 이루어지는 삶의 대찬가이다'.[16]

---

15) 타노이 마사오, 앞의 책, p.14.

내 핏속에 기름이 둥둥 떠다닌다네.
아마 내가 개같이 욕심이 많은 탓이겠지.
남의 차지까지 다 빼앗아 쥐고
그 기름을 줄줄 마셔댄 모양이지.
                (중략)
강원도 원주군, 아니면 명주군 이십리 밖,
경상도 논두렁 건너, 실개천 근처쯤,
꽃이라도 갈아서 병원 한칸 차려놓고
                (중략)
오래 못 들었던 노랫가락 흥얼대보면
아무리 독한 욕심의 기름인들 당할까보냐.
그 기름 다 토해내서 기름진 땅을 만드는 거지.
                (중략)
피난 시절 부산 부둣가, 시꺼먼 기름 바다,
내 피가 어느새 검게 기름을 먹은 모양이지.
                (중략)
목이 아프다. 서양의 큰 키들을 당해내려고
젊은 날 내내 목을 뺀 탓이겠지.
                (중략)
그래도 내 건강법은 내가 알지, 글쎄, 의사라니까.
옛날 친구들 졸라 어디 조용한 산간에 가서
봄 아지랑이 속에 묻혀 며칠만 몸 녹이면 된다.
가을이라면, 보일 듯 말 듯한 코스모스 판에 들어가
너도나도 함께 은근히 목을 흔들어대면 된다.
물론이지, 눈도 밝아지고 머리도 깨끗해지지.
암, 그래야 결국에는 꽃이 되든 물이 되든 하겠지.
암, 그래야 내가 구름이 되든 안개가 되든 하겠지.

— 마종기, 「요즈음의 健康法」 부분

이 시에서 화자는 '욕심이 많은 탓'에 질병이 발생했다고 본다. '핏

---

16) 남진우, 「한 삶의 끝, 한 우주의 시작」, 황동규, 『풍장』(문학과지성사, 1998),
   p.117 참조.

속에 둥둥 떠다니는 기름'은 '개같이 욕심이 많은 탓'이며 '남의 차지까지 다 빼앗아' 쥔 탓으로 인해 생겼다고 보는 것이다. 그래서 화자는 욕심을 버리면 질병도 치료되리라고 본다. 자신이 의사로서 외국에서 환자를 치료하려는 행위까지도 욕심으로 본다. 화자의 아내는 이 질병을 치료하기 위해 '달걀, 쇠기름, 돼지고기' 등을 식탁에 올리지 않지만 화자가 앓게 된 질병의 원인은 이러한 섭생의 잘못에 있는 것이 아니라 심리적인 요인에 있다고 화자는 생각한다. 그래서 화자는 가족들의 돌봄과 식이요법, 병원에서의 물리적 치료 방법을 택하지 않는다.

화자가 제시하는 자신의 질병 치료 방법은 외국에서의 의사생활을 그만두고 시골에 내려가 사는 것이다. 의사가 환자를 치료하는 것은 당연한 임무임에도 불구하고 화자는 이러한 생각까지도 버려야 한다고 보는 것이다. 그렇게 살게 되면 '욕심의 기름'도 깨끗해진 신체를 당해 내지 못하고 그 신체 밖으로 나오게 된다. 신체 밖으로 나온 기름은 신체 안에 있을 때처럼 '욕심의 기름'이 아니라 대지에 축복을 내려주는 기름으로 변화한다. 그래서 '기름진 땅을 만드는' 것이 화자의 질병 치료법이다.

외국에 살고 있는 것도 욕심으로 본 화자는 이 질병을 치료하는 방법으로 '고국으로 돌아갈 것'을 제시한다. 그의 말에 따르면 '고국에서라면 죽은 것도 산 것이고 산 것도 다 산 것'이다. 모든 것이 다 생명체인 것이다. 그런 곳에서라면 자신의 질병도 치료될 것이라고 믿는다. 질병을 치료하는 또 한 가지는 주변 인물들과의 교류이다. 화자에게는 '네 눈이 정다운 약'이 되고 '네 말이 바로 신명'이 된다. 이렇게 된 삶에서라면 질병의 치료는 물론 삶의 활력 또한 찾게 되는 것이다.

신체에 깃든 '욕심의 기름'은 피난 시절 부둣가에 낀 시꺼먼 기름으로 비유된다. 화자는 그 검은 기름을 먹어댔다고 생각하며 그 기름이 몸 안에서 몸을 튀기고 있다고 생각한다. 부둣가에 비린내는 없고 역겨운 기름 냄새만이 감돌던 상황은 나이든 화자의 기억에 아직도 생생하게 남아 있으며 이러한 기억들이 화자를 병들게 한다. 이러한 기억의 고통으로 생긴 질병을 화자는 '소금 냄새 절은 우동집, 뜨거운 국물을 마시면' 다 나을 수 있다고 생각한다. 몸 안의 아픈 기억을 몰아내고 흘리는 눈물로 인해 화자는 부끄러워지겠지만 그 눈물을 피할 수는 없다.

화자는 목이 아픈 원인도 심리적인 데서 찾고자 한다. 화자의 견해에 의하면 그 원인은 화자가 외국에 살면서 '서양의 큰 키들을 당해내려고 젊은 날 내내 목을 뺀 탓'이다. '목이 아프면 목에도, 머리에도 기름이 고인'다고 화자는 말한다. 그러나 젊은 날 목을 늘여 빼고 살았던 이유는 욕심 때문이라기보다는 화자가 그 삶을 버텨내기 위한 응전방식이다. 화자의 젊은 날의 몸부림들이 나이 들어서 질병으로 나타나고, 화자는 그러한 과거를 반성함으로써 질병으로부터 벗어나려고 한다. 눈이 어두워지는 것도 화자는 눈에 '기름'이 끼었기 때문이라고 생각한다. 신체에 일어나는 모든 병리학적 현상의 원인이 욕심에서 비롯되었다고 보는 것이다.

이러한 질병의 상태에서 벗어난 새로운 신체가 꿈꾸는 이상세계는 질병에 걸린 자신의 신체와는 전혀 다른 모습의 세계이다. '꽃'이나 '물', '구름', '안개'가 되고 싶은 화자의 마음은 이미 질병에서 벗어나 있다. 이 세계는 아무런 욕망도 질병도 존재하지 않는 '한 송이 꽃'이나 '풀', '맑은 물'로 대변되는 세계이다. 모든 질병의 근원을 심리적 요인에서 찾는 화자의 태도는 욕망에서 벗어나면 질병에서도 벗어날 수 있으며, 질병에서 벗어난다는 것은 인간이 '자연'과 같이 되는 세계를 말한다.

질병은 무언가를 간절히 원하지만 이루어지지 않는 욕망의 결핍 상태에서도 발생하고 과잉 상태에서도 발생한다. 이 때 시인은 질병의 원인을 생리학적 요인에서 찾기보다는 심리적 요인에서 찾으려 한다.

심리적 요인에서 오는 질병은 끝없는 자아와의 싸움을 동반한다. 화자는 끝없는 두통과, 불면, 시각의 결손, 심장병 등을 앓게 된다. 그리고 그 질병을 통해 현재와 과거 속의 자아를 되돌아보게 된다. 그래서 자아의 탐색 끝에 질병을 발생하게 한 심리적 요인이 해결되면 인체의 질병도 사라지게 된다. 이렇게 질병에서 벗어난 세계는 현재의 번민에서 벗어나 자연의 세계와 동일시하는 방법을 통해 드러난다. 이 자연의 세계는 인간이 태어나기 전 원시의 세계이기도 하다. 그러나 인간의 삶은 질병에서 벗어날 수 없으며 태어나서 죽을 때까지 질병과 공존하는 삶은 계속된다. 또한 그 질병을 삶의 한 부분으로 받아들이는 가운데 심리적 병인은 사라지게 된다.

3) 신체와 욕망의 소멸

인간은 죽음을 미리 예감하고 있다. 자신이 죽어가고 있다는 사실을 미처 깨달을 시간도 없이 죽지는 않는다는 것이다. 물론 갑작스런 죽음의 경우에는 이에 해당하지 않는다. 그러나 이와 같은 경우를 제외하면 결국 인간이란 정상적으로는 죽음을 예감하고 있는 존재인 것이다.[17]

인간은 죽음과 맞닥뜨렸을 때 흔히 자신의 삶을 되돌아보게 된다. 문학에서는 죽음을 앞두고 깨닫게 되는 것이 삶과 죽음의 경계가 존재하지 않는다는 것으로 드러난다. 신체가 소멸해가는 형식, 즉 죽음의 형식 가운데 하나인 썩거나 녹는 현상은 液化를 통해 육탈이 되어가는 모습을 말한다. 살은 썩어서 뼈에서 떨어져나가고 남은 뼈는 썩어서 흙이 된다. 또한 '해변가의 모래 속에 녹아내리기'도 하고 '뜨거운 아스팔트에 녹아붙기'도 한다. 몸에서 떨어져 나가 다른 개체로 변화한 살들은 이미 '신체'라 명명할 수 없는 존재가 되었지만 시인에게는 아직 자신의 신체로 인식되어 시인의 삶에 영향을 미친다.

---

17) 필립 아리에스, 이종민 역, 『죽음의 역사』(동문선, 1998), p.20 참조

단숨에 죽는 자가 아니라, 고통을 겪을 만큼 겪으면서 느릿느릿 죽
어가는 자의 병이기에, 회저에는 긴 울부짖음이 있다. 그러나 그 울부
짖음도 소용이 없는 텅 빈 무덤 속에서, 진물 흐르는 썩은 살을 긁어
내며, 흙더미 허물어지는 소리를 우리가 만약 듣게 된다면……그런
회저의 시간이 찾아온다, 자신의 인생에게 홀로 침묵으로 예배해야 하
는 시간이, 어느 날 예기치 않게, 또는 꿈길로, 우리의 첫 번째 죽음을
예고하면서.

- 최승호, 「회저의 시간」 전문

이 시에서 화자는 신체가 썩어가며 죽는 병에 대해 이야기하고 있
다. 죽음은 단 시간에 오지 않고 통과의례처럼 오랜 고통을 거쳐야만
이루어진다. 느릿느릿 이루어지는 만큼 고통의 시간도 길어진다. 더불
어 고통에 대한 울부짖음도 길어질 수밖에 없다. 신체의 고통은 자아
에 대한 자각으로 발전되기 때문에 고통이 길고 울부짖음이 긴 만큼
시는 비극적 정조를 갖게 된다. 이때 울부짖음은 고통받는 신체에 대
한 자아의 반향이다.

무덤은 죽은 자의 공간이다. 그런데 이 시에서의 무덤은 다르다. 죽은
자의 공간이면서 살아 있는 자의 공간이다. 무덤은 비어 있으면서 그
안에서 사람이 삶에 대한 고통을 느끼고 있기 때문이다. 이 시에서의
'텅 빈 무덤'은 산 자와 죽은 자의 경계선상에 있으면서 삶과 죽음을 동
시에 포함하는 공간이다. 또한 이미 죽어 있으면서 산 자의 아비규환을
들어야 하는 고통스러운 공간이기도 하다. 죽은 자는 다시 살아나서 산
자의 손을 잡아 줄 수 없으며 자신의 죽음도 온전하지가 않다. 무덤은
비어 있고 자신은 온전히 죽음의 자리로 오는 일도 이루어지지 않고 있
는 것이다. 다시 말하자면 죽음으로 인해 고통에서 벗어나지 못하고 죽
고 나서도 고통과 손을 뗄 수 없는 상황에 처하게 됨을 의미한다.

'진물 흐르는 썩은 살을 긁어내며'에서 알 수 있는 것은 화자가 고
통에서 벗어나기 위해 할 수 있는 일은 자신의 신체 훼손 부위를 자신

으로부터 떼어내는 일이라는 것이다. 그러나 고통은 떨어져나가지 않고 오히려 화자는 흙 속에 묻히게 된다. 빈 무덤에 누워 있던 신체는 흙의 무너짐에 의해 움직일 수 없는 매장 상태에 놓이게 된다. 이로 인해 화자의 고통은 신체와 함께 무덤에 매장되어 화자를 떠나지 않고 죽음 저 너머의 세계에서도 영원히 계속된다. '그런 회저의 시간이 찾아온다'는 화자의 확신 때문에 이러한 상황은 상상의 세계에 머무는 것이 아니라 현실이 되어버린다. 그 회저의 시간에 대한 공포 또한 화자를 억누르는 요소가 된다.

이러한 고통의 시간에 대해 화자가 대처할 수 있는 방법은 침묵뿐이다. 고통에 대해 울부짖을 것이 아니라 스스로의 회저를 인정하고 침묵해야 한다는 것이다. 이 때 침묵은 단지 침묵으로만 존재하는 것이 아니라 침묵함으로써 무언가를 갈구하게 되는 예배의 형식으로 변형된다. 이는 모든 체념이기도 하지만 고통에서 벗어날 수 있는 적극적 방법이기도 하다. 우리는 악의 구렁텅이에서 벗어나기 위해 온갖 힘을 다 쓰지만 사실은 그 악의 구렁텅이를 인정할 때, 인정하고 받아들일 때 오히려 그것에서 벗어날 수가 있는 것이다.

이러한 시간은 예고 없이 불현듯 찾아오며 꿈처럼 찾아온다. 예고 없이 찾아온다는 것은 우리에게 준비하고 빠져나갈 시간을 주지 않는다는 것을 의미한다. 그리고 꿈처럼 찾아온다는 것은 우리가 그런 일에 닥쳐도 그것을 현실로 인정하지 못한다는 것을 의미한다. 이는 자신에게 닥친 고통을 인정하지 않고 떼어내려고만 하는 행위와도 같다. 이럴 땐 꿈을 현실로 인정하고 받아들이는 일이 오히려 고통에서 벗어나는 일이 된다.

이런 고통이 찾아오고 우리가 그 고통에 휘말릴 때를 시인은 첫 번째 죽음의 시간이라고 예고한다. 고통을 맞이한 순간, 그 고통에 못이겨 자아가 상실되었을 때 우리는 이미 죽음을 맞이한 것이나 마찬가지이다. 이는 우리가 자신에게 찾아온 죽음을 인정하지 못하고 발버둥칠 때 고통을 맞이하게 된다는 말과도 상통한다. 이러한 경우에 우리는 자신에게 닥친 죽음을 인정하고 받아들임으로써 두 번째의 죽음을 겸허하게 맞이할 수 있다. 이런 측면에서 보면 신체가 썩는 '회저'라는 병은 신체가 썩는다기 보다는 인간의 영혼이 썩는 것과 같은 병이다. 영혼이 삶을 놓아버리면 더 이상 '회저'는 없는 것이다.

이렇게 썩어가는 삶에 대한 고통은 같은 시인의 시 「회저」와 「발효」에도 잘 나타나 있다. 「발효」에서 신체가 썩는 일은 세상의 부정부패를 보고도 외면했을 때 발생한다. 그래서 화자는 그 '부패'를 '발효'로 전환시키려 한다. '회저'는 신체의 부패가 아니라 마음의 부패라는 전제 아래 시는 전개된다. 「회저의 시간」에서 자신의 죽음을 침묵으로 받아들여야 하는 것과 달리 「발효」에서는 다른 사람의 억울한 죽음에 대해 침묵했을 때 화자의 마음은 썩어가게 된다. 다른 이의 죽음을 침묵하고 받아들이는 일이 화자의 '회저'를 초래하는 것이다. 그 죽음이 억울한 죽음일 때는 더욱 그렇다. '수렁 바닥에서 멍든 얼굴이 썩고 있을 때나／흐린 물 위로 떠오를 때에도'와 같은 표현에서도 알 수 있듯이 화자가 접하는 죽음은 모두 의문사와 같은 억울한 죽음이고 화자는 이러한 죽음을 외면한다. 그런 자신을 화자는 '독약 먹이는 세월에 쓸개가 병든 자로서／울부짖음 대신 쓴 거품을 내뿜었을 뿐이다'라고 표현한다. 타인의 죽음에 대한 외면은 화자의 신체에 병을 가져오고 이 병과 함께 화자의 마음 또한 부패해간다. 그리고 화자는 이렇게 부패되어가는 자신을 발효하는 자신으로 바꾸고 싶은데 그 힘을 물에서 얻고 싶어한다. 이는 자신의 마음을 물에 투영한 것으로 봐야 한다. 자신 속의 물은 썩어가고 있지만 외부의 저수지, 구체적으로 '물왕저수지'가 살아 있다면 자신 속의 저수지도 부패가 발효로 바뀌어 다시 살아날 수 있으리라고 믿는 것이다.

「회저」에서 '물왕저수지'의 역할을 하는 것은 '재'이다. 화자는 부패해가는 자신의 신체를 재로 씻으면 그 고통에서 벗어날 수 있으리라 믿는다. 이는 「회저의 시간」에서 말하는 것처럼 죽음을 거부하지 않고 받아들이는 행위를 '재 밑의 재로' 돌아가는 행위로 표현한다. 재로 인해 삶에서의 모든 독과 죄가 씻겨져 나가고 깨끗한 죽음을 맞게 되는 것이다. 이러한 경우 고통에 대한 울부짖음 대신 침묵을 동반해야만 한다. 여기서의 침묵은 죽음을 받아들인다는 암묵적인 동의이다. 이런 동의 하에서만 인간은 신체의 훼손에 대한 고통을 잊을 수 있는 것이다.

> 에즈라 파운드의 고향은
> 감자가 많이 나는 아이다호 주,
> 해마다 감자들은 생살을 째고
> 피 흘리는 생살을 흙에 비벼서
> 안 보이는 땅속에 양식을 마련한다.
> 고향의 감자꽃은 슴슴하지만
> (중략)
> 섬에서는 망자들이 소리 죽여 울고
> (중략)
> 밤에는 심한 비가 자주 내리는 섬,
> 빗소리에 잠이 깨면 그새 육탈이 된 몸.
> 뼈 사이로 스미는 빗물의 차가움에
> 몇 개의 뼈는 벌써 피리 소리를 내고
> 온몸이 환히 보이는 망자들의 부끄러움.
>
> — 마종기, 「亡者의 섬」 부분

　화자는 배신자라는 낙인 때문에 그리던 고국에 돌아오지 못하고 외국 땅 이탈리아 '망자의 섬'에서 죽어 묻힌 에즈라 파운드를 자신의 삶과 비유하여 살펴본다. 외국에서 의사생활을 하며 시를 쓰고 또 고국에 돌아오지 못하는 화자의 모습은 에즈라 파운드의 경우와 유사성이 있다. 그래서 화자는 자신이 생활하고 있는 공간을 '망자의 섬'이라고 생각한다. 이 '망자의 섬'은 삶이 존재하지 않고 죽음만이 도사리고 있는 공간이다. 이는 고국과의 단절감에서 오는 것으로 살아 있는 한 인간으로서 그 어떤 일을 해도 아무런 의미를 찾지 못한다. 살아 있어도 그 의미를 찾을 수 없는 삶을 화자는 '망자의 섬'에서의 삶이라고 생각한다.

화자는 에즈라 파운드의 고향이 감자가 많이 나는 고장이라는 점에 착안해 자신의 시작 과정을 이야기한다. 씨감자가 새로운 감자로 다시 태어나는 과정은 마치 시인이 시를 쓰는 과정과 유사하다. '생살을 째고, 피 흘리는 생살을 흙에 비벼서 안 보이는 땅속에 양식을 마련하는' 감자의 모습은 시인이 시를 쓰기 위해 겪는 고통과 비슷하다. 감자꽃의 '슴슴함'도 씨감자가 흘린 피에 비하면 강렬한 모습은 아니며 시인이 힘들여 쓴 시도 그 과정에서 겪는 고통에 비하면 슴슴하게만 느껴진다. 그러나 그 슴슴한 감자꽃도 아픔없이는 피워낼 수 없으며 아무나 감자 옆에 누울 수 없다는 점은 슴슴하게 느껴지는 시도 고통없이는 쓸 수 없으며 시 없이는 살 수 없다는 것을 생각하게 한다. 그리고 화자에게 이 점을 인식시키는 것 또한 감자꽃, 즉 시이다. 화자는 시를 통해 자신을 보게 되는 것이다.

화자가 살고 있는 '망자의 섬'에서는 끊임없이 망자의 울음소리가 들려온다. 이 울음소리는 이들이 부르는 노랫소리나 마찬가지이다. 그리고 이미 망자가 된 상태에서는 이 울음소리만이 자신을 표현할 수 있는 매체가 된다. 망자는 소리 죽여 우는 것으로 자신이 아직 죽지 않은 자임을 드러내고자 한다. 그러나 이 섬은 심한 비가 자주 내리는 섬이기 때문에 이들의 눈물은 빗물에 섞여 흘러가버리고 이들의 울음소리는 빗소리에 섞여 들리지 않게 된다. 빗속에서 확인하는 자아는 이미 육탈이 된 자아이다. 육탈이 된 자아가 다시 확인할 수 있는 것은 '남은 뼈가 빗물과 부딪쳐 내는 피리 소리' 뿐이다. 이 '피리 소리'는 화자의 내면의 소리로 화자가 그동안 써온 시가 내는 소리이기도 하다.[18] 이미 육탈이 된 신체는 신체로 존재하지 않고 화자가 쓴 시로 존재하게 되는 것이다. 시로만 남은 화자는 자신을 감싸고 있던 살이 녹아 없어지면서 '온몸이 환히' 보이게 된 것을 부끄럽게 여긴다. 이는 내면이 드러나는 데에 대한 부끄러움뿐만 아니라 자신의 시에 대한 부끄러움을 일컫는 표현이기도 하다.

> 더 이상 인간이 존재하지 않는다. 인간은 존재하기를 그쳤다. 물질과 허깨비만이 왔다갔다한다. 보이지 않는 공포와 가장 강력한 경멸의 뒤범벅을 우리는 오늘날 삶이라고 부른다. 게다가 그 공포와 경멸을 더 많이 차지하겠다고 사람들은 경쟁적으로 싸우고 있다. 하하. 그러니 그 삶이라는 것에 손이 닿자마자 손은 썩기 시작하고 그 삶이라는 것 속에 발을 들이밀자마자 발은 썩어버린다. 그 문드러진 팔다리로 나는 힘차게(!) 걸어간다는 것이다. 그리하여 거짓과의 타협을 우리는 오늘날 삶이라고 부른다. 그리고 더 많은 거짓을 차지하기 위하여 사람들은 경쟁적으로 싸우고 있다.
> 술보다 더 지독한 마약이 필요하다.
> ― 정현종, 「절망할 수 없는 것조차 절망하지 말고……」 전문

이 시는 썩어가는 신체의 이미지를 통해 욕망으로 가득찬 삶을 살아가는 인간에 대한 부정을 표현한다. 화자는 이 세상을 인간이 존재하지 않고 물질과 허깨비만이 존재하는 세상으로 인식한다. 화자는 오늘날 우리가 누리고 있는 삶을 '보이지 않는 공포와 가장 강력한 경멸이' 뒤범벅되어 있는 세상으로 인식한다. 그리고 인간들은 그 공포와 경멸을 더 많이 차지하겠다고 안간힘 쓰는 것으로 본다. 삶이라는 것이 이렇게 인간을 삶으로 이끌지 않고 죽음으로 몰아가는 것이니 살아보려고 하는 인간은 오히려 죽음을 당하게 된다. 손이 닿으면 손이 썩고 발이 닿으면 발이 썩는다. 그러니 인간은 사실 살아 있어도 죽은 것과 마찬가지며 그렇다고 살 수도 죽을 수도 없는 궁지에 몰려 있는 것이다. 이러

---

18) 전봉건은 그의 시 「돌 31」에서 아홉 개의 총알을 맞고 구멍난 뼈가 대나무 피리가 되면서 전쟁의 참상을 피리 소리로 고발하게 된다.

한 삶을 화자는 역설적으로 '그 문드러진 팔다리로 나는 힘차게(!) 걸어
간다'고 조롱을 한다. '힘차게'의 뒤에는 느낌표까지 찍으면서 강조한
다. 이러한 화자의 모순어법은 삶을 경멸하는 뜻을 한층 배가시켜 놓는
다. '썩어 문드러진 팔다리로 살아가는 삶'을 화자는 또 '거짓과의 타
협'이라고 정의한다. 사람들이 살아가는 일은 '공포'와 '경멸'을 차지하
기 위한 싸움일 뿐만 아니라 '거짓'을 차지하기 위한 싸움이 된다.

　화자가 필요하다고 발언하는 '술보다 더 지독한 마약'은 이렇게 모
순된 세상을 버텨나가기 위한 수단이 되기는 하지만 해결책은 되지 못
한다. 그러므로 화자가 말하는 모순된 삶은 끊임없이 지속되고 사람들
은 그 삶 속에서 발을 빼지 못한다.

　　　아내가 내 몸에서 냄새가 난다고 한다.
　　　드디어 썩기 시작!
　　　먼저 입이 썩고
　　　다음엔 항문이 썩으리라.

　　　마음을 마알갛게 말리는
　　　저 창밖의 차분한 초겨울 햇빛.

　　　입도 항문도 뭉개진
　　　어느 봄날,
　　　돈암동 골짜기 정현기네집
　　　입과 항문 사이를 온통 황홀케 하는 술
　　　계속 익을까?
　　　　　　　　　　　　　　　　　　　　－황동규, 「풍장 33」 전문

　후각적 이미지로 느껴지는 몸의 냄새를 화자는 삶의 냄새로 인식하
지 않고 죽음의 냄새로 인식한다. 이 죽음은 신체가 썩는 것으로부터
비롯된다. 그리고 제일 먼저 썩는 것들을 입과 항문으로 가정한다. 이

는 소화기의 시작과 종료의 기능을 맡고 있는 기관이므로 먹는 것에 대한 불가능을 화자는 죽음의 시작으로 인식하는 것이다. 물론 이것은 화자의 인식 세계에서 벌어지는 일이다.

죽음을 받아들이는 화자의 태도는 다른 시편들에서도 그렇듯이 차분하기 그지없다. 그러나 이 차분함 속에는 속이 타들어가는 괴로움이 있다. 이 죽음은 습기를 없애고 건조시키는 햇빛과 같이 화자의 마음에 작용한다. 그래서 화자의 마음은 '마알갛게' 말라간다. 마음이 말라가는 일은 신체에 깃든 삶이 사라져가는 것과 동일선상에 있다. 몸의 온기를 없애고 조용히 파고드는 초겨울의 추위처럼 죽음은 화자에게 햇빛이면서도 따뜻하지 않고 차갑기만 하다. 그리고 이 차가움은 아주 차분하게 화자의 전신에 파고든다.

이 겨울의 은근한 추위 속에서 화자는 봄날을 꿈꾼다. 봄이 되었을 때 화자의 입과 항문은 이미 썩어서 뭉개진 상태이다. 이 상태에서도 화자는 삶을 꿈꾼다. 화자가 말하는 '입과 항문 사이'는 썩지 않고 남아 있는 몸이며 이 남아 있는 몸은 곧 삶을 말한다. 그 남아 있는 삶을 화자는 황홀하게 보내고 싶어한다. 이는 죽음 속에서도 삶을 살 수 있는 긍정적이고 활기찬 태도이다. 화자에게 죽음은 삶이며 삶이 또한 죽음인 그 경계가 모호한 것이므로 삶과 죽음에 연연해하지 않고 다만 지금에 최선을 다할 뿐이다. 이는 죽음에 대한 화자의 긍정적 태도의 일면이다. 김준오는 황동규의 시에 나타나는 '죽음에 대한 긍정적 태도'를 '죽음과의 친화력'이라 명명하며 논의를 펼쳐나간다.[19)]

---

19) 김준오는 '황동규에게 죽음과의 친화력은 오히려 인간을 인간답게 만드는 역할을 한다'고 지적한다. '그에게 죽음이 없다면 삶 자체가 상당히 경박하고 무의미하게 된다. 여기서 그는 삶과 죽음의 균형을 추구하는 중용주의자로 등장한다. 이 균형감각은 연작시 「풍장」을 비롯하여 평론가 김현의 죽음을 제재로 한 「양평에서」 등 그의 시 도처에서 나타나고 있다. 「고려장」에서 죽음은 오히려 삶을 아름답게 하는 생명감과 연관되어 있고 「풍장 21」은 죽음과 생명이 조화를 이룬 이중주다. 그에게 생명의 발견은 진리의 발견에 등가되고 이것은 역설적으로 죽음에 의해서 촉발되고 있는 것이다. 삶과 죽음의 균형감

　8月初, 그 會社 그 책상 그 의자에서 일어나 門 밖으로 나선다. 거
리. 오후 2시의 햇볕이 굶주린 진딧물처럼 내 목덜미와 팔에 새까맣게
착착 달라붙는다. 내 피부는 금방 흐물흐물 녹기 시작한다. 나보다 먼
저 이 땅의 햇볕에 흐물흐물 녹아 있는 길들. 형체가 없어진 그 길,
그런 길 위에서 사람들은 方向의 감각을 잃고 있다. (중략) 길은 강 언
덕에 있다? 길이 있다는 江, 漢江 쪽으로 발을 옮겨놓는다. 발을 옮겨
놓을 때마다 녹아 버린 길의 허연 살점이 신발에 엉겨 붙는다. (중략)
길이 있는 곳은 소리가 있다? 소리가 있는 漢江邊. 자동차 엔진 소리.
악셀레이터 밟는 소리. 시멘트 바닥을 긁어내며 차바퀴가 구르는 소
리. 달아나는 소리. 쫓아가는 소리. 호루라기 소리! (중략) 漢江邊 소리
의 天國

— 오규원, 「그 회사, 그 책상, 그 의자」 부분

　'그 會社 그 책상 그 의자'는 바로 화자의 사회적 신분을 증명해주
는 공간이다. 화자는 이 사회적 신분을 부정하며 문 밖으로 나선다. 이
문 밖의 세계를 화자는 사회 구성원으로서의 자신의 위치를 떠나 인간
개인의 정체성을 찾을 수 있는 공간으로 인식한다. 그러나 문 밖의 세
계는 강렬한 오후 '2시의 햇볕'으로 인해 제 모습을 지탱하지 못하고
와해되어 버린다. 화자의 피부가 녹아버리면서 화자는 화자가 아닌
'문 밖 세계'의 사물이 되어버리고, 이는 화자가 '문 밖 세계'의 상황
을 사물화된 신체를 통해 인식하는 계기가 된다. 길은 이미 녹아 있고
형체가 없다. 이는 화자가 인간 개인의 정체성을 찾고자 하는 희망의
와해를 의미한다. 형체가 없는 길 위에서 방향 감각을 잃은 채 헤매고
있는 사람들은 바로 화자의 모습이기도 하다. 화자가 문 밖에 나와서
내딛을 수 있는 세계는 존재하지 않으며 이는 인간 개인의 정체성 상

각은 무차별이란 선의 경지로 연결된다. 선은 삶과 죽음, 무거움과 가벼움, 있
음과 없음, 정적인 것과 동적인 것 등 모든 대립항들이 둘이면서 하나가 되는
경지다. 이 점에서 시인은 본질적으로 선사와 유사하다.' 김준오, 『도시시와
해체시』, pp.317-318 참조.

실을 의미한다. 길을 찾지 못해 우왕좌왕하고 있는 사람들 역시 개인
의 정체성을 상실하고 방황하는 모습으로 해석할 수 있다.

'길은 강 언덕에 있다'는 말을 떠올린 화자는 한강 쪽으로 발을 옮
겨 놓는다. 그러나 문 밖 세계의 길은 이미 다 녹아 있으므로 '녹아
버린 길의 허연 살점이 신발에 엉켜 붙는다'. 이 엉겨 붙는 길로 인해
화자는 앞으로 더 나아가지 못한다. 그래서 화자는 강으로 가지 못하
는 대신 강을 머릿속으로 불러들인다. '움직이고 있음 또는 살아 있음
을 진행형으로 말하는 江'의 진리를 뇌 속으로 받아들인다. 강의 진리
속에 인간의 말과 시간이 다 들어 있다고 생각하는 화자에게 강은 캄
캄한 어둠, 혹은 암호로 느껴진다. 화자가 강을 암호처럼 인식한다는
것은 인간의 말과 시간을 암호처럼 인식하는 것과 마찬가지다.

화자는 강을 소리로 인식하기도 한다. 화자가 듣는 소리는 강물 소리
가 아니라 강변에서 나는 소음들이다. '자동차 엔진 소리', '악셀레이터
밟는 소리', '차바퀴 구르는 소리', '달아나는 소리', '쫓아가는 소리',
'호루라기 소리' 등이 뒤범벅되어 있는 소리는 바로 사람들이 살아가는
소리이며 강물 소리이기도 하다. 이 소리는 화자에 의하면 암호 같은
소리이기도 하다. 화자는 한강변을 이 소리들의 천국이라 일컫는다. 화
자가 문 밖으로 나와 찾아가고 싶었던 자아의 정체성은 바로 이 소리
들 속에 있었으며 이 소리들은 사람들이 살아가는 소리이다.

신체의 부패는 화자가 삶을 어떻게 인식하고 있느냐의 문제와 연결
되어 있다. 최승호에게 삶은 살이 썩어가는 고통을 참아내야 하는 극
한상황으로 인식된다. 이러한 삶은 죽음이 다가오는 순간까지 아주 느
린 속도로 지속된다. 이 때 가해지는 신체의 고통은 어떠한 저항이나
치료의 방법도 없이 인간을 억압한다. 인간이 이러한 고통을 극복할
수 있는 방법은 신체의 부패를 발효로 받아들이는 방법밖에 없다. 그
러나 타인의 불운한 죽음을 외면했을 때 찾아오는 신체의 부패는 발효
와 같은 극복이 이루어지지 않고 고통만 지속될 뿐이다. 마종기의 경

우 삶은 죽음과 더불어 울음소리 가득한 세계이다. 이 울음소리 가득한 세계는 자신의 삶에 대한 부끄러움을 인식하게 한다. 정현종에게 삶은 비리와 모순으로 가득차 있으며 인간의 몸이 닿기만 하면 썩어버리는 세계이다. 그래도 인간들은 그 썩은 삶에 몸을 담그고 살아가고 있으며 정현종은 이러한 삶을 조롱한다. 황동규에게 삶은 곧 죽음이기도 해서 삶과 죽음의 경계는 모호하다. 더불어 다가오는 죽음을 긍정적으로 받아들이는 태도가 보이며 살아 있는 상태에서 최선을 다하고자 하는 의지도 찾아볼 수 있다. 삶은 긍정적인 측면과 부정적인 측면을 동시에 가지고 있다. 신체의 부패는 이렇게 양면성을 띠고 있는 삶으로부터 벗어나 죽음으로 가는 과정을 이야기하고 있다.

제4장
신체 **훼손**을 통한 세계 인식

제4장 ___ 신체 훼손을 통한 세계 인식

1. 신체 훼손과 부정적 세계관

1) 세계의 폭력성과 손상된 신체

인간이 일생동안 신체에 손상을 입지 않고 살아갈 수 있는 방법은 없다. 신체는 질병으로 인해서든 외부의 물리적인 힘에 의해서든 손상당하고 그를 치유하는 가운데 그 삶을 영위해나간다. 특히 신체에 가해지는 손상의 문제는 대부분 외부로부터 발생되는 경우가 많다. 신체의 손상은 외부세계가 힘의 논리에 의해 인간에게 억압을 자행하는 형식으로 나타난다. 이 때 외부로부터 신체를 손상당하는 시인의 입장에서는 세계를 받아들이는 태도가 긍정적일 수 없으며 손상된 신체를 통해 들여다보는 세계는 전쟁이나 테러와 같은 폭력적인 세계로 인식된다. 인간의 신체에 손상을 입히는 세계의 폭력성은 전봉건의 '내 오른손은 총맞아 죽어', '총알 하나가 내 손을 관통', 김광림의 '동강난 팔과 다리' 김춘수의 '부러진 두 팔과 멍든 발톱', '한쪽 젖을 짤린' 등의 이미지에서 잘 드러난다.

위에 예시한 이미지들에서도 드러나듯이 팔과 손은 신체의 손상 이미지가 가장 잘 드러나는 부위이다. 팔과 손은 힘의 활동성을 나타내는 이미지이다. 이러한 의미에서 손은 일하고, 주는 특별한 행위와 관련된다. 또 두 팔을 들어 올렸을 때는 호소하거나 또는 자기를 방어하는 행위의 표시이기도 하다. 또한 팔과 손은 다른 사람을 포옹하거나 손을 잡을 수도 있어 친교의 표시를 할 수 있고, 그 반대로 폭행을 가

할 수도 있어 타인과 관련하여 주체자의 의사를 표현하는 기능을 가지고 있다. 뿐만 아니라 손은 생산을 할 수도 있으며 위대한 예술작품을 창조하는 창조성을 지니고도 있다. 따라서 팔과 손이 손상당한다는 것은 위와 같은 수행 능력이 손상당한다는 것을 의미한다.

외부세계에 의해 팔과 손이 손상당하는 예는 전봉건의 시에서 흔히 찾아볼 수 있다. 전봉건의 시에서 손은 대부분 일그러져 있거나 굳어 있다. 손이 이렇게 일그러지고 굳어진 원인은 총알이 손을 관통한 상태이기 때문이다. '총에 맞아 일그러지고 굳어진 손'에서 떠올릴 수 있는 것은 전쟁으로 인한 상처의 문제이다.[1] 이렇게 '일그러진 손'의 이미지는 전봉건이 6·25 전쟁 중에 부상을 당한 원체험과도 관련이 깊다.[2] '일그러져 굳은 손'의 이미지는 '새'나 '나비', '여성'의 이미지와 대비되면서 시적 전개가 이루어진다.[3]

噴水가 모오찰트처럼 눈부신 로오타리 건너

---

[1] 전봉건의 경우 전쟁 체험은 초기시뿐만 아니라 후기시까지 상상력의 토대가 된다. 그의 경우 전쟁은 추락의 이미지로 드러나며, 이런 세계로부터 벗어나려는 노력, 말하자면 이런 세계로부터 초월을 꿈꾸는 것은 전쟁이 끝난 다음, 그러니까 '피의 6월 이후' 새로운 변증법으로 나타나면서부터이다. 추락을 표상하던 이미지는 '탄흔'의 이미지로, 상승을 표상하던 이미지는 '이슬'의 이미지로 전환되면서, 이 두 이미지가 새로운 종합을 지향한다. 그것은 녹색의 세계이며, 장미의 세계이며, 은하의 세계이며, '백지의 가능'을 신뢰하는 세계이며, '돌멩이가 낳는 꽃'의 세계이다. 요컨대 6·25 전쟁 체험은 그에 의해 최초로 하나의 미적 질서를 형성하고, 이런 질서는 상승과 하락의 긴장, 혹은 변증법이라는 미학으로 드러난다. 이승훈, 『한국 모더니즘 시사』 p.207 참조.

[2] 전봉건은 1951년 중동부전선에서 부상을 입고 제대한 후 대구의 피난민수용소에서 지냈으며 종군 경험을 바탕으로 전쟁시들을 발표한다. 「사랑을 위한 되풀이」의 도입부 '銃알 / 맞은 손 / 세워들고 / 나의 祖國 / 나의 廢墟에서 / 아직은 노래한다'에서도 드러나듯이 총상을 입은 손의 이미지는 결국 전쟁의 원체험에서 비롯되며 전쟁에 대한 고발과 그 극복의 의지로 요약된다.

[3] 일그러진 손과 새의 대비에 대하여 이승훈은 '「총맞아 죽어 굳은 한 마리의 새」에 지나지 않던 「내 오른손」이 세월이 지나면서 「날아가는 한 마리의 새」로 살아난다는 의식으로 집약된다'고 지적한다. 이승훈, 「추락과 상승의 詩學」, 전봉건, 『새들에게』(고려원, 1983), pp.219-220.

빨간 포스트가 서 있는 언저리에서
나비 같은 處女는 하얀 노우트를
樂譜처럼 든 女大生.

샛말가니
물오른 나무, 나뭇가지,
나무 잎사귀.
그러나 내 손은
날개쳐 날아가지 못한다.
날아가서 날개 접고 앉지 못한다.

지난 봄
中東部戰線에서
銃맞은 검붉은 彈痕 감싸쥐고
일그러진 채 단단히 굳어
움직일 줄 모르는
내 오른손.

가을도 가고
겨울도 가고
1954年의
4月은 왔다.

그리고 오
내 오른손은 銃맞아 죽어 굳은 한 마리의 새.

— 전봉건, 「1954年의 4月은 왔다」 부분

위의 시에서 손은 외형적으로 나뭇가지와 등가성을 이룬다. 그러나 나뭇가지가 물이 오르고 잎사귀를 생성시키는 반면에 손은 날아가지도 못하고 날개 접고 앉지도 못한다는 점에서 서로 상충되는 관계에 있다. 손이 이렇게 정지 상태를 알리는 이미지로 드러나는 이유는 총상을 입었기 때문이다. 총에 맞아 손은 일그러지고 굳어버리게 된 것이다. 굳은 손은 정지되어 움직이지 못하는 죽음의 의미를 내포하고 있다. 손은 '銃맞은 검붉은 彈痕을 감싸쥐고 일그러진 채 단단히 굳어'버린 이미지로 드러난다. 이때 탄흔은 바로 상처이며 이 상처는 손에 쥐어져 있기 때문에 지워지지 않는 것이 된다. 이 상처는 시간의 흐름에도 불구하고 치유되지 않는 상처이다. 이미 시간은 전쟁이 끝난 1954년의 4월이지만 상처는 치유되지 않고 있다. 그래서 '가을도 가고 겨울도 가고' 봄이 왔지만 이 시의 4월은 부제로 달려 있는 엘리어트의 싯귀 '4月은 가장 慘酷한 달이다'처럼 참혹한 죽음의 세계가 되는 것이다.

또한 이 굳은 손은 '새'로 비유된다. 이 새는 '날개쳐 날아가지' 못하는 새이며 '날아가서 날개 접고 앉지' 못하는 새이다. 새가 날지 못하는 이유 또한 총에 맞았기 때문이다. 총에 맞아 굳어버린 손의 정지 상태는 '새의 죽음'으로 표현되는 비유에서 드러난다. 전봉건의 시가 많은 부분 전쟁의 폭력성을 고발하는 바, 이 시 또한 '총에 맞아 굳어버린 손'을 통해 전쟁의 참상을 유추해낼 수 있다.

'銃맞아 죽어 굳은 한 마리의 새'로 비유되는 화자의 정지되고 어두운 세계는 이 시의 초반부에 나오는 '噴水가 모오찰트처럼 눈부신 로오타리'라든가 '나비 같은 處女', '歡喜', '새싹 돋아' 등과는 대비되는 세계이다. 초반부의 생명력 넘치고 역동적이며 가벼운 이미지는 후반부로 오면서 정지되고 어두우며 무거운 세계로 진입한다. 서로 상반되는 두 세계의 대비로 인해 전쟁에 대한 상처의 아픔은 배가된다.

> 상하고
> 슬픈 것 옆구리에
> 포키트는 붙어서
> 비어 있다.

> 그런 어느 날 맑은 구름에
> 피뿌리며 몸부림치는 山허리에서
> 銃알 하나가 내 손을 貫通하면서 기웃거린
> 비인 포키트 비어서 구겨진 中東部戰線의 포키트가
> 꿈꾸는 구겨진 꿈은
> <목덜미와
> 등어리 그 사이쯤에
> 나비 한 마리 키우는 女子의
> 소매 깃 그 內部로 자꾸 스미어
> 들면 무슨 무늬가 그 女子의
> 全部에 아롱지고 있을 것인가>
> 그런 것이었다.
>
>   － 전봉건, 「꿈과 포키트」 부분

이 시에서도 「1954年의 4月은 왔다」에서처럼 '상한 손'과 '나비', '새'가 강렬하게 대비되어 나타난다. 이 시에서 자아는 '상하고 슬픈 것'이며 '옆구리에' 붙어 있는 포키트는 '상하고 슬픈 것'을 대변하는 분열된 자아이다. 그래서 포키트는 '상하고 슬픈 것' 대신 눈과 비를 다 맞으며 '구겨진 꿈'이긴 하지만 꿈도 꾼다. 그 구겨진 꿈속에서는 '나비 한 마리 키우는 女子'가 있으며 이 여자는 포키트 한 구석에 있다. 전봉건의 시에서 '女子'는 죽음의 세계에서 생명력 넘치는 원초적인 세계로 이끄는 이미지로 종종 나타나곤 한다.[4]

포키트는 비어 있다. 또 비어 있기 때문에 구겨졌으며 꿈 또한 구겨진다. 이 '비인 포키트'가 강조되어 나타나는 것은 그것이 채워짐

---

4) 전봉건의 시 「暗黑을 지탱하는」에서 총알 맞아 죽어가는 군인의 눈에 발견된 항아리는 '젖빛 스스로의 살빛을 풀어내고 있는' 女子의 이미지로 변주되어 나타난다. 이 때 여자의 발견으로 인해 죽어가던 군인의 눈에는 생명과 평화의 기운이 감돌게 된다. 「音樂」에서는 음악이 '별빛 냄새가 나는 處女의 둥근 빛무리 같은 알몸'으로 변주되어 나타나면서 '銃알 맞아 쓰러졌던' 군인의 눈 속에 살아난다. 이 밖에도 '여성'의 이미지는 전봉건의 시에서 관능적인 이미지와 맞물리면서 생명력의 회복을 동반하는 이미지로 자주 등장한다.

의 욕망을 간직하고 있기 때문이다. 이 채워짐의 욕망은 '꿈'이라는 형식으로 나타나고 그 꿈에는 여자에게 스미어들고 싶은 욕망이 가득하다. 이 '女子의 소매 깃 內部로 자꾸 스미어' 들고 싶은 욕망은 다른 시에서도 볼 수 있듯이 관능적인 이미지를 통한 생명력의 회복을 의미한다.

이 포키트는 '상하고 슬픈 것'으로 표상되는 자아로부터 파생된 분열된 자아라 할 수 있는데 이 분열된 자아의 주변에는 항상 무언가 움직이는 것들이 있다. 비가 내리는 것, 눈이 내리는 것, 새가 나는 것, 총알이 나는 것 등도 그것이 움직인다는 의미에서 모두 생명력을 내포한다. 그것이 비록 총알일지라도 여기서는 움직이는 것들이라는 의미로만 존재한다. 그래서 이렇게 움직이는 것들 옆에 있는 포키트, 또는 '상하고 슬픈' 자아는 살아 있음을 실감하게 된다.

'비인 포키트'는 움직임의 현상이 곁에 없을 때 꿈이 없어진다. 꿈이 없을 때의 포키트는 '상하고 슬픈 것'의 분열된 자아라 할 수 없고 다만 물질적인 의미에서의 포키트에 불과하다. 단순히 물질적인 의미만을 가진 포키트는 더 이상의 변별성이 없으며 존재해도 존재하지 않는 것, 움직임이 없는 즉 생명력이 없는 것의 존재에 불과하다. 그래서 포키트는 항상 채워짐의 열망, 즉 꿈을 꾼다. 꿈속에서는 여자에게 스미어들거나 여자와도 같은 별을 잡기를 원한다. 이런 꿈은 움직이지 않는 손들이 '꿈처럼 그렇게 살아 움직인다'는 전제 아래 가능하다. '꿈을 꾸는 것'은 바로 죽어서 정지된 것들의 살아 움직이고 싶은 욕망에 대한 강한 집착이다.[5]

옷을 챙기기 위해
점원은 마네킹을 들어올린다

---

5) 이상 전봉건의 신체 훼손 이미지에 대해서는 오채운, 「전봉건 詩의 신체 훼손 이미지 연구」, 『한국언어문화 제23집』(한국언어문화학회, 2003, 6), pp.254-273 참조

> 그것은 마네킹이 아니라
> 숨결이 끊긴 지 오랜
> 온몸이 굳어버린
> 옷 입은 어린아이였다
> 내 손자만한 애였다
>
> 분명 나는 옷을 흥정했는데
> 점원은 마네킹을 냉큼 안아다
> 시멘트 바닥에 벌렁 뉘어 놓았다
> 손목을 비틀어
> 팔을 떨어뜨렸다
> 발목을 낚아채서
> 또 다리를 분질렀다
>
> 동강난 팔과 다리
> 아무렇게나 선반 위에 얹어 놓고
> 옷을 벗기기 시작했다
> (전쟁때 지뢰밭에서 팔다리를 여읜 한 병사가 야전 침대에 얹혀서
> 보채지도 못하고 다만 泣訴하는 소리를 들었다
>   ——제발 죽여주십사
> 그때 흰 가운을 걸친 피 묻은 천사는 몹시 지쳐 있었다)
>   - 김광림, 「마네킹」 부분

　이 시에서 화자는 해체되는 마네킹을 보며 부상을 당한 병사를 떠올린다. 시의 첫부분에서부터 화자는 마네킹을 마네킹이 아니라 '어린아이'로 인식한다. 마네킹이 생명이 없는 사물이듯이 이 어린아이 또한 '숨결이 끊긴 지 오랜/온몸이 굳어버린' 상태이다. 이 어린아이는 화자의 '손자만한 애'이다. 화자가 마네킹을 통해 자신의 손자를 연상함으로써 화자와 마네킹 사이에 하나의 관계가 이루어진다. 또 이 마네킹은 옷을 입고 있는데 이 옷은 화자의 손자에게도 적절한 크기이

다. 이 옷이 손자에게도 적절한 크기라는 점에서 화자와 마네킹간에는 결속력이 굳어진다.

마네킹에게 친근감을 느낀 화자는 마네킹이 입고 있는 옷을 구입하려 한다. 그러자 점원은 같은 옷을 내놓는 것이 아니라 마네킹이 입고 있는 옷을 벗기려 한다. 이러한 과정에서 점원은 마네킹을 해체시킨다. 시멘트 바닥에 뉘어 놓고 손목을 비틀고 팔과 다리를 부러뜨린다. 화자는 옷을 벗기기 위한 점원의 단순한 마네킹 해체작업에서 인간의 신체에 손상이 가해지는 고통을 느낀다. 이 고통은 화자의 현재를 거슬러 과거의 고통으로 이끈다.

화자의 고통스런 과거는 전쟁의 역사에 머문다. 부서진 마네킹에게서 팔다리에 부상을 입은 채 신음하는 병사의 모습을 본다. 병사는 견딜 수 없는 고통에서 벗어나기 위해 죽음을 원하지만 그 고통을 타인은 어찌할 수가 없다. 이 고통은 병사 혼자서 치러야 하는 고통이다. 이런 고통의 상태를 화자는 수난으로 인식하기보다는 '행패'와 '형벌'로 인식한다. 무심코 저질러대는 전쟁의 행패에 그 병사들이 형벌을 받는 것이다. 이러한 고통의 상태에서는 어떤 희망도 찾을 수가 없으며 인간의 정체성은 마네킹처럼 해체되어 바닥에 나뒹굴고 있는 상태라 할 수 있다.

김광림의 경우 사물에 대한 질문은 6·25 전쟁이 계기가 된다. 이런 사정은 「상심하는 접목」에 나오는 '일없이 부러진 가지를 보면 / 그 다음의 가장귀가 안됐다. // 요행히도 / 전쟁에서 살아 남았을 땐 / 우리는 어쩌다 애꾸눈이 아니면 절름발이였고 // 다음엔 / 찢기운 가슴의 / 어느 모퉁이가 허물어졌을 것이다'와 같은 시행들이 암시한다. 이 시가 강조하는 것은 제자리로 돌아갈 수 없는, 따라서 접목을 통해서만 생존이 가능한 삶을 표상한다. 다른 가지에 붙어서 삶을 영위하는 접목의 이미지는 '전쟁에서 살아남았을 땐'이라는 구절과 관련지어 볼 때 전쟁에서 살아남은 자의 삶이 접목과 같은 삶이라는 것을 의미한다. 전쟁에서 살아남아 남의 자리에 접붙는 삶은 '애꾸눈이 아니면 절름발이'와 같이 불구적인 상태에 머물러 있다. 이렇게 불구적인 삶을 초래한 것은 전쟁과 같은 세계의 폭력성에서 나온다.

　신체의 훼손이 역사와 밀접한 관계를 맺고 있음은 이상의 시에서도 나타난다. 그러나 이상의 시에서는 김광림의 시와는 달리 스스로 신체를 훼손함으로써 신체의 훼손이 역사와 관련을 맺게 된다. 시에서 표면적으로 드러나는 것은 신체 훼손을 통해 역사와 무관해지는 것처럼 보이지만 이는 역설적 표현으로 신체의 훼손이 역사와 긴밀한 관계에 놓여 있음을 더욱 강하게 드러내게 된다.

　　가장 無力한 사내가 되기 위해 나는 얼금뱅이였다
　　세상에 한 女性조차 나를 돌아보지는 않는다
　　나의 懶怠는 안심이다

　　양팔을 자르고 나의 職務를 회피한다
　　이제는 나에게 일을 하라는 자는 없다
　　내가 무서워하는 支配는 어디서도 찾아볼 수 없다

　　歷史는 무거운 짐이다
　　세상에 대한 辭表 쓰기란 더욱 무거운 짐이다
　　나는 나의 문자들을 가둬 버렸다
　　圖書館에서 온 召喚狀을 이제 난 읽지 못한다

　　나는 이젠 세상에 맞지 않는 옷이다.
　　封墳보다도 나의 의무는 적다
　　나에겐 그 무엇을 理解해야 하는 苦痛은 완전히 사라져 버렸다
　　나는 아무 때문도 보이지 않는다.
　　그렇기 때문에 나는 아무것에게도 또한 보이지 않을 것이다.
　　처음으로 나는 완전히 卑怯해지기에 성공한 셈이다
　　　　　　　　　　　　　　　　　　　－이상, 「悔恨의 章」 전문

세상으로부터의 소외를 위해 화자는 '얼금뱅이'를 자청한다. '얼금뱅이'가 됨으로써 세상뿐만이 아니라 한 여성으로부터의 시선까지도 소외시키게 된다. 세상이나 여성으로부터의 소외를 통해 화자는 오히려 자유를 느낀다. 시선으로부터 벗어남으로써 화자는 불안의식에서 벗어나고 안주의 길을 찾게 된다. 이때 화자가 느끼던 불안은 어디에서 오는 것일까. 그것은 2연에서 알 수 있듯이 역사와 화자와의 관계에서 발생한다. 화자는 역사에 대한 부채의식 속에 억압되어 있다.

2연에서의 신체 훼손은 '얼금뱅이'에서 한 발자국 더 나아가 '양팔을 자르'는 상태까지 나아간다. 더불어 타인으로부터 화자는 그 어떠한 의무도 부여받지 않는다. 의무로부터의 해방을 맞게 되는 것이다. 이 의무는 구체적으로 역사에 대한 의무이다. 화자는 역사의식을 가져야한다는 의식에 항상 억눌려 있고 신체의 훼손은 이 점에서 화자를 해방시킨다. 이제 화자는 역사의식에 대한 억압에서 벗어나 무서움에 떨지 않아도 되는 것이다.

그러나 또다시 화자를 지배하는 것은 역사이다. 화자는 역사를 '무거운 짐'으로 인식하고 있다. 이 역사의 수레바퀴에서 벗어나는 것 자체도 화자는 '무거운 짐'으로 인식한다. 그렇다면 여기서 우리는 화자가 역사 속에 꿰어지는 것보다 벗어나는 것을 더 무거운 압박으로 인식한다는 점을 알 수 있다. 여기서 '문자'는 자아인식을 의미한다. 그러므로 문자들을 가둔 다는 것은 문자를 통해 인식되는 자아와 사회의 관계를 모두 끊어버린다는 것을 의미한다. 그러므로 문자를 가둬 버린 세계에서는 사회가 화자를 읽지도 못할 뿐더러 화자 또한 사회를 읽지 못한다. 그러므로 화자의 지식에 대한 갈구, 즉 '도서관에서 온 소환장'은 화자에게 인식되지 못한다.

신체를 훼손함으로써 화자는 세상과 어울리지 못하는 자가 되고 이 부적응 상태는 의무의 삭제를 가져온다. 화자에게는 더 이상 사회를 이해해야 하는 의무도 없어져 버린다. 의무에서 해방될 때 화자는 고통에서도 해방이 된다. 사회에 자신의 존재가 인식되지도 않으며 화자 또한 사회를 인식하지도 않는다. 이는 완전한 자유인이 되는 것이지만 죽음의 세계와는 다르다. 분명히 살아 있으면서 존재가 자유로운 것이다. 화자는 이러한 자유를 꿈꾸지만 그것을 최상의 방법이 아니라 비겁한 행위로 인식한다. 분명한 것은 화자가 진정으로 사회나 역사로부터 자유로울 수 없으며 영원히 역사에 대한 부채의식에 얽매여 있다는 것이다. 이로써 인간과 역사, 인간과 사회는 불가분의 관계임이 좀더 선명해진다. 신체를 훼손함으로써 역사의 억압에서 벗어날 수 있다는 것은 환원시켜 말하면 역사의 억압에서 벗어난 인간은 아무짝에도 쓸모없는 병든 인간, 훼손된 인간상이라는 말이 되는 것이다.

김춘수의 시에서는 직접적으로 아내의 신체가 훼손된 상태를 보여주거나 언어유희를 통해서 아내의 부재 또는 여성의 부재를 표현하고 있다. 아내의 훼손된 신체 이미지나 언어유희를 통해 드러나는 부재의식은 곧 여성성의 상실 문제로 귀결된다. 「이중섭 3」[6]에서는 '서귀포', '바다', '바람', '갈대', '강아지풀', '부러진 두 팔', '멍든 발톱' 등이 서로 유기적으로 관계를 맺으면서 여성성의 상실에 대한 시인의 의식을 드러내고 있다.[7]

---

6) 시 속의 화자는 이중섭이며 동시에 그것은 시인의 모습으로 나타난다. 시인은 어떤 내적 경험의 세계를 하나의 역사적 사실에 의탁하여 노래한다. 그 역사적 사실은 이중섭이 제주도 서귀포에 체류했던 일을 뜻한다. 여기서 이중섭은 시인의 내적 경험의 구체화, 곧 상징이 된다. 이승훈, 『詩論』, p.166 참조.

7) 이 시에 대하여 장윤익은 '바람은 중추를 이루면서 西歸浦, 바다, 강아지풀, 갈대밭, 아내, 부러진 두 팔, 멍든 발톱 들을 집합시키고 있다. 삶의 표상인 인생의 사랑과 상처들이 바람을 통해서 묘사되어 구체적 오브제들인 아내를 비롯한 두 팔과 멍든 발톱들을 예술의 표상 속에서 의미를 지니게 한다. 그리고 <西歸浦에는 바다가 없다>의 바다는 비현실의 현실을 역설적으로 표현해 낸 시행이라고 할 수 있다. 生의 모든 고뇌를 포용하는 바다는 <없다>에서 그 있음의 의미가 한층 더 강조되고 있다. 바람과 바다를 병치시킨 김춘수의 시는 서귀포에서 사심없이 행한 이중섭의 예술 활동을 잘 집약시켜 주고 있다'라고 지적한다. 장윤익, 「非現實의 현실과 無限의 변증법」, 『金春洙研究』(金春洙研究 刊行委員會, 1982), p.200.

> 바람아 불어라,
> 서귀포에는 바다가 없다.
> 남쪽으로 쏠리는
> 끝없는 갈대밭과 강아지풀과
> 바람아 네가 있을 뿐
> 서귀포에는 바다가 없다.
> 아내가 두고 간
> 부러진 두 팔과 멍든 발톱과
> 바람아 네가 있을 뿐
> 가도 가도 서귀포에는
> 바다가 없다.
> 바람아 불어라

– 김춘수, 「이중섭 3」 전문

이 시의 공간적 배경인 서귀포에 없는 것은 외형적으로 '바다'이다. 바다는 흔히 '낮은 대양'의 이미지와 관련된다. 따라서 유동하는 물, 공기 같은 무형적인 존재와 대지 같은 유형적인 존재를 매개하는 인자로 인식된다. 이런 사실을 토대로 바다는 죽음과 삶을 매개하는 이미지로 드러난다. 바닷물은 삶의 근원일 뿐만 아니라 삶의 목표로 간주된다. '바다로 돌아감'은 '어머니에게로 돌아감'을 의미하며, 이는 바로 죽음으로 돌아감을 뜻한다.[8] 바다는 모든 생명의 어머니, 죽음과 재생, 무시간성과 영원 등을 상징한다. 그러므로 바다의 부재는 바다가 상징하는 것들의 부재상태를 의미한다. 특히 이 시에서는 '모든 생명의 어머니'로 상징되는 바다가 부재한다고 볼 수 있다. '모든 생명의 어머니'가 부재한다는 사실은 여성성의 상실로 이어진다. 이 여성성의 상실은 '바다의 부재' 뿐만 아니라 '아내가 두고 간 부러진 두 팔과 멍든 발톱'에서 짐작할 수 있는 '아내의 부재'에서도 찾아볼 수 있다.[9]

---

8) 이승훈, 『문학상징사전』, p.186.
9) 김현은 김춘수의 시에 흔히 나타나는 '부러진 팔'이나 '뽑힌 팔다리'와 같은 이

반면에 서귀포에 존재하는 것은 '갈대밭', '강아지풀', '아내의 부러진 두 팔', '멍든 발톱' 그리고 '바람'이다. 서귀포에 존재하는 것들 중에도 갈대밭과 강아지풀은 부러진 두 팔, 멍든 발톱과는 서로 상반된 이미지이다. 갈대와 강아지풀은 이리저리 흔들리면서도 그 뿌리를 튼튼히 하고 한 곳에 정착해 있다. 고단한 삶이지만 그 삶을 오래 지속시키는 방법을 알고 있는 존재들이다. 그러나 부러진 두 팔과 멍든 발톱은 이리저리 흔들리지 못하고 부러져나간 것들로 아내가 두고 간 잔재에 불과하다. 이것들은 아내의 잔재이지만 아내 자체가 될 수는 없다. 이는 오히려 아내의 부재를 선명히 그리고 처참하게 드러내고 있다. '부러진 두 팔'과 '멍든 발톱'은 이 시의 배경인 서귀포에서 아내가 어디론가 떠났음을 의미한다. 또한 '부러진'과 '멍든'이라는 수식어는 아내가 성한 몸이 아닌 깊은 상처를 안고 떠났음을, 그래서 그 떠나는 길이 몹시 고단할 것임을 암시한다. 이 고단한 길은 곧 세계의 고단함을 의미한다.

「새 봄의 선인장」에서는 어디론가 떠나버린 아내의 잔재가 아니라, 오히려 신체의 일부분이 잘린 채 수술대에 놓여 있는 아내의 모습을 통해 여성성의 상실을 그리고 있으며 이 여성성의 상실이 화자에게는 곧 세계의 폭력성으로 인식된다.

> 한쪽 젖을 짤린
> 그쪽 겨드랑이 임파선도 모조리 짤린
> 아내는 마취에서 깨지 않고 있다.
> 수술실까지의 긴 복도를
> 발통 달린 침대에 실려
> 아내는 아직도 가고 있는지,
> 지금

미지를 處容의 중요한 테마로 보며, 이를 거세 콤플렉스의 증세로 보아야 한다고 지적한다. 김현, 「金春洙와 詩的 變容」, 『金春洙研究』, p.143 참조.

죽음에 흔들리는 시간은
내 가는 늑골 위에
하마를 한 마리 걸리고 있다.
아내의 머리맡에 놓인
선인장의
피어나는 싸늘한 꽃망울을 느낄 뿐이다.
— 김춘수, 「새 봄의 선인장」 전문

아내는 임파선 수술 때문에 젖을 짤리게 된다. 아내에게 있어서 젖을 짤린다는 것은 여성성의 상실을 의미한다. 또 이 젖은 한쪽만 짤린 상태이기 때문에 다른 한쪽과의 불균형성으로 인해 어딘가 아귀가 맞지 않고 삐걱이게 될 아내의 삶을 암시하고 있다. 「이중섭 3」에서는 '부러진 두 팔'과 '멍든 발톱'이 아내의 고단한 삶을 예견하게 한다면 이 시에서는 '짤린 젖', '짤린 겨드랑이 임파선'이 아내의 죽음과도 비견할 만한 고통을 암시한다.

아내는 수술이 이미 끝난 상태이지만 마취에서 깨어나지 않고 있다. 이런 아내를 화자는 '복도'에 있는 모양이라고 생각하는데 이 '복도'는 수술실과 입원실 사이에 있는 것으로 여기서는 여성성의 상실 전과 상실 후의 중간단계를 의미한다. 이 '복도'라는 중간단계는 이쪽도 저쪽도 아닌 문턱과 같은 이미지로 극심한 공포와 불안이 혼재되어 있는 상황을 의미한다. '아내는 아직도 가고 있는지'에서 알 수 있듯이 현실에서의 수술은 끝이 난 상태이지만 화자의 내면에서는 아내의 수술이 계속되고 있다. 여기서 여성성의 상실은 젖을 짤린다는 결과, 즉 젖이 짤린 후의 상흔으로 나타나는 것이 아니라 짤리는 당시의 고통이 계속해서 이어지는, 고통 그 자체로 나타난다. 고통의 지속으로 인해 그 상실감은 더욱 커질 수밖에 없는 것이다.

마취는 의식을 인체와 분리시키는 것으로 의식이 없는 마취상태의 지속은 여성성의 상실을 지속시킨다. 그리고 이 여성성의 상실은 곧 죽음을 의미한다. 이 '죽음에 흔들리는 시간'은 화자의 늑골에 다가오며 그 시간은 '하마 한 마리'의 무게로 화자를 내리누른다. 이 죽음의 시간에 흔들리고 있는 화자에게 꽃망울은 싸늘하게 느껴질 뿐이며 가시에서 피어나는 생명의 아름다움은 화자에게 감동을 주지 못한다.

이 여성성의 상실로 인해 다가오는 죽음의 시간은 여성에게만 존재하는 것이 아니라 화자인 남성에게 전이된다. 이러한 결과는 여성성의 상실이 그 자체로 국한되지 않고 남성에게까지 확대되는 것을 의미한다. 그리고 이 상실의식은[10] 인간에게서 생명에 대한 감각을 박탈하여 의식의 황량한 진공상태를 맞이하게 한다.

외부의 억압에 의한 신체 손상의 경우 1950년대의 한국적 상황으로는 6·25 전쟁을 들 수 있다. 전쟁의 반휴머니즘적 상황은 인간을 무차별하게 살상하며 신체에 손상을 입지 않은 경우라도 정신적인 손상을 당하게 만든다. 그리고 이러한 신체의 손상을 원체험으로 가지고 있는 시인에게는 시간의 흐름 속에서도 그 원체험이 변주되면서 지속되는 경향을 보인다. 전봉건의 경우만 보더라도 1980년대 후반 타계하기 직전까지 「6·25」 연작을 통해 전쟁의 폭력성과 그로 인한 상처를 적극적인 시각에서 해석하고 있다.

직접적으로 전쟁을 다루고 있는 1950년대의 시에 대하여 전쟁의 상처와 피해의식만을 다루고 있을 뿐 전쟁을 적극적인 시각에서 해석하고 있지 못하다는 비판을 하는 경우도 있다.[11] 하지만 죽고 죽이는 전쟁의 가열함 속에서도 인간성을 회복하고 이를 지키고자 하는 실존적

---

10) 이승훈은 이 상실의식이 김춘수가 가지고 있는 '상처 콤플렉스'에서 비롯된다고 본다. 이승훈은 김춘수와 김종삼을 비교하면서 '김춘수와 김종삼이 비슷하면서도 다른 것은 두 시인 모두 비애를 모티프로 하지만 김춘수를 지배하는 것은 상처 콤플렉스, 김종삼을 지배하는 것은 실향 콤플렉스라는 점이다. 전자는 태어남 자체가 하나의 상처라는 아들러식의 개념이고, 후자는 고향을 상실했다는 사실이 무의식을 지배한다'고 지적한다. 이승훈, 『한국 모더니즘 시사』, p.205.

11) 문혜원, 『한국 현대시와 전통』, p.99 참조.

몸부림이 전쟁체험의 시들에 공통적으로 나타나고 있다는 사실을 지적하지 않을 수 없다.[12] 또한 시간이 지나면서 전쟁에 대한 해석도 단순한 상처와 피해의식에서 벗어나 얼마 정도 거리를 확보한 시각에서 적극적으로 이루어지고 있음을 볼 수 있다.

외부의 물리적인 힘에 의해 손상된 신체는 그 상처로 인해 훼손 당시의 고통이 영원히 지속된다. 전봉건의 경우 전쟁으로 인해 손상을 당하여 움직일 수 없는 신체가 살아 움직이는 다른 생명체들과 대비되면서 그 비참성이 첨예하게 드러난다. 자신의 굳어버린 신체를 의식할 때마다 움직이고 싶은 욕망은 화자의 내면에 강하게 자리하며 폭력적인 세계의 참혹성을 고발한다. 김광림의 경우 부서진 사물은 손상된 신체를 연상하게 하며 이 손상된 신체는 전쟁으로 인해 왜곡된 역사를 의미한다. 또한 이렇게 손상된 신체는 왜곡된 역사 속에서 손상되어버린 인간의 정체성 회복이 불가능함을 암시한다. 이상의 경우 역사와의 싸움에 신체의 손상이 개입된다. 시대상황은 역사에 개입하지 않는 개인을 손상된 신체로 인식하며 시인은 역사와의 단절을 꿈꾸며 자신의 신체에 손상을 가한다. 그러나 이는 분리될 수 없는 인간과 역사의 관계를 누구보다도 깊이 인식하기 때문에 발생하는 현상이다. 이러한 현상은 자신을 무기력한 개인으로 만들어 역사에 대한 죄책감에서 벗어나려는 한 개인의 위악적인 행위이다. 김춘수의 경우 일제 강점기 하에서 이중섭의 내면을 통해 화자의 내면세계를 손상된 신체를 통해 드러낸다. 이 때 손상된 신체는 인간의 정체성 상실을 의미하며 정체성의 상실은 일제 강점이라는 억압적인 세계로부터 비롯된다. 또한 전쟁이나 식민지적 상황과 같은 억압자의

---

12) 이에 대해서는 박상천, 「시의 전통은 하루 아침에 무너지거나 세워지지 않는다 — 韓國戰後問題詩集」(현대시학, 1993.6), 서경석, 『한국근대문학사 연구』(태학사, 1999), 이남호, 「1950년대와 戰後世代 詩人들의 性格」, 『1950년대의 시인들』(나남, 1994), 최동호, 「1950년대 시적 흐름과 정신사적 의의」, 『한국현대문학사』(현대문학사, 1999) 등의 글을 참조.

가해로 인해 손상된 신체의 고통은 순간으로 끝나지 않고 변주를 통해 지속된다.

2) 사회의 억압과 신체의 변형

억압적 현실에 의해 신체는 다양한 포즈를 취한다. 억압으로 인해 위축된 자의식이 상상력에 의해 본래의 모습에서 벗어나 여러 가지로 변형이 되어 나타나는 것이다. 이 때 변형을 거듭하는 신체의 모습은 억압적 현실에서 벗어나고자 하는 강한 응전방식의 표출이라 할 수 있다. 신체가 변형되는 이미지는 다양하게 나타나는데 그 중에서도 팔이 늘어지거나 줄어드는가 하면, 손이 입이 되고, 손가락의 숫자가 많아지고, 팔이 투명해지고, 허리도 투명해지는 예를 흔히 발견할 수 있다. 이러한 신체의 변형은 결손과는 달리 상상력에 의해 신체의 이미지가 변형되는 것을 말한다. 팔이나 허리가 투명해지거나 손이 입이 되는 것과 같은 일은 벙어리나 외눈박이, 절름발이와 같은 결손과는 달리 현실에서는 불가능한 일이며 오로지 상상력에 의해서만 가능하다. 그리고 신체의 변형에서 우리는 그 의미하는 바를 찾을 수 있다.

> 허리가 아파서 병원엘 갔더니
> 좌골 가까운 척추뼈가 구부러짐이라는 진단이 나왔더란다.
> 아주 기역자로 구부러진 것은 아니고
> 기역자 비슷하게 그렇게 구부러졌더란다.
> 원인을 물었더니 K씨의 대답은 한마디였다.
> 다른 까닭이 있을라구요, 돌베낭 메고 다닌 그것 말고요.
>
> — 전봉건, 「돌 15」 부분

이 시는 한반도의 분단상황과 분단으로 인한 실향민의 고통을 노래하고 있다. K씨의 척추뼈가 '아주 기역자로 구부러진 것은 아니고 기역자 비슷하게' 구부러진 것은 한반도의 지도 모양이 기역자 비슷하게 구부러져 있음을 의미한다. 그러므로 외형상으로 K씨의 몸은 곧 한반도의 몸이다. 그리고 그 내면도 한반도의 상황과 일치한다. K씨의 허리가 아픈 것은 바로 한반도의 분단상황을 말한다. 척추뼈 한 뼘쯤 떼어내고 '굽은 돌'을 끼워 넣었다는 대목에서 '굽은 돌'은 바로 휴전선을 의미한다. 척추뼈 대신 집어넣은 '굽은 돌'이 살짝 건드려도 쇳소리가 나는 것은 바로 굽은 돌이 휴전선에 쳐진 철조망을 의미하기 때문이다. 이렇게 척추뼈 대신 돌을 집어넣고 사는 것으로 표현되는 실향민의 고통은 죽을 때까지 '돌베낭을 메고' 새벽마다 돌밭을 걸어야 하는 것으로 나타난다. 그래서 이들이 '돌하는 것'이라고 표현하는 수석 채집은 단순한 취미 생활이 아닌, 실향민의 통일을 염원하는 구도의 길임이 드러난다. 이러한 실향민의 아픔은 다음의 시에서도 잘 나타난다.

> 아무도 보지못한 그 사나이
> 땅바닥에서 한 치쯤 떠서 고향길 가고 온 그 사나이
> 한반도처럼 허리 꺾인 사나이를 나는 보았다
> 나만이 본 그 사나이
> 갈기갈기 헤어진 바지가랭이를 보았다
>
> — 전봉건, 「한 치쯤 떠서」 부분

'한반도처럼 허리 꺾인'에서도 알 수 있듯이 이 시에서는 '꺾여진 허리'가 한반도를 뜻한다는 것을 직접적으로 드러낸다. 명절이 되어 모두들 귀향길에 들어설 때 실향민들은 찾아갈 고향이 없으므로 상상으로 밖에 다녀올 수가 없다. '한 치쯤 떠서' 서울역을 빠져나가는 것과 '아무도 보지못한 사나이'라는 점에서 사나이의 귀향은 현실이 아닌 상상의 세계임이 분명히 드러난다. 그 상상의 세계에는 땅에 발을 붙여서는 가지 못하는 고향이 있다. 시에 나타난 것처럼 한 치쯤 떠 있는 것으로는 휴전선의 철조망을 넘을 수 없으므로 사나이가 입은 바짓가랑이는 갈기갈기 헤어져 있다. '쇠가시에 찢기고 다시 찢겨'진 바

짓가랑이는 휴전선의 철조망 때문이다.

　이렇게 휴전선의 철조망으로 인해 훼손된 인간의 마음은 또한 훼손
된 자연의 모습으로도 나타난다. 예를 들면 전봉건의 시 「완충지대」에
서 바람은 '철조망에 찢긴 바람 갈기갈기 찢긴 바람'이며 티끌은 '무정
란의' 티끌이다. 그리고 햇살은 '부러지고 꺾어지고 깨지고 부서져 박
살난' 상태이다. 그래서 이 완충지대, 즉 비무장지대는 '크낙하고 황막
한 무덤 아닌 무덤'으로 표현된다. 이는 신체의 훼손이 인간의 문제에
국한되지 않고 자연의 훼손으로 연장되는 것을 의미한다.

> 그 늙어 굽은 몸에서
> 다시 만나리라 기어이 너희들
> 만나고야 말리라는
> 그리기 다짐하기 바래기
> 산 채로 눈 뜬 채로 뽑아내어
> 임진강 기슭이나
> 판문점 언저리나
> KBS 이산가족찾기 생방송 공개홀이나
> 그런 데 세워두기 위하여
> 꼿꼿이 세워두기 위하여
> 스스로 목매어
> 목숨을 끊었다.
>
> 　　　　　　　　　　　　　　　　－ 전봉건, 「돌 23」 부분

　이 시에서 이렇게 몸이 굽은 이유는 인간의 신체가 시간의 흐름에
따라 겪게 되는 생리학적 현상이기도 하겠지만 또 하나의 이유로 이산
가족에 대한 그리움을 들 수 있다. 이 시에서 '할아버지'는 북에 삼남
매를 두고 온 그 날부터 언젠가는 만나리라는 다짐을 한다. 그리고 33
년이 지나 이산가족찾기 생방송이 진행될 때 스스로 목을 매어 숨을
끊는다. 이 죽음은 체념이나 단념이 아닌 자신의 그리움을 그대로 간

직하여 사람들에게 각인시키기 위한 행위이다. 그래서 시의 끝부분에 오면 '할아버지의 죽음'은 '죽어서 꼿꼿이 서신 돌'로 표현된다. 이 죽음은 그리움으로 굽은 몸을 바로 펴게 하며, 굽은 몸을 바로 편다는 것은 곧 분단상황의 극복을 의미한다. 그래서 할아버지가 택한 죽음이야말로 분단현실에 대한 강한 응전 방식으로 드러난다. 스스로의 목숨을 훼손시킨 이 행위는 죽음 그 자체로 끝이 나는 것이 아니라 새로운 삶으로 다시 부활하는 것이다. 이 새로운 삶은 분단의 아픔 또는 이산의 아픔이 없는 삶이다.[13]

이상 살펴본 꺾여진 허리의 이미지는 대부분 한반도의 분단상황을 의미한다. 더불어 분단현실로 인해 가정이 파괴되어버린 이산가족의 문제 또한 내포되어 있다. 이산가족의 그 아픔을 이겨내는 응전 방식으로는 평생 무거운 돌배낭을 메고 돌밭을 거닐거나, 쇠가시에 찢기며 상상 속에서나마 북의 고향을 다녀오는 일, 스스로 목숨을 끊어 분단의 아픔을 모든 이에게 전달하는 일 등이다. 이러한 고행을 통해 이들은 전쟁과 분단의 아픔이 없는 평화의 세계를 지향한다.

숲과 숲 사이의 하늘을 향해서
우는 매미
흙빛 매미여
달팽이는 닭이 먹고
구데기 바람에 우는 소리 나면

人家 사이에서 奇蹟처럼 자라나는 무성한 버드나무
연록색,
하늘의 빛보다도 분간못할 놈……

버드나무 발아래의 나팔꽃도 그렇다

---

13) 오채운, 「전봉건 詩의 신체 훼손 이미지 연구」, pp.257-263 참조.

앙상한 연분홍,
오무러질 때는 무궁화는 그보다 조금쯤 더 길고
진한 빛,
죽음의 빛인지도 모르는 놈……

拒逆하라 拒逆하라……
가을이 오기 전에는
내 팔은 좀체로 제대로 길이를 갖지 못하고
— 김수영, 「末伏」 부분

이 시에서 화자는 여름의 활기찬 신록을 보며 약육강식의 원리를 발견한다. 매미가 우는 것도 울창한 숲의 예찬을 위해서가 아니라 하늘을 향해서 우는 것으로 인식한다. 이는 매미가 자신을 가두고 있는 공간을 '숲'으로 생각하며 그 공간에서 벗어나는 방법은 하늘을 향해 나는 것으로 인식하기 때문이다. 그러나 매미는 땅 속에 구데기로 살고 있던 모습에서 아직도 탈피하지 못한 '흙빛 매미'이기 때문에 매미가 하늘을 향해 날아가는 일은 이 시에서는 불가능한 상황이다. 이렇게 갇힌 자의 무력함은 또한 달팽이에게로 전이된다. 제 집에 갇혀 느리게 기어가고 있는 달팽이는 닭의 먹이가 된다. 필사의 힘을 다한 달팽이의 걸음은 닭에 비교해 볼 때는 거의 움직임이 없는 것이나 마찬가지다. 그래서 달팽이는 움직이고 있지만 여지없이 닭의 먹이가 되는 것을 피할 수가 없는 운명이다.

무성한 버드나무 또한 그 아름다움과 푸르름이 노래되기보다는 비정상적인 확장에 대한 비웃음의 표적이 된다. 이 버드나무는 '人家 사이에서 奇蹟처럼' 자라나고 있다. 이런 모습에서 화자는 나무의 아름다움 그 이면의 모습을 본다. 人家에서 그렇게 무성히 자랄 수 있도록 체질을 바꾼 나무의 모습에서 체제 순응적인 인간의 모습을 보는 것이다. 그래서 화자는 무성한 버드나무의 연록색을 '하늘의 빛보다도 분간못할 놈'이라고 단정짓는다. 잡초 사이에서 익어가는 가지 또한 버드나무와 같은 형국이다. 어떠한 악조건에서도 잘 살아가는 것들의 생리에 화자는 제압된다.

화자는 그 버드나무를 휘감고 살아가는 나팔꽃 또한 같은 시선으로 본다. 나팔꽃은 버드나무에 기대어 살아가는 기생식물처럼 표현된다. 무궁화도 나팔꽃과 견주어보았을 때 크게 다를 바가 없다. 강자에게 빌붙어 사는 약자를 화자는 제 빛이 '죽음의 빛인지도 모르는 놈'이라고 지적한다. 강자에게 붙어 아름다운 빛을 발하고 있는 듯이 보이지만 사실은 그 빛이 아름다운 것이 아니라 죽음을 불러오는 빛인 것이다. 그것은 강자가 행사하는 보이지 않는 억압 때문이다.

이런 억압의 세계에서 벗어나기 위해 화자는 모든 것을 거역해야 한다고 주장한다. 그러나 이러한 주장은 화자의 내면에서 맴도는 소리일 뿐 밖으로 소리내어 말하지 못한다. 말복인 시절, 더위가 한 풀 꺾이기 전에 오히려 극도의 기승을 부리는 시기가 바로 이 억압의 세계이기 때문이다. 화자의 팔은 이 여름의 무성함이 한풀 꺾이기 전에는 내면의 소리를 밖으로 내뱉지 못한다. 이는 강자 앞에서 큰소리치지 못하고 속으로만 중얼대는 소시민의 모습에 다름아니다.[14]

이 억압의 세계는 강력하게 그리고 변함없이 지속되는 것이어서 쉽게 우리 곁을 떠나지 않는다. 그래서 이러한 논리를 거역하려던 화자의 입에서는 패배의 말이 먼저 튀어나오게 된다. 억압의 세계에 대한 패배의 선언은 이 억압의 논리를 더욱 굳건히 자리잡게 해준다. 그래

---

14) 김수영의 시에서 돋보이는 것은 혁명을 기념하는 몇몇의 시가 아니라, 오히려 혁명 후의 자신의 일상성을 고발하는 시들이다. 혁명이 실패하고 사회적인 억압으로 비판이 간접화될 수밖에 없는 상황에서, 그는 현실에 무능한 자신을 풍자함으로써, 그 원인인 사회 현실을 간접적으로 풍자하는 방식을 취한다. 김수영의 자기 풍자는 지식인이 아무 것도 할 수 없는 사회적인 상황과 정치적인 억압에 대한 울분을 감추고 있는 것이다. 문혜원, 『한국 현대시와 전통』, p.105.

서 약자들은 영원히 억압의 세계에서 살아야 하며 거역 한 번 못해보
고 한숨만 내쉬는 상황은 지속된다.

> 그사기컵은내骸骨과흡사하다. 내가그컵을손으로꼭쥐엿슬때내팔에서
> 는난데업는팔하나가接木처럼도치드니그팔에달린손은그사기컵을번쩍
> 들어마루바닥에메여부딧는다. 내팔은그사기컵을死守하고잇스니散散히
> 깨어진것은그럼그사기컵과흡사한내骸骨이다. 가지낫든팔은배암과갓치
> 내팔로기어들기前에내팔이或움즉엿든들洪水를막은白紙는찌저젓으리
> 라. 그러나내팔은如前히그사기컵을死守한다.
>
> — 이상, 「烏瞰圖 詩第十一號」 전문

이상의 시에서는 억압에서 한 발 더 나아가 죽음의 세계로 묻히게
된다. 사기컵이 해골과 흡사하다는 것은 자신의 죽음의 형상이 사기컵
으로 대체된다는 것을 의미한다. 그래서 그 죽음을 붙잡으려 할 때 또
다른 자아가 나타나 붙잡으려는 죽음을 내동댕이친다. 그것은 접목처
럼 돋아난 것이기에 정상적인 것은 아니다. 여기서 신체의 변형은 자
신의 정체성을 지키지 못하게 하는 위압적 존재로 나타난다. 사기컵은
마루바닥에 떨어지는 운동, 즉 하강운동을 통해 자아의 하강운동을 표
현하게 된다. 사기컵이 바닥에 떨어졌으나 다시 손에 쥐어져 있고 산
산조각난 것이 해골이라고 하니 화자는 확실히 사기컵과 자신의 해골
을 동일시하고 있으며 해골의 부서짐은 영혼의 부서짐을 의미한다. 부
서진 해골에 비해 사기컵이 굳건히 있다는 것은 주목할 만하다. 둘은
동일시되어 동일선상에 있지만 하강운동에 의해 분리가 되고 서로 다
른 존재가 되는 것이다.

'가지낫든 팔'은 '배암'과 같이 징그러운 것으로 표현되는데 그 징그
러운 것이 몸에 파고들 때 몸이 어떤 반응을 보였든 보이지 않았든 그
것은 별 의미가 없다. 위협은 홍수처럼 밀려오고 그것에 대응하는 인
간의 힘은 백지와 같이 무기력하기 때문이다. 그러므로 위협에 대한

인간의 대응은 무기력할 수밖에 없다. 그러나 그 사기컵을 사수하는 것, 즉 위협 속에서도 자신의 영혼을 사수하려고 애쓰는 것이 또한 인간이기도 하다. 그러므로 더불어 인간은 이질적 속성을 지니고 있다는 것이 이 시를 통해 드러난다.

> 내팔이면도칼을든채로끈어저떨어젓다. 자세히보면무엇에몹시威脅당하는것처럼샛팔앗타. 이럿케하야일허버린내두개팔을나는燭臺세음으로내방안에裝飾하야노앗다. 팔은죽어서도오히려나에게怯을내이는것만갓다. 나는이런얇다란禮儀를花草盆보다도사량스레녁인다.
>
> — 이상, 「烏瞰圖 詩第十三號」 전문

이상의 시에서는 김춘수나 이승훈의 시에서처럼 절단된 팔이나 변형된 팔의 이미지가 빈번히 나타난다. 위의 시에서도 절단된 팔의 이미지가 시를 이끌어간다. 이상의 시에서 나타나는 절단된 신체의 이미지는 어떤 의미들을 내포하고 있는가. 이미 절단된 팔이 면도칼을 쥐고 있다면 그리고 두 개의 팔이 떨어져 있다면 팔은 가해하는 팔임과 동시에 피해당하는 팔임이 분명하다. 이는 화자의 내면에 가해의식과 피해의식이 동시에 자리잡고 있음을 의미한다. 이는 겉으로 드러나는 인간의 한쪽 측면만이 부각되는 것에 대한 풍자로도 볼 수 있다. 인간은 어떠한 의미에서도 피해자일 수만도 가해자일 수만도 없는 것이다. 또한 스스로 자신의 팔을 자르는 행위는 자신에 대한 단죄의 형식이기도 하며 내면에 잠재해 있는 악마적인 요소로부터의 자유를 추구하는 행위이다. 팔을 자르는 행위를 악마적인 요소로부터의 해방을 추구하는 행위로 해석하는 이유는 이상의 또 다른 시에서 그 이유가 구체적으로 드러나기 때문이다.[15] 이 시에서 악마적인 요소의 정체가 구체적으로 드러나지는 않지만 화자를 위협하는 존재임에는 분명하다.

---

15) 이상의 시 「沈沒」에서 상처에 관한 표현은 다음과 같이 드러난다. '內出血이 뻑뻑해온다. 그러나皮膚에상채기를얻을길이없으니惡靈나갈門이없다.'

떨어진 두 팔이 촉대가 되는 것은 앞으로 불을 밝힐 준비물로 변화되었다는 것인데 이 또한 다중적인 의미를 가진다. 팔이 죽어도 겁을 내이는 것처럼 보이는 것은 신체의 절단 후에도 영혼은 살아 있음을 의미한다. 떨어진 두 팔을 촉대세움은 자신의 죄가 있는 내면을 잊지 않기 위함이기도 하고, 새로운 희망이기도 하며, 자신의 죄과에 대한 비아냥일 수도 있다. 이런 행위, 즉 팔을 촉대 세우는 행위나, 팔이 화자에게 겁을 낸다는 행위 등이 '얇다란 예의'로 묘사되는 것은 양심이 살아 있음을 의미하며 이를 기록하기 위함이기도 하다.

또한 떨어진 두 팔이 촉대로 장식되어 있는 풍경이 주는 그로테스크함에서도 화자의 내면을 읽을 수 있다. 화자의 내면에 잠재되어 있는 삶은 잘라진 두 팔이 촉대 세워져 앞으로의 미래를 비추는 것처럼 비틀어진 형태로 존재한다. 그것을 인정하고 사랑하며 사는 삶 또한 비극적인 정조를 한껏 발산한다. 이렇게 비극적이고 일그러진 삶을 '사랑스레녁인다'고 표현한 화자의 태도는 역설적이며 냉소적이다.

　　어릴 때의 자전거가 쓰러진 마당으로 바람은 차고 희게 분다. 이것은 적막한 경험인가, 적막한 열두개의 손가락이 거리를 달려가는데『누가 죽었나요?』商人들은 귀를 트랜지스터에 대고, 나는 부러진 槍이 되어 뒹굴었다. 희망의, 일제히 달아나던 개미들의 凶兆여. 마침내 嗚咽을 삭히고 너는 축축한 그리움을 게운다. 그리고 네가 파먹는 흙 오오 흙, 부서진 나의 머리에 가늘고 기인 못들이 차거이 쏟아지며 박힐 때 비여, 너는 내 精神의 머릿칼을 씹어라.

— 이승훈, 「危篤 第五號」 전문

이 시에서 화자에게는 어릴 때의 추억이 없다. 추억의 세계에는 바람만이 '차고 희게' 분다. 추억이 없는 과거를 돌아보는 일을 화자는 '적막한 경험'이냐고 자신에게 반문한다. 그것은 적막한 경험이다. 이 적막한 경험 끝에는 왜곡된 추억이 자리잡는다. 그리고 이 왜곡된 추억의 세계에는 죽음이 있다. 거리를 달려가는 '열두 개의 손가락'은 위독한 자아를 의미한다. 이는 자신에게 밀려드는 추억이 정상적인 것이 아님을 의미하는 것과 같다. 더불어 이것은 추억의 죽음이다. 이 죽음은 바로 화자의 과거가 죽어버린 것을 의미하며 과거가 없는 사람에게는 현재도 없는 것과 마찬가지다. 현재가 없는 사람은 살아 있어도 죽은 것이나 마찬가지다.

화자의 '현재에 대한 죽음'은 소외의 문제를 다루고 있다. 화자는 그 누구에게도 접근하지 못하고 혹여 접근하려 해도 사람들은 모두 외면한다. 그들은 그들이 살아갈 일에 바쁘기 때문이다. 이러한 소외 속에서 타인을 향해 달려가려는 화자의 행위는 공격성으로 비춰진다. 그리고 이러한 공격성은 타인들의 철저한 외면 속에 와해되어버린다. 「술 마시는 남자」에서 화자의 떨어진 머리가 쓰레기통 옆에서 뒹굴 듯 이 시에서는 '부러진 槍'이 된 화자가 땅에 뒹굴게 된다.

이러한 상태에서 화자에게는 어떠한 희망도 존재하지 않는다. 희망을 가지려 하면 그것은 곧바로 凶兆가 되어버린다. 여기서 흉조를 알리는 개미의 모습은 화자의 접근을 외면하며 귀를 트랜지스터에 대고 있는 商人들의 모습과 유사하다. 화자가 인간에게서 소외당하듯 희망에게서도 외면을 당하는 것이다. 희망이 없는 삶, 즉 절망에 대한 슬픔은 결국 그리움을 낳는다. 그리고 이 그리움은 다시 체념을 낳는다. 체념은 바로 절망이다. 그러므로 이 시에서 절망은 희망으로 승화되지 못하고 절망의 반복으로만 남는다. 절망의 반복은 곧 절망적인 세계관을 낳게 된다.

이렇게 절망의 반복을 일삼는 화자를 세상은 용납하지 않는다. 화자는 이 세상에서 아무 쓸모가 없는 '부러진 槍'이다. 세상은 이렇게 '부러진 槍'으로 거리를 뒹구는 화자에게 못질을 해댄다. 새로운 도구로 고쳐서 새로운 삶을 살게 하려 한다. 이것은 화자의 바램이기도 하지만 새로운 창으로 다시 태어난다 해도 그 창은 곧 다시 부러질 것이다. 새롭게 태어나고 싶은 화자의 마음은 비가 화자의 정신을 다시 맑게 해주기를 원한다. 이는 마치 기독교에서 말하는 물의 세례를 받고 새로운 생명으로 다시 태어나는 형식을 가지고 있다. 이렇게 볼 때 화자가 처한 위독한 상황에서 화자는 헤어나와 새로운 생명을 꿈꾸고 있다고 볼 수 있다. 그러나 자아와 세계는 상호보완되거나 충족되지 못하고 서로 충돌하는 관계선상에 있다.

변형된 신체는 억압에 의해 위축되어 있는 세계의 모습을 담고 있다. 이들의 신체가 위축되고 변형되게 만든 것은 전봉건의 시에서는 분단된 현실이며, 김수영의 시에서는 권력에 의한 억압이며, 이승훈의 시에서는 전체가 개인에게 가하는 소외이다. 신체는 이러한 외부로부터의 억압으로 인해 위축되어 있으며 억압의 상태에서 벗어나기 위해 정면적인 돌파보다는 변형된 모습으로 내면을 표현한다. 외부의 억압이 난무하는 세상은 화자에게 매우 절망적이고 위독한 상태로 비쳐진다. 절망적이고 위독한 상태에서 인간의 신체는 변형되고 위축될 수밖에 없다. 팔을 제대로 펼 수도, 허리를 제대로 펼 수도 없는 상황만이 존재한다. 이러한 상황은 인간을 억압하며 악순환을 거듭한다.

3) 힘의 논리와 거세

정신분석학에서 '거세'의 개념은 남자의 성기를 잘라낸다고 하는 일반적 의미가 아니라, 다섯 살 정도 된 아이가 자신의 미래의 성적 정체성을 세워가는 데 있어서 결정적인, 무의식적으로 겪는 복잡한 심리 경험을 지칭하는 것이다. 그 경험의 요지는 아이가 처음으로 남녀 성기의 해부학적 차이를 분간해 냄으로써 결국 불안 속으로 빠져들게 된다는 것이다. 아이는 그 때까지 자기가 원하는 것은 다 이룰 수 있다고 믿는 전능의 환상 속에서 살아왔다. 그러나 거세의 시련을 겪고 난 이후, 아이는 세상이 남자와 여자로 구성되어 있으며, 또한 몸은 한계를 지니고 있다는 점을 받아들일 줄 알게 된다.[16] 본 논문에서 사용하

고 있는 거세의 의미는 정신분석학적 개념보다는 일반적인 의미에서의
특성이 강하다.

　김춘수의 시에서 거세를 통한 남성성의 상실은 위축되거나 소멸해가
는 남근의 이미지를 직접적으로 드러내며 그 원인은 인간성의 파멸이
나 권력의 억압에서 찾아볼 수 있다.

> 바람이 분다
> 바람은 아킬레스처럼
> 아직도 힘이 세다.
> 여기 저기서 강아지풀들의 목뼈를
> 부러뜨리고 있다.
>
> 사천 년 전에 죽은 여자
> 헬레네의 살 냄새는 나지 않는다.
> 신전의 기둥이
> 소문보다 너무 가늘다.
> 알렉산더 대왕의 동체 없는 작은 얼굴이
> 그만 혼자 아직도 너무 젊다.
> 점잖게
> 等身大로 누운 헤라클레스
> 그는 남근이 이미 반쯤 삭아
> 문드러지고 있다.
>
> 　　　　　　　　　　　　　　－ 김춘수, 「아크로폴리스 点景」 부분

　이 시의 1연에서 화자는 바람이 '아킬레스처럼 아직도 힘이' 세다고
표현하고 있다. 그러나 '강아지풀들의 목뼈를 부러뜨리고' 있다는 점에
서 그 위력은 오히려 축소되어 드러난다. 이러한 반어적 표현은 아킬
레스라는 고대의 인물이 현재의 시간에는 그 힘을 발휘하지 못하고 있

---

16) 쥬앙-다비드 나지오, 표원경 역, 『정신분석학의 7가지 개념』(백의, 1999), p.17.

음을 의미한다. 시간의 흐름에 의해 세력이 약해진 힘의 공허함을 표현하고 있는 것이다.

살 냄새가 나지 않는 여자, 사천 년 전에 죽은 여자인 헬레네의 모습은 이미 살아 있는 생물체로서의 기능을 상실하고 사물화된 신체에 대하여 이야기하고 있다. 살 냄새가 없는 헬레네는 신화시대의 '아름다우나 죄 많은 헬레네의 운명'의 쇠락을 의미한다. 또한 여자의 살 냄새가 없는 세계는 관능미가 사라진 세계이며 여성성을 상실한 세계이기도 하다. 신전의 기둥이 가늘다는 것은 남성성의 뿌리가 나약함을 의미하는데 이러한 상황은 아래에 언급할 같은 시인의 시 「冬菊」에서도 찾아볼 수 있다.

하나의 신체로서 완벽한 모습을 취하지 못하고 작은 얼굴만이 존재하는 알렉산더 대왕의 모습은 다른 조각품들과 어우러져 그로테스크한 모습을 취하고 있다. 다른 낡아가는 것들 옆에서 홀로 너무 젊다는 것도 주변과의 괴리감으로 작용하여 알렉산더 대왕의 존재를 위협할 뿐이다. 시간의 경과에 의해 어울리지 않는 것들의 부조화가 만들어내는 그로테스크한 상황은 모순된 세계의 부조리함을 드러내기에 충분하다. 그래서 처음 조각을 만든 사람들의 의도와는 달리 아름다움을 찾아볼 수 없는 상황이 된다.[17)]

헤라클레스는 '남근이 이미 반쯤 삭아 문드러'진 모습으로 누워 있다. 그는 '점잖게' 누워 있지만 그의 모습에서 신화시대에 볼 수 있었

---

17) 김준오는 「아크로폴리스 点景」에 대해 '고전세계는 이제 볼품없이 왜소화된 하나의 사물로 버려지고 소외되어 있다. 뿐만 아니라 그의 공간적, 시간적 원근법에 포착된 고대 서사시적 세계에서도 그 숭고성과 위대성은 찾아 볼 수 없이 비참하게 격하되어 있다. 그의 사실적 대상묘사는 기대한 것과 실제 사이에, 과거와 현재 사이에, 사물과 이미지 사이에, 좀더 구체적으로 말하면 고전세계의 어원적 의미와 이를 표상한 사물들 사이에 드러난 격심한 단절에 초점이 가 있다. 그의 기행시가 우리에게 괴리감과 부조화감을 불러 일으키는 것은 이 때문이다'라고 지적한다. 김준오, 『도시시와 해체시』(문학과비평사, 1992), p.276.

던 힘은 찾아볼 수 없다. 이는 신전의 기둥이 너무 가늘다는 점과 함께 위축되고 소멸되어가는 남성성을 드러낸다. 나약한 뿌리로 지어진 건물은 위태로울 수밖에 없다. 이 건물의 위태로움은 남성성의 위태로움, 나아가서는 인간성의 위태로움을 의미하게 된다. 따라서 이 남성성에 대한 상실의식은 인용한 부분 1, 2행의 여성성의 상실과 함께 인간성의 상실에 대한 위태로움을 내포한다.

「冬菊」에서는 '美 八軍 후문 철조망'에 쓰여 있는 'OFF LIMIT'라는 경고문 때문에 '아이들의 구기자 빛 남근이 오들오들 떨고' 있는 것을 볼 수 있다. 시간의 흐름에 따라 쇠락해 가는 신화 속 인물들을 노래한 「아크로폴리스 点景」과 연계하여 볼 때 김춘수의 시에서 남근의 위축이나 소멸은 힘의 논리에 의한 것임을 알 수 있다.

> 맞아 죽은 개처럼 아카시아는 사지를 뻗는다
> 깜깜한 행복처럼 사철나무 밑에서는 구더기가 긴다
> 썩은 시체처럼 남산으로 오르는 길이 살을 풀어내린다
> 뼈는 두 다리를 벌리고(혹은 오므리고)
> 다큐멘터리 필리핀처럼
> 다큐멘터리 회식 사건처럼 신화처럼
> 개나리는 노랗게 폭발한다
>
> 자궁외 임신처럼
> 오접된 전화처럼
>
> 봄은 '오늘도 무사히' 모욕처럼
> —오규원, 「詩人 久甫氏의 一日 13」 전문

이 시에서 남산을 바라보는 구보씨의 시선은 평범하지 않다. 아카시아는 '맞아 죽은 개'처럼 사지를 뻗고 있으며 남산으로 오르는 길은 '썩은 시체가 살을 풀어내리는 것'으로 묘사된다. 또한 개나리가 만개

한 모습은 '비리들이 노랗게 폭발한 것'으로 묘사된다. 이렇게 세상에 대한 비관적인 시선은 구보씨의 내면세계가 '땅 속을 기는 구더기'의 모습과 일치하기 때문이다. 구더기는 사철나무 밑에서 땅 속을 긴다. 이 땅 속에 묻힌 삶을 구보씨는 '깜깜한 행복'이라 표현한다. 그러나 행복은 반어적인 표현으로 사실은 어디에서도 탈출구를 찾을 수 없는 절망적인 삶을 의미한다.

이렇게 절망적인 세상은 '자궁외 임신'처럼 삶에 뿌리를 내릴 수 없는 세상이다. '자궁외 임신'은 제 자리에 둥지를 틀지 못한 삶이다. 이 둥지에서 자라는 생명은 자신뿐만 아니라 어머니의 목숨까지도 위험하게 만드는 것이어서 제거되어야만 하는 처지에 놓여 있다. 그것은 '잘 못 연결된 전화'와 같아서 막막함뿐이고 결국에는 끊겨져야 하는 운명이다. 구보씨의 눈은 어디에도 뿌리를 내릴 수 없는 삶을 보고 있는 것이다. 세상은 또 이렇게 '오접된' 상태에서 그 명맥을 이어가고 있다. 그래서 구보씨의 눈에 보이는 '오늘도 무사히'라는 말은 세상의 모순을 덮어두려는 모욕처럼 느껴지고 새로운 생명이 소생하는 봄이라는 계절도 모욕처럼 느껴지는 것이다. 모순된 세상은 여기서 그치지 않는다.

오규원의 「분식집에서」는, 바닥에게는 낮은 창문이, 몸이 무거운 나무에게는 떨어지는 잎 하나가, 층계 위에 오래 앉아 있은 사람에게는 '내려가는 것'이 희망으로 작용한다. '어제 저녁에 산부인과에 가서 낙태 수술을 한 아이'도 '어제까지 몰랐던 여자와 아침까지 잔 아이'도 아무런 죄의식 없이 분식집에서 라면을 먹고 있다. 그들이 느끼는 것은 자신들이 '사랑에 굶주려 있다는 것'뿐이다. 이런 세상을 바라보는 시인의 시선에 4월은 봄으로도 느껴지지 않으며 꽃이 피는 모습도 절망으로만 느껴진다. 김준오는 이러한 화자의 시선을 소외의식으로 해석한다. 김준오에 의하면 「분식집에서」는 삶의 소외감을 주조로 하고 있다. 그러나 소외를 있는 그대로 드러내는 것만으로 끝나지 않는다. 이 시는 소외된 상황과 소외된 인간을 소외 이전으로 회복하는 길을 끊임없이 모색하고 있다. 이 길은 일부 과격한 정치시의 그것처럼 세계의 변혁이라는 엄청난 것이 아니다. 그에게 소외극복은 의식의 문제다. 사실 소외는 의식의 차원이며 따라서 소외는 의식에 의해서 극복이 가능한 것이다.'18)

酒客들은 다만 잠들어 시끄럽고
술과 안주만이 깨어 있다
혀는 말의 부스러기나
비꼬인 토막 따위를 핥으며 춤추고
애국적인 아가씨들은 나와
다른 사내들의 불알을 까서
소금 접시와 함께 날라온다
젊은 가수의 노래는
유배된 청춘의 축제 없는 가슴을 어루만진다
나는 술잔을 들며
기억도 아픈 젊은 부러진 날개들의 눈동자를
녀석들의 잔 없는 손을 깨문다
땅콩이 입 안에서 폭발한다
오이와 당근
대구포도 폭발한다
입 속에 감금된 폭발.
공허한 입김의 난무 속을
오줌 누러 갔다 온다
오, 술자리와 변소를 오갈 수 있는 자유의 기쁨
오, 아가씨가 이쁘다고 말할 수 있는 자유의 기쁨(!)
酒客들은 다만 잠들어 시끄럽고
입 속에 감금된 폭발,
오 침묵과 靜觀의 기막힌 기쁨(!)

― 정현종, 「밤 술집」 전문

18) 김준오, 『도시시와 해체시』, p.107 참조.

인간이 짐승과 변별성을 갖는 특징 중의 하나는 언어를 사용한다는 것이다. 그런데 이 시에서 인간은 권력의 억압에 의해 언어를 빼앗기는 신세가 된다. 사람들은 모두 취해서 말을 하지 못하고 잠들어 있다. 화자는 이렇게 사람들이 취해서 잠들어 있기 때문에 세상이 시끄럽다고 느낀다. 발설되지 못하고 입안에 억류된 말들의 아우성을 듣고 있기 때문이다. 차라리 사람들이 말을 해버린다면 세상은 조용할 것이다. 그러나 모두들 침묵하고 있기에 세상은 시끄럽다. 이렇게 사람들을 잠들게 만든 술과 안주는 오히려 깨어 있다. 말은 부스러기나 비꼬인 토막으로만 존재할 뿐 의미를 전달할 수 있는 완전한 문장이 되지 못한다.

침묵과 알아들을 수 없는 말들만이 난무하는 것은 사내들이 거세를 당했기 때문이다. 사내들은 아가씨에게 집단적으로 거세를 당한다. 이 아가씨는 '애국적인' 아가씨이다. 그러므로 사내들을 거세한 것은 바로 권력이다. 위험한 인물을 거세해 그 위험성을 제거해버리는 데는 역시 힘의 논리가 작용하는 것이다. '소금 접시' 또한 사내들의 위험성을 잠재우는데 한 몫을 한다. 소금에 절여짐으로써 사내들이 가지고 있는 위험성은 풀이 죽기 마련이다. 이렇게 거세당한 사내들의 성기는 말을 하지 못하는 입과 등가성을 이룬다. 사내들의 입을 막고 위험성을 제거해버린다는 의미에서 '술과 안주', '소금' 등도 등가성을 이룬다.

거세당한 세상에서 부르는 젊은 가수의 노래는 패기 넘치는 노래가 아니다. 젊은이들에게는 이미 청춘이 없고 더불어 청춘을 즐길 수 있는 축제의 마음도 존재하지 않는다. 가수의 노래는 그 빈 가슴을 어루만지는 슬픈 노래일 뿐이다. 이들 속에 끼인 화자도 역시 거세당한 존재이며 힘을 잃은 존재이다. 거세당한 화자는 그 거세의 불합리함을 잊기 위해 술을 마신다. 젊은이들은 날개가 부러진 채 술도 마시지 못하고 잠들어 있다. 젊은이들을 깨우기 위해 또는 자신의 아픈 과거를 잊기 위해 화자는 젊은이들의 손을 깨문다. 손은 언어를 대신해 의사를 표현할 수 있는 수단이기 때문이다. 그러나 젊은이들은 깨어나지 않는다.[19]

젊은이들이 깨어나지 않는다는 것은 거세의 지속을 의미한다.

그래서 이제 화자의 입에서 밖으로 발설되지 못하는 말과 더불어 입안으로 들어가는 모든 것들이 폭발하기 시작한다. 오이와 당근, 대구포와 같은 안주들이 입안에 들어가기만 하면 폭발된다. 그러나 이 폭발은 입안에서 벌어지는 일이다. 밖으로 그 파편이 튀어나오지 않는다. 그래서 화자는 이와 같은 상황을 '감금된 폭발'이라 표현한다. 술집에 모인 사내들에게서 여전히 말은 튀어나오지 못하고 입안에 감금되어 있는 것이다. 이승훈에 의하면 토할 때 몸은 조각난 환상이 되고, 이 조각은 희열과 통한다.[20] 이 희열은 감금에서 해방되는 희열일 것이다. 그러나 구토는 이루어지지 않고 감금의 상태는 계속된다. 이러한 언어의 감금 상태에서 벗어나기 위해 화자가 하는 일은 배설을 하는 일이다. 입으로 말하지 못하는 것을 소변으로 배출해낸다는 의미에서 입과 성기는 다시 한 번 등가성을 이룬다.

하고 싶은 말을 하는 것은 아니지만 배설을 하고 나서 화자는 얼마간 기쁨을 누린다. 그러나 화자가 누리는 '술자리와 변소를 오갈 수 있는 자유의 기쁨'이라는 표현은 역설적인 표현이다. 이 기쁨을 또한 화자는 '말할 수 있는 자유의 기쁨'이라고 말하는데 이 또한 화자가 누리는 자유에 대한 역설적인 표현이다. 화자가 할 수 있는 말이란 겨우 '아가씨가 이쁘다'는 것이다. 그런데 이 아가씨는 누구이던가. 바로 화자와 사내들을 거세했던 '애국적인 아가씨'가 아닌가. 그러므로 화자가 할 수 있는 말은 겨우 체제순응적인 몇 마디뿐인 것이다.

---

19) 이런 데서의 노래는 대개 덧없는 청춘 운운하는 것들이다. 이런 괴이한 짓이 현대 시정인의 호기스런 축제의 전부이다. 희화스럽다 못해 처참하다. 이런 <축제>에 정현종 개인은 위악적으로 자주 끼이는 것 같지만, 그의 시인은 "입 속에 감금된 폭발, 오 침묵과 靜觀의 기막힌 기쁨(!)"을 몰래 괴롭슬픔하는 모양이다. 이상섭, 「정현종의 '방법적 시'의 시적 방법」, 이광호 편, 『정현종 깊이 읽기』(문학과지성사, 1999), p.172 참조.

20) 이승훈, 『모더니즘의 비판적 수용』(작가, 2002), p.43.

사내들은 여전히 잠들어 있고 입 속에서는 감금된 말들이 폭발하고 있다. 화자는 이러한 상황을 '침묵과 靜觀의 기막힌 기쁨'이라고 표현한다. 이 또한 모순된 현실과 자아에 대한 자조 섞인 역설적 표현이다. 여기서 조용히 사태의 추이를 관찰한다는 의미를 갖고 있는 '靜觀'은 동음이의어인 '精管'으로도 읽을 수 있는데 이는 말하지 못하는 입과 거세당한 성기가 서로 등가성을 이루고 있음을 상기시킨다. 사람들이 말과 힘을 거세당하는 상황이 이렇게 계속되는 한 진정한 자유나 이 자유에 대한 기쁨은 누리기가 어렵다.

> 아내는 요즘 들어 카스트라토들의
> 카운터테너 노래를 좋아하고
> 나는 안드레아스 숄의 가성(假聲)을 들으며 면도를 하다
> 턱을 베였다.
> 어제 중부 지방엔 삼십이 년 만의 큰 눈이 내렸다.
> 아파트의 시큰둥한 나무들이 모두
> 꽃보다도 깨끗하고 빛나는 눈꽃을 피웠다.
> 안드레아스 숄의 노래도 빛난다.
> 그러나 아직은 내 성대(聲帶) 속에 남아 있는
> 저 걸쭉한 성(性)의 어둠을 다 부셔낼 수는 없다.
> 어둑한 마음 속에 불끈 솟아 있는 산봉우리를 올려보며
> 한 번 부르르 몸을 떤다.
>
> — 황동규, 「겨울날, 아내는 요즘 들어」 전문

카스트라토는 변성기가 되기 전에 거세하여 소년의 목소리를 유지하는 남자 가수를 말한다. 이들의 목소리는 성대의 순이 자라지 않아서 소년 목소리를 그대로 유지한 반면 가슴과 허파는 성장하여 어른의 힘을 지니기 때문에 맑고 힘있는 목소리를 낸다. 여성이 대중 앞에서 노래를 부를 수 없었던 16~8세기 유럽에서 교회음악이나 오페라에서 여성의 역할을 소화하기 위해 이같은 카스트라토들의 활약이 두드러졌

고 큰 인기를 누리기도 했다. 그러나 19세기 들어 교회가 이같은 비인간적 행위를 금지하였다.

카운터테너는 남성이지만 여성처럼 높은 음역을 내는 가수로 변성기를 거친 후에도 가성으로 높은 음역을 구사한다. 카스트라토가 거세라는 신체적 변화를 통해 사춘기 전의 음성을 유지한다면 카운터테너는 사춘기 이후 가성을 훈련해 알토의 음역을 노래한다. 높은 음을 낼 수 있는 비결은 팔세토, 즉 가성 창법이다. 팔세토는 목에 힘이 들어가지 않는 소리다. 호흡으로 받쳐서 소리를 머리로 띄워올린다.

카스트라토와 카운터테너의 가장 큰 차이는 거세의 여부에 달려 있다. 그러나 그들이 남성이 가지는 원래의 목소리를 거부하고 여성 음역의 목소리를 낸다는 것은 공통적이다. 이들의 목소리는 공히 성의 정체성이 분명하지 않다. 카운터테너인 안드레아스 숄의 가성을 들으며 면도를 하던 화자는 턱을 베인다. 턱수염은 남성의 상징이다. 면도를 한다는 것은 남성의 상징을 거부하는 것이기도 하기 때문에 턱을 베이는 상황은 남성성의 거부를 지적하는 역할을 한다.

인간이 지저분하게 자라나는 수염을 깎아 원시적 생명력을 제거한 문명적 외형을 내세우듯이 세상에는 눈이 내려 그 지저분함을 덮어준다. 하얗게 덮어주는 눈의 위력은 시큰둥한 나무들을 꽃피우게 할 정도로 강하다. 아파트의 나무에는 꽃이 피는데 이 꽃은 나무가 피워낸 꽃이 아니고 눈이 피워낸 꽃이다. 화자는 이 눈꽃을 꽃보다도 깨끗하고 빛이 나는 존재로 인식한다. 이 눈꽃의 빛남에 카운터테너의 빛남이 비유된다. 이는 그 고유의 정체성을 덮어누른 작위적이고 인공적인 빛남을 풍자한다. 눈은 단지 그것을 순간적으로 덮어서 가리울 뿐 그 본성을 변화시키지는 못한다.

그래서 화자는 자신이 아직 남성으로서의 정체성이 살아 있음을 밝힌다. 눈이 만물을 순간적으로 덮을 뿐 그 본성을 녹여버릴 수 없듯이 카운터테너의 음성이 화자의 '성대 속에 남아 있는 저 걸쭉한 性의 어둠을 다 부셔낼 수는 없다'고 말한다. 여기서 어둠은 성대 속에 숨겨져 있는 성의 정체성을 말한다. 특히 남성의 상징인 목울대를 '산봉우리'로 표현하고 이 산봉우리가 '마음 속에 불끈 솟아' 있음을 밝힘으로써 화자의 남성으로서의 성 정체성은 확인된다. 여기서 성 정체성의 확인은 곧 세계의 정체성을 확인하는 일이다.

> 그해 겨울이 지나고 여름이 시작되어도
> 봄은 오지 않았다 복숭아나무는
> 채 꽃 피기 전에 아주 작은 열매를 맺고
> 不姙의 살구나무는 시들어 갔다
> 소년들의 性器에는 까닭없이 고름이 흐르고
> 의사들은 아프리카까지 이민을 떠났다
>
> — 이성복, 「1959년」 부분

이 시는 '그해 겨울이 지나고 여름이 시작되어도 / 봄은 오지 않았다'라는 전제 아래 시작된다. 겨울이 지나면 봄이 오는 것, 봄이 지나야만 여름이 오는 것은 당연한 상식이다. 그러나 이 시에서는 겨울과 여름 사이에 봄이 존재하지 않는다. 더불어 봄의 부재가 가져오는 모든 현상은 거세되어버린 생명체들에게 드러나는 현상의 나열에 불과하다.

복숭아나무와 살구나무에게서 나타나는 현상 또한 봄의 부재가 가져오는 일그러진 자연현상을 의미한다. 여름은 봄이 지나야 오는 것이 당연하듯이 열매는 꽃이 피고 난 후라야 맺어지는 것이다. 그런데 이 시에서 복숭아나무는 채 꽃도 피기 전에 그 열매를 맺고 있으므로 정상적인 열매라고 할 수는 없다. 그래서 열매는 꽃도 피기 전에 아주 작게 시작되지만 성장하지는 못한다. 살구나무 또한 불임이며 열매는 맺지도 못할 뿐더러 그 몸 자체도 시들어가고 있다. 이는 거세와 더불어 생명 자체도 죽음의 위협을 받고 있음을 의미한다.

소년들의 성기에 고름이 흐른다는 것 또한 병든 성기, 즉 불임을 의미한다. 이 시에서 인간에 대한 거세는 그 대상이 소년이라는 데서 비극적 상황이 배가된다. 소년에 대한 거세는 복숭아나무나 살구나무의 불임과 어우러지며 이 세상 전체에 대한 거세를 짐작하게 한다. 또한 '까닭없이'라는 표현에서도 알 수 있듯이 소년들의 거세에 대한 원인이 드러나지 않는 상황은 거세가 불러오는 비극적인 상황을 배가시킨다.

이와 같은 분석에서 알 수 있듯이 복숭아나무, 살구나무, 소년들의 성기는 등가관계를 이룬다. 이들이 등가관계를 이루는 이유는 '불임'의 상태에 있다는 것 때문이다. 이들 등가관계를 이룬 것들로 대변되는 모든 사물과 현상은 상식, 즉 일상에서 벗어나 있다. 이는 곧 이 시가 일상의 궤도에서 벗어나버린 현대사회의 모순을 지적하고 있음을 의미한다.

이 시에서 병든 사회, 거세된 사회를 치유할 만한 희망을 발견할 수 없다는 것 또한 주목할 만한 사실이다. 이들을 치유할 의사들은 모두 아프리카로 이민을 가버렸으므로 병든 사회에 대한 치료는 불가능하며 거세에 대한 회복 또한 불가능하다. 더불어 이 사회는 치유받지 못할 거세와 불임의 상태를 계속 이어가게 될 것이다. 그러므로 이 사회에 영원히 봄은 오지 않을 것이며 꽃이 없으므로 튼실한 열매도 맺지 못할 것이다. 이러한 상황의 연속은 시의 중반부에 나오는 것처럼 '무기력증과 불감증'에서 헤어나오지 못하는 결과를 가져온다. 이는 결국 신체의 병이 심리적 병인이 되는 것을 의미한다.

누군가 49제가 남긴 인절미를 내미는데, 아, 글쎄,
이 수도승의 오른손 검지손가락이 없지 않은가

지렁이가 지나간 자리,
버얼겋게 充血되어 있네

이태 전 해인사에서 겨울 한철 나면서 숯불 속에다가
지졌다는 것이다 그는 손가락이 타지 않고 자지가

지지지짓, 타고 있었으리라
장삼에 팔이 들어가지 않을 정도로 탱탱 부어올랐다는데

불로 불을 끄려 하다니
저기 저 산꼭대기를 통과하는 바다 보이지?
- 황지우, 「바다로 돌아가는 거북이」 부분

이 시는 없어진 검지손가락을 통해 거세된 남근을 표현하고 있다. 그러므로 이 시에서는 남근이 검지손가락으로 전이되어 있다고 볼 수 있다. 남근이 손가락으로 전이되는 현상은 비단 황지우의 시에서만 나타나는 것은 아니다. 이는 프로이트가 말하는 성적 상징에서도 찾아볼 수 있듯이 지팡이, 양산, 막대기, 나무 등 뾰족하고 날카로운 형태를 가진 것, 즉 그 형태상 남근과 유사한 것들을 남성의 상징[21]으로 여기는 현상에서 빈번히 드러난다. 손가락의 단지를 통해 스스로를 거세하는 행위는 함민복의 시에서도 나타난다. 함민복의 거세 콤플렉스에 대한 표현은 「우울氏의 一日·14」에서 '성기를 잘라버릴지도 모른다는/거세 콤플렉스에 앗질 놀라던 날들'과 같은 표현과 더불어 「붉은 겨울, 1986」에서 '부엌칼로 손가락을 내리쳤다/잘린 손가락을 집어 아버지 얼굴을 그렸다/붉은 핏물이 눈물에 씻겨져내리고/해골만 그려졌다'와 같은 상황으로 변이되어 드러난다.

그런데 황지우의 시에서 표면적으로 드러나는 거세의 주체가 타인이 아닌 자기 자신이라는 점 또한 주목할 만하다.[22] 수도승의 지져진 손가락에서 화자는 스스로에게 뜨거운 불로 지져지는 남근의 형상을 보는 것이다. 이는 일어나는 성욕을 가라앉히기 위해 스스로를 거세하는 행위가 된다. 억압하는 주체가 외부에 있는 것이 아니라 억압하는 외

---

21) 지그문트 프로이트, 오태환 역, 『정신분석입문』(선영사, 1987), pp.139–154 참조
22) '부엌칼로 손가락을 내리쳤다/잘린 손가락을 집어 아버지 얼굴을 그렸다'와 같은 표현에서도 알 수 있듯이 함민복의 시에서도 거세의 주체는 자기 자신이 된다.

부의 요인을 자신의 내부로 받아들여 스스로 억압자가 되어 있는 것이다. 이런 경우에 억압자가 존재하지 않아도 스스로가 억압자로 변이되어 있는 상태이므로 신체에 대한 억압은 지속적으로 나타나게 된다.

화자는 또한 여기서 불을 불로 끄는 행위, 즉 억압을 통해 일어나려는 것을 가라앉히는 행위의 모순됨을 풍자한다. '장삼에 팔이 들어가지 않을 정도로 탱탱 부어'오른 형상은 거세에 의한 부작용으로 드러난다. 거세에 의해 억압당하고 왜소해져야 할 신체는 반작용에 의해 그 세력이 더 강화되어 저항하는 과정을 거치고 난 후라야 죽은 목숨이 되는 것이다.

여기서 화자는 억압에 대처하는 방식으로 자연스레 그냥 두는 방법을 제시한다. 자신의 내부에서 일어나는 현상에 대한 스스로의 억압은 '불로 불을 끄려' 하는 행위처럼 무모하며 그에 대한 부작용이 오히려 더 큰 억압이 될 수도 있다는 것이다. '불로 불을 끄려' 하는 행위 대신 화자가 제시하는 '산꼭대기를 통과하는 바다'의 형상은 마치 음양의 합일을 나타내는 형상으로 삼라만상의 조화를 의미한다. 수직과 수평의 합일, 가장 낮은 것과 가장 높은 것의 합일을 통해 화자는 가장 아름다운 세상의 일면을 제시한다. 그것은 마치 거북이가 땅에 있을 때는 업을 등에 지고 있으며 바다에 있을 때는 그 업을 모두 바다에 풀어버리고 물의 흐름에 몸을 맡기는 것과 같은 자유의 세계와 동일시되어 나타난다. 억압으로부터 자유로워지는 것이 바로 억압을 극복하는 방식이 되는 것이다.

거세나 성 정체성의 상실에 관한 문제는 억압과 피억압자의 관계에서 벌어지는 힘의 논리와 무관하지 않다. 피억압자는 억압자의 권력에 의해 거세를 당하며 거세를 당한 피억압자들은 사회에서 자신의 역할을 박탈당하고 무능한 개인으로서 존재할 뿐이다. 또한 사회 자체가 이미 거세되어 불임의 상태에 있다는 시각도 있다. 이러한 경우 불임의 사회를 치료할 방안은 존재하지 않고 무기력과 불감증의 개인을 만들어내게 된다. 이는 바꾸어 말하면 개인에게 존재하는 무기력과 불감증이 사회를 불임의 상태로 만들어놓은 것이나 마찬가지다. 시인은 이러한 개인을 자신의 모습에 비춰보며 거세를 묵인한 채 살아가는 자신에게 조소를 보낸다. 거세당한 개인의 모습을 제대로 인식하고 있는지의 여부와 관계없이 세계는 운영되고 아무런 구애도 받지 않은 채 돌아간다. 이렇게 움직이는 세계 자체가 거세되어 있는 것이나 마찬가지다. 이는 현대사회의 화려한 이면 속에 숨은 부패되고 일그러진 현실의 모습이다. 신체 훼손 이미지는 거세된 인물형이나 상실된 성 정체성의 이미지를 통해 일그러진 현대 사회의 모순을 지적한다.

2. 부정적 세계관의 신체 훼손

1) 관계의 단절과 사유의 획일화

이 세상의 모든 원리는 관계에 의해 운영된다고 해도 과언은 아니다. 인간과 인간, 인간과 사물, 사물과 사물 등 많은 것들이 서로에게 어떤 관계로서 존재한다. 그리고 이러한 관계를 맺어주는 데는 의사소통이 절대적으로 필요하다. 인간의 경우 서로에게 의사소통의 매개체가 되는 것 중 하나가 언어이다. 그러나 언어가 결손 상태에 있을 때 인간끼리 맺어가는 관계는 지장을 일으키기 마련이다.

언어의 결손은 대개 '벙어리', '말을 잘 할 줄 모르는', '언어에 지장을 일으키는', '입이 없는', '입을 봉한 채' 등과 같은 표현에서 찾아볼 수 있다. 이와 같은 표현은 현대시에 흔히 드러나는 표현으로 자신의 말 못하는 답답한 심정을 언어의 결손으로 드러낸 것이다. 또한 타인과의 의사소통의 부재, 즉 단절[23]된 인간관계의 문제를 나타내는 데도

---

23) '단절'이란 어떤 대상과도 관계를 끊는 것을 의미한다. 다시 말하면 그것은 이 시대에 오면서 모든 사물들이, 내적이든 외적이든, 서로 맺고 있던 관계들을 상실하고 하나의 원자적 개체가 되어 존재함을 의미한다. 일종의 불연속의

언어의 결손이 사용된다.

말을 못한다는 현상은 창조의 초기 단계를 상징하며 또한 이런 단계로의 회귀를 상징한다. 이런 문맥에 의해 많은 전설 속에서 벙어리를 때리는 자는 커다란 죄를 짓게 되어 벌을 받는다. 여기서 죄라는 것은 그 자체가 과거로의 퇴행임을 암시한다. 난쟁이처럼 벙어리는 원시적 신념을 소유하는 영혼의 이미지이다. 이런 영혼의 이미지로는 허수아비, 인형, 그밖에 인간과 유사한 모습을 띠는 모든 형상에 적용된다.[24] 문명은 끊임없이 발달해왔고 인간은 또 과거로의 퇴행보다는 미래를 지향한다. 그러므로 벙어리와 같은 언어의 결손은 인간의 삶과는 서로 소외의 관계에 서게 된다.

> 나는 옷에 배었던 먼지를 털었다
> 이것으로 나는 말을 잘 할 줄 모른다는 말을 한 셈이다.
> 작은 데 비해
> 청초하여서 손댈 데라고는 없이 가꾸어진 초가집 한 채는
> <미숀>계, 사절단이었던 한 분이 아직 남아 있다는 반쯤 열린 대문짝이 보인 것이다.
> 그 옆으론 토실한 매 한가지로 가꾸어 놓은 나직한 앵두나무 같은 나무들이 줄지어 들어가도 좋다는 맑았던 햇볕이 흐려졌다.
> 이로부터는 아무데구 갈 곳이란 없이 되었다는 흐렸던 햇볕이 다시 맑아지면서,
> 나는 몹시 구겨졌던 마음을 바루 잡노라고 뜰악이 한 번 더 들여다 보이었다.
> 그때 분명 반쯤 열렸던 대문짝.
>
>   - 김종삼, 「문짝」 전문

관계를 나타낸다고 할 수 있다. 인간과 인간의 관계, 인간과 자연의 관계, 인간과 사회의 관계, 나아가 인간과 신의 관계마저 그렇다고 할 수 있다. 이러한 현상을 우리는 흔히 소외라고 불러왔다. 이승훈, 『詩論』(고려원, 1990), pp.296-297.

24) 이승훈, 『문학상징사전』(고려원, 1995), p.218.

많은 평자들이 김종삼의 시에서 정통적인 통사법의 파괴나[25] 불완전한 구문 처리, 비약과 암시로 가득찬 모호한 표현들, 비의적 이미지와 상징 등을 지적하고 있다. 이는 말을 잘 못하는 자로서 갖는 고통과 그러면서도 어떻게 해서든지 자신을 언어로 드러내야 하는 숙명을 짊어진 존재가 어쩔 수 없이 선택한 말하기 방식이라 할 수 있다.[26] 이러한 그의 시의 특징을 증명이라도 하듯 김종삼 자신도 「문짝」이라는 시에서 '나는 말을 잘 할 줄 모른다는 말을 한 셈이다'라고 표현하고 있다. 그리고 그 시 안에서도 위에 지적한 특성은 잘 나타나 있다. 그러나 그의 불완전한 구문 처리, 정통적인 통사법의 파괴는 시의 내용을 바쳐주는 형식으로써의 역할을 하고 있다. 예를 들어 '그 옆으론 토실한 매 한가지로 가꾸어 놓은 나직한 앵두나무 같은 나무들이 줄지어 들어가도 좋다는 맑았던 햇볕이 흐려졌다'와 같은 문장을 살펴보자. 한 문장 안에서 '나무들'에 대해 '① 토실한, ② 매 한가지로 가꾸어 놓은, ③ 나직한, ④ 앵두나무 같은'으로 나열된 중복수사가 이루어진다. '줄지어' 바로 다음에는 '있고'나 '있어서', '있지만'과 같은 확실한 형용사가 없기 때문에 '들어가도'로 시작되는 다음 부분과 어떤 관계로 연결이 되는지도 모호하다. '햇볕' 또한 '들어가도 좋다는'과 '맑았던'의 이중 수식을 받고 있다. 그래서 이 부분의 바른 해석은 '들어가도 좋다는 듯이 맑았던 햇볕은 흐려졌다'가 될 것이다. 이처럼 시를 읽으면서 독자가 많은 부분의 행간을 첨삭해야만 이해가 되는 김종삼의 시는 여간 주의해서 읽지 않으면 시인의 의도를 읽어내기가 어렵다.

'나' 즉 시적 화자는 그 작은 집에 들어가기 전에 '옷에 배었던 먼

---

25) 이승훈에 의하면 통사 해체는 바로 현실 해체와 통한다. 규칙, 문법, 동사가 현실이고 거꾸로 현실이 규칙, 문법, 통사이기 때문이다. 이승훈, 『모더니즘의 비판적 수용』(작가, 2002), p.233 참조.

26) 이에 대해서는 권명옥, 「추상성 시학」, 『한양어문 제17집』(한양어문학회, 1999), 남진우, 『미적 근대성과 순간의 시학 연구』(중앙대 박사논문, 2001), 오형엽, 「풍경의 背音과 존재의 감춤」, 송하춘·이남호 편, 『1950년대의 시인들』(나남, 1994), 황동규, 「殘像의 美學」, 『김종삼전집』(청하, 1988) 등을 참조.

지'를 턴다. 그러면서 덧붙이기를 '이것으로 나는 말을 잘 할 줄 모른다는 말을 한 셈이다'라고 한다. 옷에 배었던 먼지는 말과 밀접한 관계를 맺고 있다.[27] 우선 먼지를 터는 행위는 자신의 몸가짐을 단정히 하고 경건히 하려는 태도이다. <미숀>계 사절단의 집 앞에 다가선 화자는 지금의 입장에서 조금이라도 더 깨끗해지려는 태도로써 먼지를 터는 것이다. 이는 말을 잘 하는 행위와는 반대되는 행위로 읽을 수 있다. 말을 잘 한다면 말로써 자신의 입장을 모두 해명할 수 있을 것이기 때문이다. 그는 말을 잘 못하므로 몸가짐을 바르게 함으로써 깨끗해지려는 자신의 심정을 대신하는 것이다. 이 '초가집'은 <미숀>계 사절단의 집이고, <미숀>계 사절단은 신과 나의 중재자이므로 이 집 앞에서 몸가짐을 바르게 하는 행위는 신에 대한 경건함과 예의바름을 보여주는 태도로 읽을 수 있다.

그는 말을 잘 못하므로 말로 재간을 부려 신에게 다가갈 수 있는 상황은 아니다. 신에게 다가가는 일은 말보다는 행위나 마음으로 더 가능하기 때문이다. 더군다나 사절단의 집은 손댈 데라고는 없을 정도로 청초하게 가꾸어진 집이라 몸가짐이 단정해야 한다는 것을 집의 모양새를 통해 은연중에 드러내고 있다. 그러므로 먼지를 털어내는 행위는 화자가 신이나, 사절단, 초가집과 동일성을 이루려는 행위이기도 하다. 또한 집의 단정함은 일상인이 다가가기에는 너무나 어려운 존재로 드러나며, 그 집에 들어가려면 그만큼 깨끗해야만 한다는 조건이 되기도 한다. 그래서 사절단의 집이자 하느님의 집인 그 곳에 들어갈 수 있는지의 여부는 날씨를 통해 알 수 있다. '들어가도 좋다는 맑았던 햇볕이 흐려졌다'가 암시하는 바는 날씨가 맑으면 들어갈 수 있고 날씨가 흐리면 들어갈 수 없다는 사실이다. 그런데 이 날씨는 맑았다 흐

---

27) 말과 먼지의 관계에 대해 남진우는 '화자는 옷에 배인 먼지를 털어내듯 말을 자신에게서 털어내려 한다. 말은 이처럼 덧없고 쓸모없는 것이다. 말을 먼지 취급하는 이런 냉소적인 태도는 말없음이란 성질을 부여한다'라고 지적한다. 남진우, 『미적 근대성과 순간의 시학 연구』(중앙대 박사논문, 2001), p.117.

려지고, 흐렸던 날씨가 다시 맑아지는 식으로 변화무쌍하다. 이는 완전히 열린 것도 닫힌 것도 아닌 '반쯤 열린 대문짝'의 상태를 잘 대변해 주고 있다. 또한 화자의 마음은 날씨의 변화에 따라 움직이는데 '흐렸던 햇볕이 다시 맑아'지자 화자는 '몹시 구겨졌던 마음을 바루 잡노라고' 애를 쓴다.

화자는 신에게 다가가기 위해 몸가짐을 바르게 하는 것으로 모든 조건을 갖추었다. 신에게 다가가려면 문을 통과해야 하는데 이 문은 열려 있으되 반쯤만 열려진 상태이다. 완전히 닫혀진 것이 아니므로 얼마간의 가능성은 내포하고 있다. 또한 '<미숀>계, 사절단이었던 한 분'이 아직 남아 있다는 것은 신과의 중재자가 아직 남아 있다는 말이며, 흐렸던 햇볕이 다시 맑아졌으므로 신에게 다가갈 수 있는 희망은 아직 남아 있다는 의미이다.

살펴보았듯이 먼지를 털어내는 행위는 말을 잘 하는 행위를 대신하는 표현이며 화자에게는 말을 잘 하는 것 이상의 확실한 마음이 자리잡고 있음을 알 수 있다. 이렇게 말을 잘 할 줄 모르는 화자의 모습은 언어가 아닌 다른 모습으로 변용되어 나타나기도 한다. 김종삼은 자신이 시를 잘 못쓴다는 말을 시 속에 은폐시킴으로써 자신의 시에 드러나는 통사법의 파괴 등의 모호한 문장이 의도적이라는 사실을 밝히고 있다.

이 모호한 문장들이 의도적인 것임을 드러내는 또 한 편의 시는 「돌각담」이다. 이 시는 띄어쓰기를 무시하고 시의 외형적인 형태를 돌각담을 상징하는 사각형의 모습으로 나타내고 있다. 띄어쓰기가 무시된 만큼 돌각담이 촘촘히 쌓였음을 시의 형태에서 느낄 수 있지만 마지막 행에 배치된 세 글자 이후의 부분은 비어 있어서 담의 완벽성은 파괴된다. 또한 이 빈 밑부분은 첫행의 '기울기 / 시작했다'의 중요한 단서를 제공한다.

이 「돌각담」은 창세기에 나오는 「바벨탑 이야기」의 패러디로 읽을

수 있다.28) '기울기시작했다'에서 하늘에 닿게 탑을 쌓으려 했던 인간
의 욕심에 대한 경고가 나타난다. '십자가의칼이바로꽂혔다'에서는 '앞
으로 하려고만 하면 못할 일이 없겠구나. 당장 땅에 내려가서 사람들
이 쓰는 말을 섞어 놓아 서로 알아듣지 못하게 해야겠다'라고 한 하느
님의 말을 떠올릴 수 있다.

'포겨놓이던세번째가비었다'에서는 삶의 견고성, 통합성을 바라는 의
지의 좌절 같은 것을 읽을 수 있다.29) 견고성과 통합성의 의지가 좌절
된 상태에서는 무너진 담을 아무리 다시 쌓아도 허물어지게 되어 있
다. 이 견고성과 통합성의 해체는 언어를 섞어놓아 서로 알아듣지 못
하게 한 데서 비롯된다. 아무리 완벽하게 담을 쌓으려 해도 그것은 다
시 무너지게 되어 있어서 하늘까지 닿는 일은 불가능하다. 하늘에 닿
으려는 인간의 갈망과 그러기에는 불충분한 인간의 조건은 김종삼의
시에 모호한 문장이라는 형식으로 나타난다. 그러므로 김종삼의 시에
서 모호한 문장의 배치는 필연적인 것이며 '말을 잘 못한다'는 말은

---

28) 이에 반해 이승훈은 이 시를 6·25의 알레고리로 읽는다. 그에 의하면 '시의
형태가 보여주는 현대성, 말하자면 반 전통성으로는 두 가지를 지적할 수 있
다. 하나는 띄어쓰기를 무시하되, 30년대의 이상과는 달리 일정한 형태 속에
서 행갈이를 한다는 점, 다른 하나는 시행과 시행의 사이에 공백이 있다는 점
이다. 시각적인 측면에서 이 시는 추운 겨울 저녁, 광막한 지대에 황혼이 찾
아오는 돌각담의 형태를 반영하는 느낌이다. 그러니까 일종의 형태주의적 요
소가 드러난다. 시행과 시행의 사이가 벌어지는 것은, 텅빈 공백이 존재하는
것은, 구멍이 뚫리는 것은 이런 형태적 요소 때문이다. 이 공백은 돌각담, 그
것도 "포겨놓이던 세 번째"가 빈 풍경을 암시한다. 그리고 이런 돌각담은, 시
인의 눈에는, 구멍이 뚫린, 공허한, 가난한 마음을 표상한다. 이 풍경은 6·25
의 알레고리로도 읽을 수 있고, 지금 이 글을 쓰는 내 마음의 알레고리로 읽
을 수도 있다. 이 시에서 돌각담이 김종삼을 표시한다면 그는 추운 겨울 저녁
자신을 만들고 다시 허물고 또 만들고 다시 허문다. 대립적인 두 행위의 반복
이 암시하는 것은 강박증이다. 이 시가 남기는 것은, 쌓이고 무너지고 다시
쌓이고 무너지는 돌각담이 남기는 것은 비애일 것이다. 그렇긴 해도 김종삼의
경우 이런 정서나 관념은 극도로 억제된다. 우리가 읽는 것은 순수한 이미지
들이고, 이런 이미지들이 암시하는 생의 광막함, 상흔, 비애이다.' 이승훈, 『한
국 모더니즘 시사』, pp.204-205 참조.

29) 이승훈, 「평화의 시학」, 『김종삼 전집』(청하, 1988), p.316.

상징적인 의미로 쓰이고 있음을 알 수 있다.

　김종삼의 시에서는 말을 잘 못하는 시인, 말을 잘 못하는 주변 인물들의 이미지가 말을 잘 못하는 하느님의 이미지로 발전한다. '말을 잘 못하는 하느님'에 대한 이미지는 절대자에 대한 부재의식과 부정적 견해를 내포한다. 그러나 이 절대자에 대한 의심과 부정적 견해는 시인 자신에 대한 의심과 부정을 뜻하며 이러한 의식은 시인의 내면에 깔려 있는 비극적 세계관의 주요한 원인이 된다.

> 醫人이 없는 病院뜰이 넓다.
> 사람들의 영혼과 같이 介在된 푸름이 한가하다.
> 비인 乳母車 한 臺가 놓여졌다.
> 말을 잘 할 줄 모르는 하느님의 것일까.
> 버리고 간 것일까.
> 어디메도 없는 戀人이 그립다.
> 窓門이 열리어진 파아란 커튼들이
> 바람 한점 없다.
> 오늘은 무슨 曜日일까.
>
> 　　　　　　　　　　　　　　　－ 김종삼, 「무슨 曜日일까」 전문

　병원뜰에는 의사가 없고 하느님은 말을 잘 할 줄 모른다. 하느님은 '말'로 존재하기 때문에[30] '말을 잘 할 줄 모르는 하느님'에서는 전지전능하다는 하느님의 능력을 의심할 수밖에 없다. 그래서 '비인 유모차'를 본 화자는 '말을 잘 할 줄 모르는 하느님이 버리고 간 것이 아닐까'하는 의심을 갖게 된다. 유모차의 수량은 '한 臺'이므로 '길 잃은 한 마리의 어린 양'의 비유에 맞추어 보았을 때 하느님에 대한 의심은

------

30) 기독교에서는 말씀과 하느님을 동일시하고 있다. 이에 대한 견해는 '한 처음, 천지가 창조되기 전부터 말씀이 계셨다. 말씀은 하느님과 함께 계셨고 하느님과 똑같은 분이셨다. 말씀은 한 처음 천지가 창조되기 전부터 하느님과 함께 계셨다. 모든 것은 말씀을 통하여 생겨났고 이 말씀 없이 생겨난 것은 하나도 없다.(요한의 복음서 1 : 1-3)'에 잘 나타나 있다.

더더욱 짙어지는 것이다.

의사도 없고 하느님은 말을 잘 못하는 상태라면 생명을 구원할 수 있는 어떤 현실적 수단도 이상적 수단도 존재하지 않는다는 것을 의미한다. 이렇게 절망적인 상태에서 한 생명을 안고 보듬어주어야 할 유모차는 그 기능을 잃고 비어 있는 그대로 병원뜰에 방치될 수밖에 없다. 이 '비인 유모차'는 안식처의 부재를 상징한다. 그리고 이 부재의식은 자꾸만 없는 것을 갈망하게 한다. 화자는 '어디메도 없는 戀人'을 그리워한다. 그의 그리움은 현실이 아닌 이상세계에 존재하며 그 이상세계는 이루어지지 않는다.[31] 연인이 없다는 현실은 곧 하느님의 부재를 연상케 한다. 연인이 없다는 것은 사랑이 존재하지 않는다는 사실의 다른 표현이므로 하느님의 다른 이름인 '생명과 사랑의 은혜' 또한 그 존재여부를 의심받게 되며 이 의심은 하느님의 존재여부에 대한 의심으로 확대된다.[32]

---

31) 김준오는 그 이상향을 환상적이며 동화적인 세계로 본다. 김준오, 『도시시와 해체시』, p.258 참조.

32) 이에 대한 평자의 견해는 약간의 차이가 있다. 황동규는 부재의식과 연결시킨다. '〈어디메도 없는 연인〉 앞뒤는 구체적이고 아름다운 영상들이 둘러싸고 〈아무데도 없는〉이라는 빈 공간을 잔상으로 메우고 있다. 그의 부재는 추상적인 시행 사이나 명제적인 시행 사이나 명제적인 구절 사이에 있지 않다. 스크린처럼 비어 잔상이 비치는 부재인 것이다. 아름다움이 들어 있는 부재는 그 자체만으로 自足의 세계를 이루게 된다. 생과의 관계를 최대한도로 단절하고 아름다움, 그것도 〈내용없는 아름다움〉을 추구하는 것을 우리는 미학주의의 한 극치라고 부르지 않을 수 없다.' 황동규, 「殘像의 美學」, 『金宗三全集』 (청하, 1988), p.253-254 참조.
오형엽은 '醫人도 연인도 바람도 없고 유모차도 비어 있는 부재와 결핍의 공간에 사람들의 "영혼"과 푸름이 개입되고 말을 잘 할 줄 모르는 "하느님"은 존재하지만 현실에서 음성을 들을 수 없는 하늘의 절대적 존재를 의미한다. 따라서 부재의 빈 공간은 구체적인 영상이 채우고 있는 것이 아니라 사람들의 영혼과 눈에는 보이지 않지만 내재하는 하느님의 암시로 인해 비어있는 듯 채워져 있고 채워져 있는 듯 비어 있다. 더 정확히 말하면 인간은 不在하지만 영혼과 하느님의 존재가 암시되는데, 그것은 숨어 있는 영적 실재이므로 시의 공간은 결핍된 부재의 공간과 충만의 공간 사이에 놓여지게 되는 것이다. 따라서 이 부재의 공간은 아름다움으로 채워진 自足의 공간이 되는 것이 이러한 이미지의 발전은 '曜日'에 대한 의심으로 귀결된다. 성경은 일 주일 중에 하루, 즉 안식일은 하느님의 거룩한 날로 준수해야 한다는 원칙을 규정하고 있다. 안식일 계명은 하느님이 창조사역을 마치고 일곱 번째 날에 안식했다는 사실에 근거한다. '오늘은 무슨 曜日일까' 하는 의심은 궁극적으로 기독교적 윤리관에 대한 의구심으로 이해할 수 있다.[33] 이러한 의구심은 기독교와 병원이 상호 대립되는 듯하면서도 상호 보완관계를 가지고 있음을 시사한다.[34]

> 벙어리같은 시를 쓰며
> 풀잎에 어린 햇살처럼
> 나는 살고 싶었다 파열하는
> 마음만이 그 뜻을 안다

아니라 결핍과 충만(自足) 사이에 걸쳐 있는 공간이 된다. 존재하지만 감춰져 있는 이 더 큰 주체는 인간이 등장하지 않는 그의 시공간에 보이지 않는 신비스런 힘으로 작용하고 있다'고 지적한다. 오형엽, 「풍경의 背흡과 존재의 감춤―金宗三論」, 이남호·송하춘 편(나남, 1994), p.323.

33) 이상 김종삼의 시에 나타나는 언어의 결손 문제에 대해서는 오채운, 「김종삼 시의 聾啞 이미지 연구」, 『한국언어문화 제21집』(한국언어문화학회, 2002. 6), pp.199-219 참조.

34) 학교가 민족이나 역사 담론 같은 거시적 영역을 주로 담당한다면, 목욕탕, 병원, 교회는 일상의 미시적인 영역에서 근대적 규율과 습속을 구성원들의 신체에 아로새긴다. 엄마가 때를 깨끗하게 벗겨주는 것을 자식에 대한 애정으로 생각하고, 병원에서 문명, 생명, 죽음 등의 표상들을 환기하고, 또 절보다는 교회에 다녀야 좀 더 '완전한 인간'에 가까워진다고 믿었던 식으로. 결국 그 공간들은 구성원들의 신체 곳곳에 일련의 표상들을 그물망처럼 촘촘히 새겨 넣음으로써 근대적 주체를 만들어낸다는 점에서 일종의 근대성의 '성소'인 셈이다. 병원이 병을 필요로 하듯이, 기독교 역시 정신의 질병을 필요로 한다. 이 둘은 겉보기에는 각각 신체와 영혼을 분담하고 있는 듯이 보이지만, 실제로는 하나로 포개져 있다. 왜냐하면 그것이 구체적으로 힘을 행사하는 거처는 신체, 곧 '영혼과 육신'으로 이루어진 개별 구성원들이기 때문이다. 그래서 이 '오버랩'된 두 체계는 서로 뒤섞여 병리학은 신학적 이데올로기를, 기독교는 병리학적 체계를 갖추게 된다. 고미숙, 『한국의 근대성, 그 기원을 찾아서―민족, 섹슈얼리티, 병리학』(책세상, 2001), pp.133-157 참조.

　　마파람에 얼굴 트며
　　벙어리 벙어리 말도 못하고
　　비를 맞으면 맞을수록 목마른
　　그대와 나, 아아 그리움과 모욕밖에
　　남은 것이 없다
— 이승훈, 「모욕」 부분

　'인간은 언어를 통해서 모든 존재의 모습을 알며, 자기 자신과 바깥 세계에 대한 자기의 감성적 반응을 표현하며, 말을 함으로써 그 말 자체가 특정한 행위를 수행하도록 하는 말을 통한 행위를 한다. 언어 없이 인간은 아무런 문화적 행위를 할 수 없다.'[35] 벙어리는 언어를 사용할 수 없으므로 언어의 사용으로 인해 발생하는 이와 같은 특성들을 누릴 수 없는 존재이다. 이 시는 말을 못하는 자로서의 벙어리라기보다는 언어 자체가 가지고 있는 '의사 소통의 매개체'라는 특성을 부정하는 상태에 이른다. 신체의 벙어리적 속성을 통해 언어 자체가 가지고 있는 벙어리적 속성을 드러내고 있는 것이다.

　이 시의 2연에 나오는 '벙어리같은 시를 쓰며'라는 대목은 벙어리가 마음 속으로는 어떤 말을 해도 알아듣지 못하듯이 시인이 어떤 시를 써도 그 마음을 독자가 알지 못한다는 것을 의미한다. 그래서 '파열하는/마음만이 그 뜻을 안다'고 시인은 선언한다. 마음도 온전한 마음이 아니라 파열하는 마음이다. 이는 인간의 마음은 언어를 통해 말해지거나 쓰여질 때 이미 그 뜻이 해체되어 버리고 완전한 의사소통은 존재하지 않는다는 것을 의미한다.

　그래서 마음 속에서는 그리움이던 것이 상대방에게 전해지면서는 모욕으로 변한다. 이는 젖어 있는 상태에서도 모든 것이 건조함을 면할 수 없는 상태를 말한다. 이 건조함은 상대방에게 스며드는 것을 방해하는 인자가 된다. 그래서 바람도 '마른 바람'으로 불고 이러한 상태에

---

35) 이명현, 『이성과 언어』(문학과지성사, 1982), p.56.

서의 그리움은 혼자 하얗게 불탈 수밖에 없다. 그리움에 젖을수록 시인은 목이 마른다. 그리고 사람과 사람 사이에 남는 것은 그리움과 모욕밖에 없는데 이 모욕은 그리움의 다른 이름이다.

> 하루종일 욕심장이 가슴아
> 그대 살결에 옷깃에 얼굴 문지르며
> 그리움 태우면 그리움 비가 되어
> 이 땅을 적실 것인가
>
> 하루종일 욕심장이 가슴아
> 맨발로 달려나가 어떻게 끌어안아
> 그리움과 입맞출 것인가
> 이제는 싸우지 않고
> 그리운 얼굴 바라볼 것인가
>
> 하루 종일 욕심장이 가슴아
> 고요히 싸우는 벙어리 벙어리처럼
> 이제는 그대 살결에 얼굴 문지르며
> 내 오래오래 빗속에 서 있을 것인가
>
> — 이승훈, 「가슴」 부분

「모욕」과 연장선상에 있는 이 시는 그리움이나 사랑 또한 욕망의 한 부분임을 이야기한다. 그래서 그리움을 품은 가슴을 '욕심장이'라고 표현한다. 맨발로 달려나가고자 하는 것도 그리움이 언어를 통해 변질되지 않고 그리움 그 자체로 전달되기를 간절히 바라는 마음 때문이다.

시인은 그리움에 젖기보다는 그리움을 태우고자 한다. 태움으로써 비가 되어 이 땅을 적시기를 바란다. 땅을 적신다는 것은 인간과 인간의 마음을 서로 이어준다는 것과 유사한 의미를 가진다. 마음 속의 그리움이 자신만의 욕망으로 남지 않고 승화되기를 바라는 이 마음은 한용운의 시 「알 수 없어요」에서 '타고 남은 재가 다시 기름이 되는’ 것과 같은 심상이다. 사랑과 그리움의 승화를 통해 단절된 인간관계를 극복하고 끊임없이 타인과 닿아 있으려는 화자의 강한 염원이 내포되어 있다. 그리고 그렇게 바라는 화자의 욕망은 ‘욕심장이 가슴’이라는 말로 결론지어진다. 사랑과 그리움의 승화 또한 욕망의 다른 이름임을 독자에게 인식시켜주는 것이다. 자신의 욕망을 확인한 화자는 대상에게 다가가려 하지 않고 혼자 빗속에 서 있기로 한다. 설혹 대상에게 다가간다 해도 언어를 통한 접근은 불가능한 상태이기도 하다. 언어를 통해 의사가 전달되는 것은 많은 오해를 낳으며 언어를 쓰고 있는 우리는 모두 오해의 산물로, 서로 대화를 하고 있으면 진정한 의미전달의 문제에 있어서는 우리 모두 벙어리의 상태에 있는 것과 마찬가지다.

> 택시운전사는 어두운 창밖으로 고개를 내밀어
> 이따금 고함을 친다, 그때마다 새들이 날아간다
> 이곳은 처음 지나는 벌판과 황혼,
> 나는 한 번도 만난 적 없는 그를 생각한다
>
> 그 일이 터졌을 때 나는 먼 지방에 있었다
> 먼지의 방에서 책을 읽고 있었다
> 문을 열면 벌판에는 안개가 자욱했다
> 그해 여름 땅바닥은 책과 검은 잎들을 질질 끌고 다녔다
> 접힌 옷가지를 펼칠 때마다 흰 연기가 튀어나왔다
> 침묵은 하인에게 어울린다고 그는 썼다
> 나는 그의 얼굴을 한 번 본 적이 있다
> 신문에서였는데 고개를 조금 숙이고 있었다
> 그리고 그 일이 터졌다, 얼마 후 그가 죽었다
>
> 그의 장례식은 거센 비바람으로 온통 번들거렸다
> 죽은 그를 실은 차는 참을 수 없이 느릿느릿 나아갔다
> 사람들은 장례식 행렬에 악착같이 매달렸고

백색의 차량 가득 검은 잎들은 나부꼈다
나의 혀는 천천히 굳어갔다, 그의 어린 아들은
잎들의 포위를 견디다 못해 울음을 터뜨렸다
그 해 여름 많은 사람들이 무더기로 없어졌고
놀란 자의 침묵 앞에 불쑥불쑥 나타났다
망자의 혀가 거리에 흘러넘쳤다
택시운전사는 이따금 뒤를 돌아다본다
나는 저 운전사를 믿지 못한다, 공포에 질려
나는 더듬거린다, 그는 죽은 사람이다
그 때문에 얼마나 많은 장례식들이 숨죽여야 했던가
그렇다면 그는 누구인가, 내가 가는 곳은 어디인가
나는 더 이상 대답하지 않으면 안 된다, 어디든지
가까운 지방으로 나는 가야 하는 것이다
이곳은 처음 지나는 벌판과 황혼,
내 입 속에 악착같이 매달린 검은 잎이 나는 두렵다
─기형도, 「입 속의 검은 잎」 전문

이 시는 형식이나 내용상으로 3연으로 나누어져 있는데 1연은 현재의 상황, 2연부터 3연 13행까지는 과거의 상황, 그리고 14행부터 끝까지는 다시 현재의 상황을 나타낸다. 이 시 2연 1행의 '먼'은 거리나 간격을 나타내는 형용사로, 여기서는 '지방'을 수식한다. 그러나 2행에 오면 이 '먼'은 뒤에 오는 '지방'의 '지'와 붙음으로써 새로운 명사 '먼지'가 된다. 여기에 관형격 조사 '의'가 붙어서 '먼지의'가 되고, 결과적으로 '먼 지방'은 '먼지의 방'이라는 구절로 변형되어 '먼지가 가득한 방'이라는 새로운 의미를 갖는다. '먼 지방'에서 언어유희에 의해 변형된 '먼지의 방'은 '먼 지방'에 있을 때의 상황을 암시한다. 따라서 '먼지의 방'이 갖는 상징적 의미를 밝히려면 '먼 지방'의 상황을 밝히는 작업이 선행되어야 한다. 그런데 언어는 대립과 차이에 의해 그 뜻이 더욱 분명해지기 때문에 '먼 지방'과 대립되는 '가까운 지방'과의 관계를 밝혀야 한다.

먼 지방은 그 일(＝그의 죽음)이 터진 그 해 여름의 공간으로, 대략 다섯 가지 상황으로 요약된다. ① 문을 열면 벌판에는 안개가 자욱했다. ② 땅바닥은 책과 검은 잎들을 질질 끌고 다녔다. ③ 접힌 옷가지를 펼칠 때마다 흰 연기가 튀어나왔다. ④ 많은 사람들이 무더기로 없어지고, 놀란 자의 침묵 앞에 불쑥불쑥 나타났다. ⑤ 망자의 혀가 거리에 흘러넘쳤다.

이러한 다섯 가지 상황을 좀더 구체적으로 살펴보기로 한다. 우선 ①에서 방밖과 방안의 관계를 보면 책을 읽고 있는 방안은 '먼지의 방'이며 방밖은 '안개가 자욱'한 세상이다. 먼지도 정지되어 있는 상태가 아닌 경우에는 시야를 가린다는 의미에서 안개와 공통점이 있다. 그러나 방안은 동적인 상태가 아니라 조용히 책만 읽고 있는 상태이므로 먼지는 가라앉고 시야는 분명한 상태이다. 화자는 천지분간을 할 수 없는 안개낀 세상에서 무언가 '보기 위해' 방에 들어앉아 조용히 책을 읽고 있다. 이에 비해 방밖은 안개가 자욱해 끊임없이 무슨 사건이 벌어진다 해도 아무 것도 볼 수 없는 상태이다. 정적인 상태로 방안에 앉아 있는 회지로서는 방밖의 동적인 상태를 전혀 파악할 수가 없다. 그 안개 속에서 벌어지는 일들은 대개 ②～⑤까지의 네 가지 상황으로 묘사된다.

②에서는 '책과 검은 잎들'이 누군가에 의해 질질 끌려 다닌다. 그런데 주체적으로 이들을 끌고 다니는 상대는 '땅바닥'이다. '땅바닥'은 '땅'이 주는 이미지와는 달라서 '어머니의 품'이라거나 '위대한 자연'이라는 의미로 해석하기는 어렵다. 여기서는 그보다 '하늘'이나 '지상'의 하위개념으로 쓰이고 있다. 그러므로 '책과 검은 잎'의 하락은 땅바닥에 떨어져 끌려 다니는 주체성의 소멸 상태를 의미한다. '책'은 지식을 담은 보고로 해석할 수 있고 '검은 잎'은 지식인 또는 지식인의 죽은 양심, 침묵을 지키는 지식인의 혀 등을 의미하므로 이러한 것들의 하락을 읽을 수 있다.

③의 '접힌 옷가지'는 오랫동안 입혀지지 않은 채 장롱 속에 들어있었음을, 그리고 '흰 연기'는 그 옷 주인의 죽음을 암시한다. 오랫동안 접어두었던 옷에서 먼지가 나는 일은 있을 수 있는 일이지만 연기가 나오는 일은 흔치 않기 때문이다. 더군다나 연기는 먼지와 달리 '펼칠 때마다' 튀어나오고 있다. 연기는 고체가 기화되고 있음을 알게 하는 지표이며 그 상승성은 지상에서 천상으로 초월하는 죽음을 상징한다.

④의 상황은 ③에서 분석한 '연기'의 상징적 의미와 직결된다. ③의 상황에서 죽음을 이끌어내는 데는 ④의 '없어졌다'와 ⑤의 '망자'라는 말을 근거로 했을 때 확연해진다. 그 죽음은 한 사람의 죽음도 아니고 '많은 사람들'의 죽음이다. 그리고 죽은 자들의 혼백은 '놀란 자의 침묵' 앞에 불쑥불쑥 나타나는데 여기서 '놀란 자'는 그 무더기의 죽음에서 비껴난 자 즉 살아남은 자이다. 살아남은 자들은 그 많은 죽음에 대해 놀라기만 할 뿐 슬퍼하거나 분노하지 않고 침묵만 지키고 있다. 이들은 이 많은 죽음들을 제대로 인식하지 못하며 아무런 느낌도 없거나 일부러 외면하고 있다. 죽은 자들은 살아남은 자들의 그러한 침묵 앞에 불쑥불쑥 나타난다.

⑤에 나오는 '망자의 혀'는 죽은 자의 함성, 원망 등을 암시한다. 여기서 '망자의 혀'는 다른 행에서의 '검은 잎'이나 '잎'과 동일한 의미를 가진다. 그러나 '검은 잎'은 말을 잃은 상태의 '혀'를 의미한다. 혀는 현실세계에서 소외당하지 않기 위해 입을 다물고 있을 수밖에 없다. 남진우의 지적에 의하면 '현실세계로의 입문은 언어의 박탈을 감수하고서야 가능하며 그 소외된 언어의 저장소가 바로 시인의 입이다.'[36] 그러나 살아남은 자들이 언어를 잃은 것과는 달리 망자들의 입은 오히려 살아 있어서 불쑥불쑥 나타나기도 하고 거리에 흘러넘친다.

---

36) 남진우, 「숲으로 된 푸른 성벽」 기형도外, 『사랑을 잃고 나는 쓰네』(솔, 1994), p.140.

위에서 살펴본 바처럼 그해 여름으로 대변되는 먼 지방의 상황은 그야말로 '안개 자욱한 세상에 들어앉은 먼지의 방'과 같이 암울한 상황이다. 그러나 이에 비해 가까운 지방에 대한 구체적인 언급은 없다. 다만 화자는 '가까운 지방'으로 가야하며 그곳이 '어디든지' 상관은 없다. 그리고 화자는 '가는 곳'이 어디인지도 알지 못한다. 그곳은 과거나 현재의 이곳에서 벗어나 화자가 가고자 하는 미래 속의 공간일 뿐이다.

'멀다' 또는 '가깝다'라는 것은 '어떤 공간'에서 대상까지의 거리를 전제로 인식된다. 그런데 '가까운 지방'과 마찬가지로 멀거나 가까움의 중심이 되는 '그 공간'에 대한 구체적인 언급이 전혀 없으므로 '먼 지방'과의 차이에 의해 '그 공간'이 상징하는 바를 밝혀야 한다. '그 공간'은 '먼 지방'에 있던 내가 가고자 하는 곳이므로 '먼 지방'과는 대립적인 곳으로 유추할 수 있다. 위에 밝힌 다섯 가지 암울한 상황이 전개되는 '먼 지방'과 대립되는 '그 공간'은 인간의 始原의 상태이거나 죽음과는 먼 공간이며 어머니의 품과 같이 따뜻하고 밝은 곳으로 유추해볼 수 있다.

그런데 화자가 가고자 하는 곳은 바로 '그 공간'이 아니라 '그 공간'과 가까운 지방이다. '가까운 지방'은 '그 공간'과 '먼 지방'의 사이에 있으며 화자는 그곳에 가야 하는 것이다. 여기서 인간의 낙원이라고 할 수 있는 '그 공간'은 없다는 전제 아래 이 시가 쓰여졌음을 알 수 있다. 죽음의 암울함이 없는 세계는 어차피 존재하지 않을 것이므로 이 시에서는 그와 가까운 세계에라도 다가가고자 하는 염원이 시적 내용의 축을 이루고 있다. 과거의 '먼 지방'에서 조금은 벗어나 화자가 현재 위치해 있는 '이 곳'도 '먼지의 방'의 상황과 별 다를 바는 없다. 그리고 그 '가까운 지방'은 과거에 시인이 있었던 '먼지의 방'을 지나 현재 위치한 '어두운 창밖과 처음 지나는 벌판과 황혼'37)을 통과한 뒤 만나기를 염원하는 미래의 지방이다. 그러나 이 시에서 그 가까운 지방에 갈 수 있을지는 불분명하다.

그 불분명한 '가까운 지방'으로 가기 위해 현재 화자가 처해 있는 곳은 택시 안이다. 택시를 탄 승객의 입장에 있을 때 자신이 직접 운전을 할 수 없으므로 화자는 자신의 의지대로 어느 곳에도 갈 수 없다. 표현대로라면 택시운전사는 '어두운 창밖으로 고개를 내밀어 이따금 고함을 친다'. 택시운전사가 고함을 칠 때마다 '새들이 날아간다'. 여기서 새는 자유의 상징으로 목적지에 도달하고 싶은 화자의 내면을 암시한다. 또 앞을 똑바로 보고 운전을 해야 할 택시운전사가 이따금 뒤를 돌아다보고 있는데, 이는 마치 자신의 과거를 일깨우고 있는 것처럼 보인다. 여기서 택시운전사는 '죽은 사람'이 되고 '죽은 사람인 그'는 '그해 여름에 죽은 그'가 된다. 그해 여름까지 우리의 삶을 좌지우지했던 그는 지금 화자를 가까운 지방에 데려다주는 일을 맡고 있다는 의미에서 그 역할이 동일시되며 동일 인물이 된다. 그러므로 화자와 '저 운전사' 사이에 '믿지 못'하는 관계가 성립되는 것은 너무도 당연하다. 이 불신의 관계가 만들어내는 분위기는 불안하고 공포스럽다. 그 분위기에 걸맞게 화자는 '더듬거린다.' 이 더듬거림은 바로 말을 잃어가는 상태이고 그의 혀는 죽은 잎, 즉 '검은 잎'이 된다. 과거의 '먼지의 방'에서 조금 벗어난 듯했지만 더듬거리는 택시 안의 그는 다시 '먼지의 방'에서의 상황, 즉 말을 잃은 상태에 빠지게 된다.[38]

---

37) 윌프레드 게린에 의하면 태양(불과 하늘은 이와 밀접하게 관련을 맺는다)은 창조적 에너지, 자연의 이치, 의식(사고, 각성, 지혜, 정신적 포부), 부성(父性)의 원리(달과 지구는 여성 또는 오성의 원리와 관련된다), 시간과 생명의 흐름 등을 상징하는 원형적 이미지인데 떠오르는 해가 탄생, 창조, 각성을 상징하는 반면 지는 해는 죽음을 상징한다. 노스롭 프라이, 이상우 역, 『문학의 원형』(명지대학교 출판부, 1998), p.195 참조. 따라서 '황혼'은 곧 '지는 해'를 뜻하므로 '먼 지방'에서 빠져나와 택시 안에 있는 지금의 상황도 암울한 죽음의 세계에서 크게 벗어나지 못한 상태라고 볼 수 있다.

38) 이상 기형도의 「입 속의 검은 잎」에 관해서는 오채운, 『한국 현대시의 언어

> 기억에는 평화가 오지 않고 기억의 카타콤에는 공기가 더럽고 아픈
> 기억의 아픈, 국수 빼는 기계처럼 튼튼한 기억의 막국수, 기억의 원형
> 경기장에는 혀 떨어진 입과 꼭지 떨어진 젖과…… 찢긴 기억의 天幕
> 에는 흰 피가 눈 내림, 내리다 그침, 기억의 따스한 카타콤으로 갈까
> 요, 갑시다, 가자니까, 기억의 눅눅한 카타콤으로!
>
> — 이성복, 「기억에는 평화가 오지 않고」 전문

이 시의 경우 이탈된 신체 기관은 '혀 떨어진 입'과 '꼭지 떨어진
젖'이다. 이 중에서 '혀 떨어진 입'은 언어의 문제와 관련이 있다. 혀
가 없다는 것은 자신의 내부 세계를 외부로 표출해낼 수 있는 언어의
사용이 불가능함을 의미한다. 언어로 표현할 수 없는 기억이라면 그것
은 죽은 기억이나 마찬가지다. 이는 앞에서 분석한 기형도의 시 「입
속의 검은 잎」에서 검게 변해 버린 입 속의 잎, 즉 언어를 잃어버린
입과 등가관계에 있다. 말을 하지 못하는 입은 혀가 떨어진 입이며, 이
미 죽어버린 잎으로나 표현되는 혀를 갖고 있는 입이다. 그것은 혀의
죽음일 뿐만 아니라 입의 죽음이며 언어의 죽음과 마찬가지다. '내 입
속에 악착같이 매달린 검은 잎이 나는 두렵다'에서도 알 수 있듯이 언
어의 죽음은 시인에게 계속되고 있으며, 시인에게 언어의 죽음이란 곧
자아의 죽음을 의미한다. 이러한 언어의 죽음에 관한 문제는 뒤에서도
다루겠지만 김종삼에게도 지속적으로 제시되는 문제이며, 시인으로서
는 떼어내 버릴 수 없는 문제로 작용한다.

기억이 '국수 빼는 기계처럼 튼튼'하다는 것은 멈추지 않고 기억이
쏟아져 나오되 그것은 일정한 틀에서 빠져나와 정형화된 모양을 하고
있음을 의미한다. 그것은 언어에 의해 각기 다른 형태를 갖지 못하고
일정한 형태에 머물게 된다. 일정한 형태를 갖는다는 것은 기억의 왜
곡을 의미한다. 기억은 언어에 의해 제 형태를 취하게 되는데 이미 혀
가 떨어져나갔기 때문에 언어로써 표현되지 못하고 하나의 일정한 재

____

유희 연구』, 명지대 석사논문, 2000. 참조

료로만 남아 있게 되는 것이다. 이는 언어로 조립되지 못한 기억의 혼돈상태를 의미한다.

피가 흰색을 띤다는 것도 왜곡된 기억의 이미지를 표현함에 다름아니다. 피는 붉은색에서 흰색으로 표현되면서 제 기능을 잃고 있으며 더욱이 얼어버린 동결의 의미로 눈으로 표현되어 나타난다. 눈은 세상의 모든 것을 하얗게 덮어서 더러움을 감추지만 그 안의 것을 정화하지는 못한다. 더러운 것을 일시적으로 덮을 뿐이고 눈이 녹아버리고 난 다음의 진흙탕은 오염된 풍경으로 내비칠 뿐이다. 또한 이 시에서 눈은 내리다 그치므로 더러움을 덮는 행위는 진행상태에 있지 않다. 눈으로 덮여진 세상에는 평화롭지 못한 기억들이 막국수처럼 엉켜 있는 것이다.

카타콤에 대하여 살펴보면, 시의 초반부에서 카타콤은 공기가 더럽고, 아픈 기억이 가득찬 곳이다. 그런데 시의 후반부에 가면 그 카타콤은 따스한 곳으로 변형되며 눅눅한 곳이 된다. 카타콤은 결국 기억을 의미하므로 기억은 더러움에서 따스함으로 다시 따스함에서 눅눅함으로 변형이 되는 것이다. 여기서 알 수 있는 것은 화자는 아픈 기억이 엉켜 있는 것을 부정하지 않고 그것을 따스함으로 받아들인다는 것이다. 그러나 여기서의 따스함은 역설적 의미를 띤다. 그 아픈 상황을 따스하게 받아들일 수밖에 없는 상황이 따스함의 이면에 숨어 있다. 그래서 그 기억은 따스함 속에서도 눅눅함을 면치 못하는 것이다. 카타콤이라는 시어에서도 알 수 있듯이 기억은 죽음의 세계이고 변화될 수 없는 세계이기도 하다. 그래서 '갈까요, 갑시다, 가자니까'에서도 알 수 있듯이 보이지 않는 또 다른 자아는 그 곳 카타콤의 세계, 아픈 기억의 세계로 가기를 거부하고 있고 시를 쓰는 자아는 그곳으로의 여행을 권유하고 있다. 이 두 자아의 싸움은 화자의 내부에서 일어나는 기억에 대한 끊임없는 혼돈의 상태를 이야기하고 있다.

살펴보았듯이 다양한 현상으로 나타나는 언어의 결손은 결국 인간관계의 단절에 관한 문제로 귀결된다. 시인으로서 말을 잘 못한다는 선언은 시를 잘 못쓴다는 선언과 통하며 이는 자신뿐만이 아니라 타인과의 의사소통의 부재를 의미한다. 의사소통의 부재는 절대자에 대한 의심으로까지 발전되지만 이는 결국 자신에 대한 의심으로 귀결된다. 또한 타인과의 의사소통의 부재는 언어에 대한 숙고를 낳게 되며 인간간의 대화를 오해의 산물로 인정하며 진정한 의미에서의 의사소통은 존재하지 않는다는 결론에 이르기도 한다. 또한 사회의 억압에 의해 개인의 내면은 언어가 되어 외부의 상태로 표출되지 못하고 머무르게 된다. 이렇게 의사를 전달하지 못하는 상태는 불안의 연속으로 이어지며 모든 인간의 의사를 획일화시키는 결과를 가져온다.

단절의식은 의사소통의 부재로 인해 생겨난다. 의사소통은 언어 결손의 문제로부터 시작된다. 언어는 자신으로부터 타인에게 전달되면서 그 뜻이 왜곡되어지기 때문에 진정한 의미에서의 의사소통은 존재하지 않는다. 모든 인간이 완벽한 의사소통체계를 가질 수는 없는 것이므로 언어의 결손은 언어의 부정에 관한 문제와도 연결이 된다. 언어의 결손은 언어적 존재인 자아를 부정하기도 하고 때로는 절대자에 대한 부정으로 이어지기도 한다. 이 절대자에 대한 부정은 결국 세계에 대한 부정과 동일선상에 있다.

2) 모순의 증가와 질병의 은유

질병은 신체에 생기는 병리학적 현상의 하나이다. 그러나 문학에서는 신체의 질병을 물리적 현상으로만 보지 않고 심리학적 현상으로 이해하고 설명하려는 태도를 보인다. 이러한 태도는 질병에 대해 많은 은유를 낳게 된다. 이 때 병 그 자체와 은유로서의 병을 구별하는 것이 가능한 것인지 의심스럽다. 즉 한쪽에 신체적인 병이 존재하면서 다른 한쪽에 그 은유적 사용이 존재한다는 일이 가능한지는 생각해 볼 문제이다.[39] 문학에 나타나는 은유로서 살펴보자면 현실의 부조리함이

인간의 신체에 맞닿았을 때 질병은 발생한다. 이 질병은 특히 염증 등
으로 나타나 신체의 내부나 겉표면인 피부에 곪아 있어 환자[40)]에게
고통을 준다. 문학공간 안에서 질병을 극복하는 방법은 다양하게 드러
나는데 이러한 경우 질병은 긍정적으로 받아들이기보다는 적극적으로
대응해 신체 밖으로 몰아내야 하는 존재가 된다.

> 내가 웃을 때 여러분은 조심해야 해요. 내가 비칠할 때 여러분은
> 날 붙잡아야 해요. 비칠하는 건 언제나 여러분이니까요. 내가 하늘을
> 난다면 날 놓아 줘야 해요. 비칠 비칠하는 건 언제나 여러분이니까요.
> 난 구름이고 새니까요. 곪아가는 건 언제나 여러분의 齒根이고 다른
> 또 하나의 齒根이니까요. 齒根이니까요.
> 나는 지금 우스워요우스워요우스워요. 너무 우스워서 한 가지도 우
> 습지가 않아요.
>
> – 김춘수, 「어릿광대」 전문

이 시에서 '나'와 '여러분'은 대치관계에 있다. 표면적으로 이 시에
서 '나'는 어릿광대이며 '여러분'은 관객인 듯하지만 그 내포적인 의미
에서는 오히려 어릿광대의 눈에 관객이 어릿광대로 보인다. 관객은 어

---

39) 병은 그것이 분류되고 구별되는 한 객관적으로 존재한다. 예를 들면 의사가
그렇게 명명하는 한 그것은 병인 것이다. 본인이 의식하지 않는 경우라도 객
관적으로는 병이며 본인이 고통스러워 해도 병이 아닌 것으로 간주될 수 있
다. 바꾸어 말하면 병은 개인에게 나타나는 것과는 달리 어떤 분류표, 기호론
적 체계에 의해 존재한다. 그것은 병자 개개인의 의식에서 동떨어진 곳에 있
는 사회적 제도이다. 병은 원래 시작부터가 의미를 부여하는 것이어서 가장
원시적 문화에서는 병을 적의가 있는 신이나 다른 변덕스러운 힘의 방문이라
고 생각하고 있다. 개개인의 병으로부터 독립적이고, 또 의사–환자의 관계로
부터 독립적이며, 의무부여로부터 독립적인 것처럼 보이는 객관적인 병은 실
은 근대 의학의 지식 체계에 의해 만들어진 것이다. 가라타니 고진, 박유하
역, 『일본근대문학의 기원』(민음사, 1997), p.143 참조.
40) 어원학적으로 보자면 환자는 고통받는 사람을 뜻한다. 그러나 환자들이 가장
깊이 두려워하는 것은 이런 의미에서의 고통 자체가 아니라 사람들이 자신의
고통을 비하한다는 고통이다. 수전 손택, 『은유로서의 질병』, p.167.

릿광대가 관객을 조종하고 있음을 인식하지 못하고 있다. 어릿광대가 볼 때 관객은 언제나 비칠비칠하는 사람이고 齒根이 곪아가는 사람들이다. 김현자에 의하면 비칠비칠하고 곪아가는 건 '화자가 아닌 청자의 내적 분열의식'이다.[41]

김현자의 견해대로 어릿광대가 '비칠할 때' 관객들은 놀라 비명을 지르겠지만 실제로 비칠하는 것은 관객이다. 그리고 이 때 관객은 어릿광대를 붙잡고 의지해야 한다. 어릿광대가 관객보다 강한 존재인 것이다. 또한 어릿광대는 '구름이고 새'라는 점에서 관객들보다 자유로운 존재이다. 이때 관객은 자유롭거나 강한 존재가 아니다. 관객은 오히려 질병으로 齒根이 곪아가는 고통받는 존재이다. 그리고 더욱 불행한 것은 관객이 자신의 고통을 의식하지 못한다는 것이다.

관객의 齒根과 함께 곪아가는 '다른 또 하나의 齒根'으로 인해 관객뿐만 아니라 어딘가에서 우리가 모르고 있는 사이 많은 것들이 곪아가고 있음이 드러난다. 염증으로 가득찬 이런 현실은 우스운 현실이지만

---

41) 김현자는 어릿광대와 관객의 관계를 다음과 같이 화자와 청자의 관계로 분석한다. '이 시를 구성하는 체계는 "나"와 "여러분"이라는 대립의 입장에 있다. "우스움"과 "우습지 않음"의 시적 화자의 이중성을 감지함으로써 독자들은 시적 긴장을 느낀다. 이러한 긴장은 웃다 / 조심하다. 비칠하다 / 붙잡다, 우습다 / 우습지 않다의 대칭적인 시적 서술 구조에 의해 구체화되고 있다. 이와 같이 화자와 청자가 직접적으로 현상적 목소리를 나타낼 때 서정시는 극적인 상황을 연출하게 된다. 떠어쓰이 없이 계속해서 반복되고 있는 "우스워요"는 아이러닉한 입장의 상반성을 말해주는 동시에 시의 의미를 뚜렷이 부각시켜 독자의 주의를 하나의 통일된 의미로 구속하는 중요한 역할을 하고 있다. "루오의 어릿광대"라는 특정한 인물의 입을 통해서 표현되는 이러한 유형의 시는 시인이 생각하던 메시지를 화자의 역할을 통해 독자에게 명백하게 전달해주고자 하는 의도에서 비롯된 것이다. 마지막 행에서 "너무 우스워서 하나도 우습지가 않아요"라는 구절은 화자인 "나"와 청자인 "여러분"의 입장이 바뀜으로 나타나는 극단적인 관계를 시사한다. 비칠비칠하고 곪아가는 건 화자가 아닌 청자의 내적 분열의식이다. 즉 어릿광대의 몸짓을 바라보며 웃고 있는 청자는 제자신을 망각하고 있다는 점에서 희극적 주인공인 어릿광대와 그 역할의 자리바꿈을 하고 있는 것이다.' 김현자, 『현대시의 감각과 미적 거리』(문학과지성사, 1997), p.224.

또한 웃음조차 나오지 않는 상황이기도 하다. 이렇게 곪아가고 있는
현실을 대하는 인간의 신체는 많은 부작용을 겪게 되며 그 부작용은
또 다른 질병으로 나타난다.

> 우리집 작은놈이 뜰에 둥그렇게 원을 그려놓고 날더러 들어가 보라
> 고 합니다. 선 속에 내가 발을 들여놓으니까 녀석은 낄낄 웃으며 이젠
> 갇혔다고 박수를 칩니다. 나는 녀석의 실없는 장난을 웃으면서 한 발
> 을 선 밖으로 내디딥니다. 순간, 왼쪽 무릎이 짜릿하며 마비가 옵니다.
> 놀란 내가 발을 거두며 작은놈을 쳐다보니 녀석은 마음놓고 빙그레
> 웃습니다. 이번에는 오른쪽 발을 조심스럽게 선 밖으로 옮겨봅니다.
> 선을 넘기도 전에 이상한 마비 증상이 오른쪽 허벅지를 타고 싸아 하
> 고 올라옵니다. 멍해진 나는 선의 속을 들여다봅니다. 선의 冷血性, 확
> 실함, 이의 없음, 일사불란함이 일렬로 서서 나를 향하고 있읍니다. 나
> 는 우뚝 선 채 선과 쾌재를 부르는 녀석의 손뼉 소리 속으로 녀석의
> 다음 할 일을 재빨리 읽어 봅니다. 아니나다를까 녀석이 그려놓은 선
> 의 한 쪽을 잡아당기니까 선이 슬금슬금 나의 다리를 향하여 좁아듭
> 니다.
>
>   － 오규원, 「우리집 아이의 장난」 부분

이 시에서 선은 자연적으로 발생한 것이 아니고 아이가 인위적으로
만든 것이다. 그 안에 들어간다는 것은 인위의 선에 갇히게 되었다는
것을 의미한다. 사람들은 자신이 만들어 놓은 선에 그렇게 갇혀 산다.
그 선은 冷血性, 확실함, 이의 없음, 일사불란함이라는 특징을 가지고
있다. 이렇게 인간의 개별성이 무시된 선의 특징들은 화자를 향하고
있어서 화자의 신체를 마비시킨다. 이렇게 원 안에 갇힌 채 살아가지
않고 한 발이라도 밖에 내놓게 되면 병이 생긴다. 그 병은 선을 이탈
하는 즉시 생긴다. 선을 넘는 다리에 마비가 와서 선을 넘지 못하도록
저지한다.

여기서 간과해서는 안될 것은 그 선이 아이에 의해 만들어졌다는

것이다. 아이가 만든 선은 고정관념으로 경직되어 있는 선과 달라서 유동성이 있다. 그러나 어른의 시선은 이러한 유동성을 발견하지 못한다. 어른은 이미 '선은 움직이지 않는다'는 고정관념에 빠져 있기 때문이다. 몸이 선 밖으로 빠져나가지 못한다면 선을 치워버리면 되는 것이다. 그러나 어른의 시선은 그것을 깨닫지 못한다. 그러한 어른을 보고 어린 아이는 그 모습이 우스워 낄낄댈 수밖에 없다. 이로써 어른은 아이보다 어리석은 존재가 되며 아이에게 오히려 가르침을 받아야 할 존재가 된다.

어른들이 갖는 고정관념은 선이 가지고 있는 冷血性, 확실함, 이의 없음, 일사불란함을 그대로 소유하고 있다. 그러므로 그 선은 아이가 만들었다기보다는 어른이 만들었다고 보아야 한다. 그리고 화자는 이러한 고정관념을 병이라고 진단한다. 선이 움직이지 않는다는 고정관념에 사로잡혀 있는 한 사회는 병들어 있을 수밖에 없다. 그러나 자세히 보면 선은 움직일 수 있으므로, '존재하는 그 때의 양식 그만큼', '누가 움직이고 있는 그만큼' 움직일 수 있으므로 사실 사회는 병들어 있는 것이 아니고 사회를 바라보는 시선이 병들어 있는 것이다. 시선이 병들어 있는 한 사회나 역사, 시대는 병들 수밖에 없다. 그것을 바라보는 시선에 따라 질병의 유무는 판가름되는 것이다.

설파제를 먹어도 설사가 막히지 않는다
하룻동안 겨우 막히다가 다시 뒤가 들먹들먹한다
꾸루룩거리는 배에는 푸른 색도 흰 색도 敵이다

배가 모조리 설사를 하는 것은 머리가 설사를
시작하기 위해서다 性도 倫理도 약이
되지 않는 머리가 불을 토한다

文明의 하늘은 무엇인가로 채워지기를 원한다

　　나는 지금 規制로 詩를 쓰고 있다 他意의 規制
　　아슬아슬한 설사다

　　言語가 죽음의 벽을 뚫고 나가기 위한
　　숙제는 오래된다 이 숙제를 노상 방해하는 것이
　　性의 倫理와 倫理의 倫理다 중요한 것은

　　괴로운 설사가 끝나거든 입을 다물어라 누가
　　보았는가 무엇을 보았는가 일절 말하지 말아라
　　그것이 우리의 증명이다
　　　　　　　　　　　　　　　－ 김수영, 「설사의 알리바이」 부분

　병리학적으로 보았을 때 갑작스런 설사와 구토는 죽음 이후에 일어
날 부패 현상을 미리 보여주는 것으로서 사람들에게 공포감을 불러일
으킨다.[42] 이러한 공포감과는 달리 '설파제를 먹어도 설사가 막히지
않는다'는 표현은 논리적으로 모순을 드러낸다. 그러나 이 모순이 이
시의 반어적 효과를 산출한다. '배의 설사'는 '머리의 설사'로 발전된
다. 또한 '가을이 설사를 하려고 약을 먹는다'는 말 역시 '설파제를 먹
어도 설사가 막히지 않는다'는 말 때문에 반어적 효과를 나타낸다. 시
인이 쓰는 시도 설사를 하고, 설사가 '괴로움과 괴로움의 이해'로 정의
되며, 설사를 하는 행위만이 존재의 현장부재증명, 곧 알리바이가 된다
고 말한다. 따라서 설사가 우리들의 존재를 증명하는 유일한 방법이라
는 독특한 아이러니가 나타난다.[43]

　설파제를 먹어도 설사가 막히지 않는 이유는 화자의 설사가 소화기
의 잘못으로 인한 단순한 설사가 아니기 때문이다. 김정환에 의하면

---

42) 급격한 탈수 증상은 몇 시간 안에 환자를 쪼그라들게 만들어 자신이 가지고
　　있던 예전의 외형을 우스꽝스럽게 주름지게 만들며, 피부색을 푸른빛이 감도
　　는 검은색으로 바꿔버리고 몸을 차갑게 만들어 버린다. 그리고 그 다음날이나
　　얼마 안 가 죽음이 뒤따른다. 수전 손택, 『은유로서의 질병』, p.169.
43) 이승훈, 『詩作法』(문학과비평사, 1988), p.244 참조.

이 '설사'는 단념하지 않겠다는 안간힘이고, 그 안간힘이 음악과 상치되는 결과로 자칫 내닫는 점에 대한 절망의 표현이다.[44] 하루종일 화자를 괴롭히는 설사는 머릿속이 문제를 일으켰기 때문이고 머릿속의 무언가가 머리 밖으로 튀어나와야만 이 고통은 끝이 난다. 시를 쓰기 위한 뇌의 활동 또는 화자의 관념들은 머릿속을 고통스럽게 괴롭힌다. 머릿속에 들끓고 있는 것을 시로 뱉어 놓아야만 화자의 병은 낫는다. 그러나 화자는 쉽게 뱉어놓지 못하고 고통스럽기만 하다. 性과 倫理, 즉 본능과 이성이라는 규제책은 약이 되지 못하기 때문이다.

　화자는 사회적인 규제에서 벗어나 거침없이 시를 쓰고 싶다. 그러나 항상 거침없이 쓴 시는 설사와 같아서 그 형체를 알아보기가 힘들다. 내용은 있으되 형체는 없는 그런 조형물이 되어버리는 것이다. 그래서 화자는 형체를 만들기 위해 약을 먹는데 이 약은 性과 倫理이다. 성과 윤리의 규제를 거친 시는 꽃의 아름다움이 사라진 시다. 화자는 머릿속의 모든 생각들이 뭉뚱그려진 것이 시라고 생각한다. 그러나 형체를 만들기 위해 뭉뚱그려진 덩어리는 성과 윤리의 칼날을 받아 조각되는 것이다. 이렇게 조각되어진 시는 이미 인공물이므로 자연물인 꽃의 아름다움은 사라진 것이다.

　시의 형체를 만들기 위한 또 다른 규제는 문명이다. 그러나 문명의 때를 탄 시는 그 원시성이 사라지므로 화자가 보기에는 시라고 보기가 어렵다. 그러나 이 규제가 他意에 의한 규제이므로 타인이 보기에는 시로 보일 수도 있다. 그래서 화자는 이러한 상황을 '아슬아슬한 설사'라고 표현한다. 이 '아슬아슬한 설사'는 본인에게는 보이지만 타인에게는 보이지 않는다. 타인이 눈치채지 못하는 상황이므로 아슬아슬한 것이다. 이러한 생각을 시로 쓰는 일은 고통스러운 설사가 된다. 이 고통스러운 설사가 끝나고 나면 침묵해야만 한다. 그 설사의 괴로움에 대한 원인이나 과정이나 결과에 대해서 침묵해야만 하는 것이다. 화자는

---

44) 김정환, 「벽의 변증법」, 김승희 편, 『김수영 다시 읽기』, p.278.

침묵하는 것을 하나의 저항정신으로 제시한다.[45]

　이렇게 현실과의 마찰로 인한 부작용으로 소화불량을 앓거나 하는 행위는 현실을 받아들이지 못할 신체가 억지로 현실을 받아들였기 때문에 발생한다. 억지로 받아들인 현실은 피와 살 혹은 뼈가 되지 못하고 신체에 고통만 일으키다가 신체를 빠져나간다. 다른 시에서도 이와 같은 경우는 많이 찾아볼 수 있다. '六月ㅅ달 白金太陽 내려쪼이는 미테／부글 부글 끄러오르는 消化器管의 妄想이여!'(정지용, 「爬蟲類動物」), '소련을 생각하면서 나는 치질을 앓고 피를 쏟았다'(김수영, 「轉向記」), '보리밥 한 덩어리 받아먹고 배 아파하며'(마종기, 「섬」), '부글부글 五臟이 끓던 꿀꿀이죽,／공연한 내 精神의 無秩序를 밤마다 토하고 나서'(마종기, 「미스터 제임스 밀러에게」), '위궤양을 앓던 大學時節／우리의 幕間은 길고／모든 計劃은 뿌리뽑혔다'(마종기, 「舞踊 2」), '비오는 날이면 소화가 안되고 이 시의 진리는 소화가 안되는 진리 소화불량의 진리 소화가 안되므로 글을 쓴다'(이승훈, 「글쓰기의 영도」) 등이 모두 현실과의 마찰이 신체에 소화불량 증세로 나타난 경우이다. 시인이 불합리한 현실을 대하는 태도는 자신이 받아들여서는 안 되는 것을 소화시키지 않고 그냥 내보내는 것으로 나타난다. 소화시키지 않고 내보내는 행위는 체제에

---

45) 김혜순은 「설사의 알리바이」를 분석하면서 '이 시에서 보여지는 첫 번째 특징은 소재의 비속성이다. 그러나 시의 세계는 소재의 비속성을 넘어 "문명의 하늘은 무엇인가로 채워지기를 원한다" "언어가 죽음의 벽을 뚫고 나가기 위한／숙제는 오래된다 이 숙제를 노상 방해하는 것이／성의 윤리와 윤리의 윤리다", "중요한 것은／／괴로움과 괴로움의 이행이다"라는 김수영의 사상이 그대로 노출되는 시행이 들어 있다. 이 시는 윤리(성의 윤리와 윤리의 윤리)를 넘어서 시를 쓰려고 (설사라도 하려고) 하는 자신의 괴로움을 쓰고, 다음 그런 괴로운 시쓰기(설사)보다는 차라리 입을 다무는 것이 더 낫지 않을까 하는 생각을 그대로 노출한 시이다. 즉, 자신의 시쓰기가 성과 윤리의 약을 먹은 다음, 설사만을 계속하는 것을 써내려간 것이라면, 차라리 침묵하는 것이 도리어 자신의 삶의 존재 증명이 되리라는 생각을 언급한 시이다'라고 지적한다. 김혜순, 「문학적 『장자』와 김수영의 시 담론 비교 연구」, 김승희 편, 앞의 책, pp.177-178 참조.

순응하지 않는 태도이기도 하다. 먹을 거리는 속에 들어가면 주인의 의
지와는 관계없이 소화되어 버리기 때문에 이것이 소화되지 못하고 머
물러 있을 때 가져오는 고통은 참아내기 힘들다. 그 통증을 참아내는
고통은 마치 불합리한 현실을 참아내는 고통과 같다.

> 목장우유는 이제
> 단순해 보이지가 않는다
> 꽃이 단순해 보이지 않는다 서류와
> 문서철과 목장우유가 흘러들어간
> 내 위장이 反亂을 일삼고 있다
> 연필이 단순해 보이지 않는다
> 흐린 심지가 입김을 쪼여 찍은
> 도장이 반란에 가담하고 있다
>
> — 김영태, 「牧場牛乳」 부분

이 시는 인간을 모든 만물의 중심으로 인식하는 태도에서 벗어나
인간을 풍경의 위치에 놓고 사물을 관찰한다. 그러다 보니 인간이 풍
경을 보는 것이 아니라 풍경이 인간을 보고 있다. 단순한 응시도 아닌
'감시'를 하고 있다. 중심이 아닌 풍경으로서 감시하에 있을 때 화자의
시선도 달라져 모든 사물의 모습이 예전처럼 보이지 않는다. 모든 사
물에 생명이 담겨 있고 우주가 담겨 있는 것처럼 보인다. '목장우유',
'꽃', '연필' 등이 단순해 보이지가 않는다. 풍경의 시선에서 인간을 보
았을 때 인간은 먹을 것과 먹지 못할 것을 가리지 못하고 모두 먹어치
우는 '식충이'와 같다. 이 '식충이'는 서류나 문서철과 같이 먹어서는
안될 것을 목장우유와 함께 신체에 흘려넣는다.

여기서는 인간과 인간의 신체를 분리해서 생각할 필요가 있다. 서류
나 문서철은 인간이 만들어놓은, 인간만을 위한 의식의 산물이다. 이것
을 목장우유와 함께 먹어치우는 인간의 모습은 비합리적인 현실의 모

습을 그대로 드러낸다. 이러한 비합리적 현실을 신체는 '위장이 反亂을 일삼'는 것으로 저항한다. 이렇게 인간의 이기를 가득 담고 있는 책상에 꽂혀 있는 꽃도 이제는 단순한 그 아름다움을 벗어나서 어떤 희생물로 보여진다. 인간의 이기심을 감추기 위한 포장된 미의식이 바로 화병에 꽂혀 있는 꽃이다. 풍경이 된 화자는 자신이 중심일 때 일상적으로 벌이던 일들과 바라보던 사물을 이제 일상적으로 볼 수가 없다.

인간의 이기심에 반란을 일삼는 위장의 고통은 거세지기 시작한다. 바람이 풍경 속으로 잠입하여 풍경을 흔들어 놓듯이 신체는 고통을 당한다. 무분별한 식탐으로 酸이 많아 항상 거북한 위장에 목장우유가 잠입한다. 우유가 위장에 들어가는 것을 화자는 '酸이 넘치는 바다에 뜨물이 섞인다'고 표현한다. 이렇게 바닷물에 불순물이 섞인 것같은 상태에서는 아무리 빗물이나 물과 같은 것들을 흘려보내도 같이 융화되지 못한다. 불순물은 덩어리로 굳어간다. 굳어가는 덩어리는 점점 더 그 결속력을 다지는 인간의 이기심을 의미한다. 우유가 불순물로 표현되는 이유는 그것의 원래 소유자가 인간이 아니었기 때문이다. 풍경의 눈으로 보았을 때 인간의 욕망은 자신의 신체에게까지 고통을 가하는 존재이다. 인간의 무분별한 욕망으로 인해 인간 스스로 고통을 당하고 있는 것이다.

인간의 이익을 위해 인간을 희생시키는 일은 여기서 그치지 않는다. 인간의 이익을 위해 희생당하는 인간의 신체는 삶과 죽음에 대한 인식을 바꿔놓기까지 한다. 정현종의 시에서는 신체에 가해진 질병으로 인해 삶과 죽음에 대한 인식이 바뀌어지며 인간과 사물의 정체성 또한 뒤엎어진다.

> 우리들은 살아가는 게 아닙니다.
> 우리들은 죽어왔습니다, 문자 그대로.
> 석탄을 캐내면서

우리는 묻힙니다.
우리를 캐내는 사람은 아무도 없습니다.
진폐증이라지요?
그건 여러 병 중의 하나가 아닙니다.
처음부터 기약된 죽음입니다.
우리는 죽기를 살기 시작하는 겁니다.
우리는 우리가 캐내는 석탄만도 못합니다.
우리의 마지막 부탁이 있습니다.
우리가 죽으면 우리를
막장에 묻어주세요.
거기서 석탄이 되겠습니다.

— 정현종, 「석탄이 되겠습니다」 전문

막장에서 광부들이 하는 일은 단순한 노동이 아니라 석탄과의 사투이다. 석탄을 캐는 일, 그것은 죽어서 묻힌 우리들의 시체를 캐내는 일과 같다. 석탄은 태고 때 식물질의 시체이므로 석탄을 캐는 일은 오랫동안 땅 속에 묻혀 있던 역사를 캐내는 일이다. 캐내어진 역사는 단지 인간을 위한 연료로 쓰여질 뿐이고 연료로 쓰여진 다음에는 아무런 쓸모도 없이 버려진다. 식물의 역사는 인간에 의해 이용당하고 버려지는 것이다. 그래서 그에 대한 저항으로 자신들의 역사를 캐내는 광부들에게 진폐증이라는 재앙을 내린다. 이 재앙은 인간의 폐에 석탄 가루가 쌓여 생기는 질병으로 결국엔 죽음에 이르게 된다. 이는 광부들에게 내리는 질병이라기보다는 인간의 이기심에 내리는 죽음과 같다.

그래서 화자는 진폐증을 '여러 병 중의 하나'가 아닌 '기약된 죽음'으로 인식한다. 이제 막장에서 석탄을 캐는 일은 먹고 살기 위해 하는 일이지만 죽음을 살기 위해 하는 일이다. 이들은 이미 살아 있는 삶의 상태가 아니라 죽음의 상태에서 석탄을 캐는 것이다. 그리고 이들은 이미 죽어 석탄이 된 식물질들만도 못한 상황에 처해 있다. 그래서 그들은 차라리 석탄이 되기를 원한다. 자신들의 죽음이 땅에 묻혀 석탄

이 된 식물처럼 새로운 역사로 태어나길 원하는 것이다.[46]

이렇게 현실과 인간과의 마찰은 인간의 신체에 수많은 질병으로 나타난다. 신체가 곪아가도 인간은 인식하지 못한다. 인간이 인위적으로 만들어 놓은 틀에 갇혀 신체가 마비되는 것처럼 느끼기도 한다. 사회 현실을 받아들이지 못해 끝없이 구토와 설사와 복통을 일으켜도 이를 밖으로 소리내어 이야기하지 않는다. 막장에서 석탄을 캐는 광부들은 진폐증을 얻어, 삶을 사는 것이 아니라 죽음을 사는 인생으로 자신을 표현하기까지 한다. 이러한 고통들의 원인은 모두 병든 세계에 저항하지 않고 살아가기 때문에 생겨난다. 이러한 고통에 만연된 사람들은 결국 인간의 주체성까지 상실되어 살아 있어도 죽은 것과 마찬가지인 삶을 강요당한다. 강자와 약자의 관계가 전도되고, 사람과 사물의 관계가 전도되고, 삶과 죽음의 가치가 전도되고, 사람은 중심이 아닌 풍경으로서 사물의 감시를 받게 된다. 이렇게 가치가 전도된 상황에서는 인간위주의 시각과는 다른 사물의 관점에서 세계를 대하게 된다. 이러한 시각은 지금까지 인간에 의해 재단되어진 가치평가가 많은 모순을 안고 있음을 지적한다.

3) 질병의 시각에서 본 세계

신체 훼손은 우리의 현대시에서 흔히 볼 수 있는 이미지이다. 현대시에서 신체 훼손은 대부분 인간의 신체 훼손으로 나타난다. 그러나 때로는 인간이 아닌 사물이나 자연이 훼손된 이미지로 나타나기도 한다. 이때 사물은 의인화된 모습을 취하고 있다. 또한 표면적으로 드러나는 표현은 인간 신체의 훼손이지만 그 표현에 내포되어 있는 세계의

---

46) 시인의 사회적 관심은 뜻하지 않게 진폐증으로 죽어가는 광부들의 고통에서 하나의 반어적 절창을 얻는다. 그리하여 시인의 확대된 관심은 "UN은 무기 개발을 지금으로부터 영원히 중지하는 결의안을 채택하라!"는 격문을 삽입하기도 하고 한반도 해빙을 대망하는 「꽃피는 상처」를 노래하기도 한다. 유종호, 「해학의 친화력」, 이광호 편, 『정현종 깊이 읽기』, p.266.

훼손일 경우도 있다. 이렇게 신체 훼손 이미지를 통해 드러나는 세계
는 대부분 절망적이거나 부정적이다. 절망적이거나 부정적인 세계관이
오히려 인간의 신체를 훼손시키는 경우도 있다. 이러한 경우는 심리적
인 요인이 신체를 지배하는 상황에서 발생한다. 인간의 신체가 심리적
요인과 불가분의 관계에 있듯이 인간과 사회, 자연, 역사, 시대, 사물
등은 밀접한 관계를 맺고 있다. 더불어 신체의 훼손은 사회나 역사, 시
대 등의 훼손과 연결이 된다.

> 무뇌아를 낳고 보니 산모는
> 몸 안에 공장지대가 들어선 느낌이다.
> 젖을 짜면 흘러내리는 허연 폐수와
> 아이 배꼽에 매달린 비닐끈들.
> 저 굴뚝들과 나는 간통한 게 분명해!
> 자궁 속에 고무인형 키워온 듯
> 무뇌아를 낳고 산모는
> 머릿속에 뇌가 있는지 의심스러워
> 정수리 털들을 하루종일 뽑아댄다.
>
> — 최승호, 「공장지대」 전문

이 시에서 인간의 신체는 이미 인간의 신체가 아닌 공장지대의 상
황으로 표현된다. 더불어 인간의 신체는 '공장지대'의 모순을 그대로
안고 있다. 이 시에서 산모의 '젖'은 '폐수'로 표현되는데, 산모의 '젖'
이 인간의 생명을 이어가게 하는 젖줄이 되는 반면 '폐수'는 인간의
목숨을 끊는 역할을 하고 있다. 또한 '아이 배꼽에 매달린 비닐끈들'이
라는 표현을 살펴보면 공장지대의 상황은 죽음 그 자체이다. '배꼽'은
태아가 뱃속에서 어머니로부터 영양분을 공급받는 탯줄이 있던 자리이
며 세상에 나와 스스로 밥을 찾아야 한다는 사명을 담고 있는 흔적이
다.[47] 그런데 그 자리에 매달려 있어야 하는 탯줄 대신 '무뇌아'인 아

이의 몸에는 '비닐끈들'이 달려 있다. 보통 탯줄은 단수인데 '비닐끈들'이라고 하는 복수를 쓴 점을 감안한다면 그것은 무한대의 복사개념을 담고 있다. 인간의 생명이 하나라는 귀함도 사라지고 공장을 통해 무한대로 복제되는 사회를 의미하는 것이다. 또한 산업사회의 폐해가 하나가 아니라 여러 가지로 인간을 잠식시키고 있다는 해석도 가능하다. 아기로 태어나기 전의 태아는 또한 '고무인형'으로 표현되는데 이는 인간이 뱃속에서부터 이미 생명을 잃은 존재였음을 의미한다.

이러한 상황의 발생은 무뇌아의 출산에서부터 시작되는 듯하다. 그러나 그 이전에 이미 산모에게 이러한 고무인형을 잉태하게 한 것은 공장지대의 굴뚝이다. 여기서 알 수 있는 것은 공장지대에서 남근의 역할을 하는 것은 '굴뚝'이라는 것이다. 그래서 산모는 '저 굴뚝들과 나는 간통한 게 분명해!'라고 자책하게 된다. 그러므로 산모가 낳게된 무뇌아는 산업사회의 모순에 기대게 된 인간이 만들어낸 합작품과 같은 것이다. 산모는 피해자이면서 가해자인 것이다. '공장지대'를 만들어낸 범인으로서 그 그물을 빠져나갈 사람은 아무도 없음이 여기서 확인된다. 그러므로 '공장지대'가 나와는 상관없는 타인이 만들어낸 것이라고 치부할 수도 그 타인을 원망할 수도 없는 처지이다. 우리 또한 이렇게 산업사회의 폐해를 빚어낸 공범자인 것이다. 그래서 무뇌아를 낳은 산모는 자신의 '머릿속에 뇌가 있는지 의심스러워'하게 된다. 그리고 그에 대해 산모가 할 수 있는 저항은 자신의 '정수리 털들을 하루종일 뽑아'대는 자해의 방법밖에 존재하지 않는다.

이 시는 산업사회의 모순에 대한 고발과 더불어 그에 편승해 있는 우리 인간들에 대한 풍자가 적나라하게 드러나는 작품이다. 이러한 작품은 1980년대 산업사회의 모순을 그대로 드러내는 역할을 하는데 당당히 한 몫을 하고 있다.

---

47) 함민복의 시 「흑백 텔레비전을 보는 아침」에서는 배꼽을 '이제부터 네 스스로 음식을 섭취해라 / 어머님이 여며주신 생명의 단추'로 표현하고 있다.

> 내 思春期의 여름에 남은 記憶은
> 銃과 槍으로 죽은 屍體들
> 천, 십만, 백만의 屍體가
> 죽어서 썩어서, 우물 속에서 끓고
> 장작개비같이 쌓여서 태워서 炭化하고
> 그래서 내 思春期는 炭化하고
> 20년이 지나도, 새벽에도 꿈에도
> 내 思春期는 우물 속에 빠지고
> 加害者들의 低音의 合唱으로
> 思春期의 온 몸에는 소름이 돋고.
>
> — 마종기, 「그리고 平和한 時代가」 부분

　화자가 말하는 평화한 시대는 진정으로 평화한 시대가 아니다. 이는 '눈멀고 귀먹고 목숨 잃은' 자들이 부르던 만세를 땅속 깊이 묻어두고 지상의 세계에서 아무 일 없었던 듯이 역사를 묻어두고 사는 부정적 시대이다. 이러한 시대는 모든 억울한 형제와 조상과 귀신까지도 땅 속에서 나와 한반도의 허리를 어지럽게 할 시대인 것이다. 그리고 이들의 외침을 들은 한반도는 허리가 어지러워 쓰러지는 형국이 된다. 전쟁으로 얼룩졌던 한반도는 휴전이 되었지만 겉으로는 평화롭고 풍요로운 듯 보이지만 아직도 분단상황인 것이다. 전쟁은 잠시 쉬고 있을 뿐 언제 다시 일어날지 모르는 위험 상태에 있다.

　화자의 사춘기는 전쟁의 역사 때문에 젊음을 생각할 여지도 없이 피와 죽음으로 물들어 있다. 화자가 사춘기에 본 시체들의 炭化로 인해 화자의 젊음 또한 炭化되었다. 전쟁에 대한 원체험은 화자의 인생 전반에 잠재되어 있어 화자의 무의식 속에서 끊임없이 괴롭힌다. 가해자들의 합창이 환청으로 들려오고 그 시절을 생각만 하면 화자의 온몸에는 소름이 돋는다. 젊었을 때도 훗날에도 화자는 젊음을 생각할 수 없는 존재가 되었다. 그에게는 오로지 피와 죽음으로 범벅된 젊음이 있을 뿐이다.

이렇게 상처뿐인 역사, 왜곡된 역사의 원인을 화자는 인간의 욕망에서 찾아낸다. 탐욕의 눈이 역사를 병들게 하고 불행으로 몰고갔다는 것이 화자의 견해이다. 이런 탐욕의 눈에서 화자는 자신을 제외시키지 않는다. 자신 또한 그 욕망의 주인공 중에 하나이며 역사를 불행으로 몰고간 가해자였음을 고백한다. 이 고백은 훗날에 와서 이루어진 것이다. 표면적인 평화의 시대에 돌아본 역사 속에서 자신 또한 가해자였던 것이다. 그래서 이제 화자는 강토의 틈틈이에 죽은 시신들의 '뼛가루'와 '눈알'을 모아 촛불을 밝히겠다고 다짐한다. 이런 다짐이 이행된다면 왜곡된 역사는 바로 잡을 수 있으며 진정으로 '平和한 時代'가 올 것이다. 그러나 시대는 아직 병들어 있으며 그 시대를 살고 있는 화자의 신체에는 소름이 돋고 있다.

어떤 선생은 목에서 피가 나오고
어떤 이는 기관지와 폐가 못 견뎌 숨찬 병이 생기고
어떤 사람은 콧물 알레르기에 삼백예순 날 코를 풀다가 코에서 피
가 나오고
어떤 이는 먹은 걸 모두 토하고
피부염에 비염
코 헐고 목 헐고 숨통 헐어
자꾸 숨차고 피 나오고
두루 X레이 찍어보고
참 귀신 곡하게는 살고 있구나

남의 발등이 아니에요
결국 내 발등이에요
남의 생명이 아니에요
마침내 내 생명이에요

그 어리숙한 꿩들은 다 어디로 갔는지
까치들도 아주 떠났는지

       까치집도 교정도 황폐하구나
       배경 근사하구나
              (중략)
       이게 얼마짜리 범벅인지
       이게 얼마짜리 비빔밥인지
       천천히 조금씩
       정말 죽여주는구나

                                    – 정현종, 「귀신처럼」 부분

   인간의 신체를 억압하기 위해 쏘아대는 최루탄을 맞아가며 사는 삶
을 화자는 '귀신처럼 사는 삶'이라고 표현한다. 집회를 해산시키는 용
도로만 사용해야 할 최루탄은 개인의 신체에 투입되어 질병이 된다.
'목'과 '기관지', '폐'에 병이 생기고 '피부염', '비염'까지 생겨 정상적
인 삶을 영위할 수 없게 만든다. 최루탄으로 훼손된 신체의 모습은
'귀신 곡하게' 사는 삶의 모습이다. 피억압자는 '인간'이라는 한 개체
로서 분명히 존재하는데도 인간으로 취급받지 못한다. 살상무기와 같
이 위압적인 것들을 살포하는 억압자에게 피억압자는 '귀신'과 같은
존재일 뿐이다. 있어도 없는 듯 눈에 보이지 않는 투명인간처럼 피억
압자는 인간 취급을 받지 못한다.

   화자는 이렇게 자신의 욕망을 위해 방해가 되는 자를 무차별로 해
치는 행위가 '남의 발등'이 아니라 '내 발등'을 찍는 일임을 지적한다.
또한 남의 생명을 죽이는 일이 아니라 내 생명을 죽이는 일임을 지적
한다. 이 말은 한편으로 가해를 하지는 않았지만 피해를 입지도 않은
구경꾼의 위치에 있는 사람들에게도 해당된다. 이렇게 억압을 하고 억
압을 받는 일들은 당사자들에게만 해당되는 것이 아니라 그 누구도 방
관해서는 안될 인류 전체의 문제로 확대된다.

   이 억압의 문제는 인간을 넘어 자연에게까지 확대된다. 최루탄 때문
에 꿩이나 까치와 같은 새조차 떠나버리고 인간에게 남은 것은 황폐함

뿐이다. 화자는 이러한 상황을 '배경 근사하구나'라는 말로 비웃는다. 이렇게 황폐한 세상에서 인간은 또 생존을 위해 화사한 웃음을 웃으며 산다. 이러한 삶은 '범벅, 비빔밥'과 같은 삶이다. 인간을 서서히 조금씩 죽여가는 일이다. 이렇게 살아가는 삶을 화자는 또 '귀신처럼 살아가는 삶'이라 명명한다. 억압에도 익숙해지면 그 나름대로 살아가는 법을 익히게 된다. 그러한 삶은 지옥과 같은 삶이다. 정들어 익숙한 삶이 사실은 지옥인 것이다. 화자는 삶이 병들어 있으며 이 병든 삶을 꾸려나가는 세계가 바로 지옥이라는 부정적 세계관을 가지고 있다.

아버지와 함께
산책하는 이승훈 씨는
(그의 아버지는 돌아가셨다)
두통에 시달리며

두통은 하이얀 눈이다
그는 눈에 파묻혀 걷는다

정신과 병동 의자에 앉아 있다
어머니 약을 타기 위해서다
어머니와 함께 어머니와 함께
그는 병원 복도를 산책한다

병원 밖도 병원
병원 안도 병원
서울이라는 병원을 산책한다

이승훈 씨의 산책은 끝이 없다
그는 숨쉬고 잠들고
그의 산책은 다시 계속된다
　　　　　　－ 이승훈, 「그의 산책은 계속된다」 부분

화자는 끊임없이 산책을 하는 사람이다. 그러나 그의 산책은 휴식과 명상의 효과를 얻는 산책이 아니다. 여기서 산책은 보들레르의 『파리의 우울』에서 읽을 수 있는 산책자의 개념을 떠올리게 한다.[48] 화자가 아버지와 함께 산책할 때는 두통에 시달린다. 아버지는 이미 죽은 사람이다. 그러므로 화자는 아버지와 산책을 하는 것이 아니라 아버지 생각을 할 때 두통에 시달린다는 이야기다. 아버지에 대한 생각은 곧 죽음에 대한 생각이다. 그러므로 여기서 산책은 '죽음을 떠올리며 두통에 시달리는 일'을 의미한다. 화자는 이렇게 찾아오는 두통을 '하얀 눈'으로 비유한다. 흰 눈이 온 세상을 덮어 사물의 분간을 어렵게 하듯이 두통은 화자의 모든 삶을 덮어누르는 존재가 된다. 그리고 화자에게 두통에 파묻혀 걸어야 하는 힘든 산책은 계속된다.

어머니와의 산책은 병원에 가는 일이다. 어머니는 아직 살아 있는 사람이다. 그러므로 화자에게 삶이란 질병을 의미한다. 화자는 질병을 치료하기 위해 병원에 간다. 병원에서 어머니의 약을 타는 행위는 자신의 약을 타는 행위와 마찬가지다. 병이 든 사람은 어머니이지만 화자이기도 하다. 그는 어머니의 약을 타기 위해 기다리며 병원 복도

---

48) 이승훈은 발터 벤야민의 이론을 예로 들면서 산책자의 개념을 설명한다. '보들레르가 강조하는 거리 산책자의 이미지는 그가 번역한 포의 단편 「군중 속의 사람」에 나오는 화자와 관련된다는 게 벤야민의 견해이다. 이 작품에 나오는 화자는 오랜 병고 끝에 모처럼 시내로 외출을 한다. 그는 가을 오후 카페의 창가에 자리를 잡고 앉는다. 그는 주위 손님들을 살펴보기도 하고 신문 속의 광고들을 훑어보기도 한다. 그러나 무엇보다도 그의 시선은 창 밖을 지나가는 군중들에게 쏠려 있다. 그는 그들을 보면서 새로운 흥분에 휩싸인다.(벤야민, 「보들레르의 몇 가지 모티프에 관해서」) 요컨대 이런 글에서 우리가 읽을 수 있는 것은 거리 산책자가 도시에 대해 낯선 느낌을 지닌다는 점, 이 주인공처럼 회복기의 환자같은 존재라는 점, 카페가 표상하는 도시 속에서 거리가 표상하는 도시를 보는 존재라는 점, 곧 도시 속에서 도시를 보는 아이러니이다. 그런가 하면 군중은 음울하고 넋이 나간 것같은 존재들이며, 군중 속을 헤치며 나가는 일에만 신경을 쓰며, 혼자 무어라고 계속 중얼대거나 몸짓을 하는 존재들이다. 한마디로 군중은 위협의 존재들이고 공포의 존재들이다.' 이승훈, 『한국 모더니즘 시사』(문예출판사, 2000), pp.74-75.

를 산책한다. 병원 복도를 산책하는 행위는 질병의 연속을 의미한다.

화자는 병원뿐만 아니라 병원 밖과 화자가 살고 있는 서울을 병원으로 본다. 화자는 세상 전부를 병원으로 보고 있는 셈이지만 그 중에서도 특히 '서울'로 상징되는 도시적 공간을 병원으로 보는 것이다. 병원은 환자와 의사와 질병이 공존하는 공간이다. 병원은 병을 치료하는 곳이므로 도시적 공간을 병원으로 본다는 것은 병들어 있는 도시가 스스로 치료책도 동시에 갖고 있는 공간이라는 점을 의미한다. '병든 도시'가 '병든 도시'를 고치는 모순이 바로 세상이 돌아가는 원리인 것이다. 여기서 도시를 '거짓과 모순의 공간'으로 결론짓는 화자의 세계관을 엿볼 수 있다.

이렇게 아이러니한 세상에 대해 생각하는 화자는 다시 두통에 시달린다. '두통은 하이얀 눈이다'와 같은 표현에서 알 수 있듯이 이 시에서 눈은 두통을 의미한다. 눈은 하염없이 내려 세상을 뒤덮는다. 화자는 이제 아버지가 아닌 어머니와 눈에 파묻힌다. 아버지와 걷던 죽음의 세계로 어머니와 함께 빠지게 되는 것이다. 이렇게 삶과 죽음이 두통 속에서 뒤범벅된 세상이 화자에게는 계속된다. 그의 산책에서는 삶과 죽음, 질병과 치료가 끊임없이 반복되며 산책 또한 계속된다.

이 거리에서 나는
살아 있어 병이 깊다
병이 깊은 이곳에서
네가 아프지 않으면
누가 아프겠는가
내가 아플 때 그대 병이 깊지 않으면
그대 무엇이 깊겠는가
거리의 이 우리들 찬란한 유희 앞에서

—오규원, 「비밀」 전문

이 시에서도 살아 있다는 것 자체가 병이다. 이렇게 삶을 질병으로 보는 세계관은 대부분의 신체 훼손 이미지에서 나타난다. 병이 깊은 세상에서는 모두가 아프며 모두가 병이 깊다. 인간들은 질병으로 관계 맺어져 있으며 이 관계는 쉽게 허물어지지 않는다. 관계 속에서 병이 깊어지는 세상의 모습을 화자는 '찬란한 유희'로 본다. 이것은 세상이 돌아가는 원리이다. 그리고 이 원리는 누구나 알고 있으며 또한 누구도 눈치채지 못하는 세상의 비밀이다. 오규원은 이 시의 부제를 '순례'라고 달고 있는데 순례는 앞에서 살펴보았던 이승훈의 '산책'의 개념과 같은 의미이다.

최승호는 인간의 신체를 공장으로 인식한다. 그의 시각에 의하면 인간의 신체는 어떠한 생산성도 지니지 못한다. 인간의 신체가 생산할 수 있는 것이라고는 무한대로 복제되는 병든 사회이다. 이승훈은 도시를 병원이라는 한정된 공간으로 인식한다. 그의 시각에 의하면 이 도시는 의사가 존재하지 않는 상황에서 환자와 질병만이 가득한 공간이 된다. 물론 이 공간에 환자가 아닌 일반인도 존재하지만 이승훈의 시각에서는 일상이 질병이며 인간은 모두 환자이다. 정현종은 반면에 이 세상을 지옥으로 인식한다. 모든 아비규환이 가득한 공간으로 인간세계를 인식하는 것이다. 마종기는 세상을 평화한 시대로 규정짓지만 이는 반어적인 의미를 가지고 있다. 오히려 평화가 존재하지 않는 시대일 뿐이다. 오규원의 시는 모든 인간관계가 질병으로 연결되어 있음을 암시한다. 이러한 관점들은 모두 일련선상에 있다. 신체 훼손을 통해 보여지는 세계는 병들어 있으며 이 병든 세계에서 인간은 끊임없이 허우적거리고 있다. 이 허우적거림이 바로 인간의 삶이기도 하다. 병든 세계에서 인간은 병든 모습으로 살아갈 수밖에 없기에 이 세상은 모순으로 가득차게 된다. 이 모순은 세상을 움직이는 원리로 작용하고 인간은 이 모순에 저항하기도 하고 묵인하기도 한다. 병든 세상에 대해 일관적이지 못한 이 혼돈의 세상이 시인에게는 부정적 세계관을 갖게 한다.

제5장
신체 훼손과
극복의 미학

제5장___ 신체 훼손과 극복의 미학

1. 합일의 미학

1) 타자와 자아의 동일시

신체 훼손 이미지는 자아와 세계에 대해 부정적이며 비극적인 가치관을 가지고 있는 것이 사실이지만 신체 훼손을 통해서 부정적 세계관을 극복하고 새로운 이상세계를 제시하는 미덕도 함께 갖추고 있다. 특히 자신의 신체 훼손이 아닌 타인의 신체 훼손을 대했을 때 타인의 신체 훼손은 미처 발견하지 못한 자신의 결함을 발견하는 계기가 되며 이를 계기로 자신이 가지고 있던 고정관념이나 결함을 치유하기도 한다.

신체의 결손 가운데 시각의 결손에 대해 살펴보기로 하자. 인간은 정보의 대부분을 시각에서 얻고 있다. 또 '눈으로 말한다'는 표현에서 알 수 있듯이 눈은 사람의 표정을 나타내기도 한다. 잡지 등에서 익명성을 보장하려 할 때 눈을 가리는 이유는 그 표정을 읽을 수 없도록 하려는 것이다. '눈의 장애는 노화나 눈 자체의 이상에서 오기도 하고, 어떤 질병으로 인해 이차적으로 발생하기도 하는 등 다양한데, 눈의 장애는 정보수집에 큰 문제가 된다'.[1] 한 편의 시를 구성하는 데에 기여하는 것으로는 무엇보다 먼저 시각적 이미지를 생각할 수 있다. 그런데 시각에 결손이 온 경우에는 자신이 바라보는 하나의 풍경을 구체적으로 묘사하는 데에 객관적인 묘사보다는 주관적인 경향을 드러내게 된다.

---

1) 타노이 마사오, 『3일만에 읽는 몸의 구조』, p.12.

> 허름한 해안 식당에서 점심을 끝내고 나선 나는
> 내 키보다 나직한 담장 안을 넘보며 담장의
>
> 안에만 있는 생활이며 사람의 문지방을 넘보며 또한
> 그러한 나를 넘보는 사람들을 넘보며 언덕을 오른다 눈은
>
> 언덕 위에서 바다 쪽으로 내려오고 나는
> 바다 쪽에서 사람의 언덕으로 오르다가
>
> 눈 날리는 정방동의 언덕길을 더듬고 있는 며칠 전
> 나를 치료한 장님 안마사와 마주친다 장님 안마사는
>
> 눈송이가 놓인 사이사이의 검은 도로의
> 바닥만 지팡이로 두드리며 가고 나는 내 근육을 풀어간
>
> 키 작은 한 사내의 손이 눈과 눈 사이에서 검은
> 바닥만 두드리는 지팡이의 끝에 실수마냥 거듭 찔린다
>
> 해안으로 난 골목으로 안마사가 방향을 꺾자 한 사내와
> 나 사이로 눈과 파도가 한꺼번에 달겨들어 나는
>
> 숨이 차다 날리는 눈 속의 정방동 길은 어느 수난보다 더 검고
> 웅크린 언덕의 어깨는 나보다 나직하다 그러나 이 길도 내가
> 사는 곳으로 올라가는 길 내가 사는 곳이므로
>
> 의·식·주가 먼저 올라가고 눈이 먼저 내린다 그러나
> 올라가는 길은 어느 길이나 숨이 차야 내려간다
>
> — 오규원, 「정방동에서」 전문

이 시에서 시적 화자가 사람들과 교류하는 방법은 순전히 시각을 통해서이다. 화자는 누군가와 말을 나누거나 손을 잡거나 하는 식으로 교류하지 않고 '담장 안의 생활', '사람의 문지방' 등을 '넘보는' 행위

를 통해 타인과 교류한다. 화자와 타인 사이에는 담장이 가로막고 있는데 이 담장은 '내 키보다 나직한' 높이이므로 화자의 마음먹기에 따라서 그 안으로 들어가 타인과 대화를 나눌 수도 있지만 화자는 스스로 넘보는 정도의 교류만을 허용하고 있다.

눈(目)과 동음이의어인 눈(雪)은 화자가 올라가려는 방향과 반대방향에서 불어와 화자의 진로를 방해한다. 화자는 날리는 눈(雪)으로 인해 눈(目)을 뜨기가 어려워 진로에 방해를 받고 있다. 화자는 바다에서 언덕 쪽으로 가고 있다. 화자가 가고자 하는 곳은 '사람의 언덕'이므로 화자는 타인의 삶을 넘보는 단계를 벗어나서 타인의 삶 안쪽으로 한 걸음 내딛기 시작한 것이다. 타인의 삶을 향해 열려진 마음은 눈(雪)으로 인해 얼마간 방해를 받고 있다.

이러한 화자는 한 사내를 만나게 되는데 그 사내는 화자를 치료한 적이 있는 '장님 안마사'이다. '장님 안마사'와 마주치는 순간 화자의 병이 무엇이었는가가 암시된다. 그리고 그 병은 '풀어주는 행위'를 통해 치료된다는 것을 알 수 있다. 화자의 병은 무언가 뭉쳐 있는 것이다. 타인을 향한 마음이든 자신을 향한 마음이든 무언가 '맺혀 있는 것'이 '뭉쳐 있는 근육'으로 나타나는 것이다. 이 뭉친 근육(맺힌 마음)을 풀어줌으로 해서 화자의 병은 치료된다. 시각을 통해 타인과 교류했던 화자의 병이 시각적으로 결손 상태에 있는 장님 안마사를 통해 치료된다는 데서 이 시가 시사하는 바는 크다. 이 시는 시각적인 감각이 타인과의 의사소통에 있어서는 오히려 장애가 되며, 자신만의 눈높이로 타인을 단정해 버리는 현대사회가 오히려 병들어 있음을 꼬집는다. 자신의 시각만을 고집하기보다는 차라리 살과 살이 부딪쳐 맺힌 것을 풀어나가는 것이 인간관계의 바른 길이 아니겠는가 하는 시인의 깨달음이 암시되어 있다.

이 시에서 눈(雪)은 사람들의 삶 속에 녹아들어가고 싶어하는 화자의 시야를 가린다. 그러나 장님 안마사는 눈(雪)의 방해를 받지 않는다. 장님 안마사는 지팡이로 도로를 두드리는 행위를 통해 길을 찾아나간다.
장님 안마사에게는 지팡이가 눈(目)의 역할을 하는 셈이다. 장님 안마
사가 두드리는 지팡이에 화자가 '실수마냥 거듭 찔리는' 이유는 깨달
음의 연속을 의미한다. 화자는 장님이 길을 찾기 위해 지팡이를 두드
리는 행위를 맺힌 것을 풀기 위해 안마를 통해 병을 치료하는 행위로
느끼게 되는 것이다. 장님이 손을 통해 화자의 뭉친 근육을 풀어주었
듯이 이제는 지팡이를 통해 화자에게 사람 곁으로 다가가는 길을 찾아
주고 있는 것이다.

　자신을 모두 드러내는 것이 타인에게 다가가는 일임을 인식하지 못
하고 있던 화자가 장님의 지팡이에 자꾸 찔림으로 인해 그 길을 인식
하게 되는 것이다. 여기서 화자는 장님 안마사 앞에 놓여진 '검은 도
로'가 되며 장님 안마사는 길을 두드려 찾음으로써 화자의 병을 치료
한다. 화자의 병은 결국 타인에게 다가가고자 하는 길을 찾지 못하고
있었던 데에 그 원인이 있다. 화자는 지팡이에 거듭 찔림으로써 근육
을 풀어가는 일, 즉 닫힌 마음을 열어가는 길을 깨우치게 된다.

　7연에서 눈과 파도는 '사내와 나 사이로' 달겨든다. '사내'나 '나'가
아니라 '사이'에 달겨드는 것은 이러한 방해인자가 독립된 인간 자체
에 있는 것이 아니라 사람과 사람 사이, 즉 인간관계에 존재한다는
것을 의미한다. 스스로 몸을 내맡기고 사람들에게 다가가려하는 화자
에게는 '눈(雪)'과 '파도'라는 방해물이 개입한다. 이는 사람에게 접근
하고자 하는 일이 그리 쉬운 일이 아니며 적지 않은 고통이 따름을
의미한다.

　화자가 가고자 하는 길은 언덕으로 가는 길이다. 그러므로 길은 평지
보다는 가파르다. 그러나 그 언덕 또한 담장이 '내 키보다 나직'했던
것처럼 '나보다 나직'하여서 그리 가파른 것도 아니고 어느 정도 언덕
스스로 한 켠을 내어주고 있음을 알 수 있다. 화자가 마음만 먹으면 얼
마든지 그 언덕은 오를 수 있다. 그래서 화자는 그 길을 묵묵히 받아들

이며 '이 길도 내가 / 사는 곳으로 올라가는 길 내가 사는 곳'임을 깨닫게 된다. 타인과 얼크러지는 것이 바로 화자가 '살아가는 일'이 되는 것이다. 그리고 그 길이 '숨이 차야' 다가갈 수 있는 길임도 의식한다.

이와 같이 살펴보았듯이 시각적인 결손은 오히려 정상적인 사람을 인도하는 눈이 되어주고 결손상태이지 않은 인물들의 잘못된 인식을 일깨워 준다. 이 일깨움의 과정에서 인간에게는 얼마간의 고통이 뒤따른다. 그러나 그 고통 또한 받아들여야 하는 것임을 화자는 인식하게 된다.

> 나는 향기로운 님의 말소리에 귀먹고, 꽃다운 님의 얼굴에 눈멀었습니다.
> 사랑도 사람의 일이라 만날 때에 미리 떠날 것을 염려하고 경계하지 아니한 것은 아니지만, 이별은 뜻밖의 일이 되고 놀란 가슴은 새로운 슬픔에 터집니다.
> 그러나 이별을 쓸 데 없는 눈물의 원천을 만들고 마는 것은 스스로 사랑을 깨치는 것인 줄 아는 까닭에 걷잡을 수 없는 슬픔의 힘을 옮겨서 새 희망의 정수박이에 들어부었습니다.
> — 한용운, 「님의 침묵」 부분

또한 위의 시에서 보면 타인과의 의사소통이 시각이나 청각의 결손에 의해 이루어질 수도 있다. 사랑을 깨닫는 순간 화자는 귀가 먹고 눈이 머는 것이다. 그러나 귀가 먹고 눈이 머는 것이 신체의 결손으로 화자를 타인과 고립시키는 것이 아니라 오히려 의사소통이 시작되는 결과를 가져온다. 이는 마치 랭보가 말하는 견자의 시선처럼 귀먹고 눈먼 상태에서 새롭게 듣고 새롭게 보는 시각이 탄생하는 것이다. 이러한 청각과 시각은 사랑을 하기 이전에 보고 듣던 감각과는 다른 차원에서의 감각기관이 된다.

그래서 이별 또한 이별이 되지 않고 사랑의 시작이 된다. 귀먹고 눈멀어서 사랑에 빠져 있는 상태가 끝나는 것이 이별의 순간인데 여기서 이별은 귀먹고 눈먼 상태가 아닌 사랑을 깨우친 상태에서의 사랑이 다시 시작되는 것이다. 신체의 결손상태에서 정상적인 상태로 돌아오고 정상적인 상태에서 이별을 기점으로 새로운 사랑이 시작되는 것이다. 그래서 님은 갔지만은 나는 님을 보내지 아니하였다는 역설이 성립되는 것이다. 이 시에서 신체의 결손은 결손에 의한 타인과의 고립이나 소외가 아니라 사랑으로 승화되는 역할을 하며, 새로운 인간으로 다시 태어나는 역할을 한다.

오늘은 운동회가 열리는 날이므로 오랜만에 즐거운 날입니다.
북치는 날입니다.
(중략)
아까부터 남의 밭에서 품팔이하는 제 어머니가 가물가물하게 바라다보입니다.
(중략)
구경온 제또래의 장님이 하늘을 향해 웃음지었읍니다.
(중략)
어머니가 품팔이하던
밭 이랑을 지나가고 있었읍니다. 고구마 이삭 몇 개를 주워들었읍니다.
어머니의 모습은 잠시나마 하나님보다 숭고하게 이 땅위에 떠오르고 있었읍니다.
이제 구경왔던 제또래의 장님은 따뜻한 이웃처럼 여겨졌읍니다.
— 김종삼, 「五학년 一반」 부분

교외에 살고 있는 소년의 학교에서 운동회가 열리는 날은 북치는 날이다. 여기서 '북'이란 '언어'의 다른 표현이기도 하다. 이는 김종삼의 다른 시에서 볼 수 있는 '하모니카'나, '지상에 없는 악기'와 같이 화자나 화자와 같은 처지에 있는 사람들이 연주할 수 있는 악기이다. 그러나 이 악기를 다루는 모습이 숙련된 것은 아니다. 그는 아직 5학년의 어린 소년이고 운동회에서나 북을 칠 수 있으므로 북을 치는 전문가는 아니다. 이렇게 미숙한 악기 연주의 모습은 김종삼의 다른 시에서 볼 수 있는 '말을 잘 못하는' 시인의 모습과 유사하다.

이 운동회에는 '제또래의 장님'이 구경을 온다. 그러나 장님은 아무것도 구경할 수 없다. 장님은 볼 수 없기 때문이다. 그래서 장님이 하늘을 향해 짓는 웃음은 공허하게만 보인다. 장님에게는 이 구경이라는 것이 실은 보는 것이 아니라 들으러 오는 것이다. 이것은 마치 하느님을 보이지 않아도 '말씀으로 듣는 것' 그리고 '보았다고 믿는 양식'과 유사하다.

화자는 품팔이하는 어머니의 모습에서 '하나님보다 숭고함'을 느낀다. 그리고 장님도 따뜻한 이웃처럼 여긴다. 이러한 만남은 시간이나 공간의 동일성을 통해 인물간의 동일성을 유도한다. 이는 김종삼의 「누군가 나에게 물었다」에서 남대문 시장 사람들을 보며 그들이 다름 아닌 시인이라 지칭한 부분을 떠올리게 한다. 시장 사람들이 시인이라면 그들이 일하는 모습은 시를 쓰는 모습이며 이 시에서는 품팔이를 하는 어머니의 모습이나 장님이 운동회를 구경하는 모습이 곧 시를 쓰는 행위이다. 이로써 시를 쓰는 일은 시인뿐만 아니라 일반인들에게 확대되며, 일상의 삶이 곧 시를 쓰는 일로 확대된다.[2]

이렇게 결손은 질병을 치료하는 양식으로 나타나기도 하고, 타인의 결손에 대한 연민이나 친근감을 통해 화자와 동일성을 이루는 형식을 갖는다. 다음의 시에서는 신체의 결손이 시인의 조건으로 제시되기도 한다.

> "시인은 끈질기게 어렵게 살아야 시인이 아닐까요?
> 보들레르, 랭보, 두보(杜甫)를 보세요."
> 어려운 삶!
> 일찍이 호머는 눈이 멀어
> 지중해를 온통 붉은 포도주로 채웠고,

---

2) 오채운, 「김종삼 시의 聾啞 이미지 연구」, pp.206-207 참조.

굴원(屈原)은 노이로제에 시달리며
양자강 상류를 온통 흑백으로 칠했다.
저 어려운 색깔들!
                              – 황동규, 「시인은 어렵게 살아야 1」 부분

눈이 먼 그리이스의 서사시인 호머의 운명은 이 시에서 시인이 자신을 선천적으로 결손되었다고 생각하거나, 결손된 인물이어야 한다고 생각하게 만든다. 시인 자신이 무언가 '어려워야만(결손인물이어야만)'한다는 생각은 결손이 곧 시인이 될 수 있는 조건이 된다. 이는 시인 자신이 가지고 있는 결손의 치유 방식으로 문학이 생산된다고 믿는 것과 같다. 여기서의 결손은 신체의 결손을 통해 시인이 느끼는 심리적 결손을 의미한다. 신체 훼손 이미지에서의 신체는 항상 정신적인 면과 대립체계가 아닌 동일체로서의 신체이기 때문이다.

시인이 어려워야 한다는 것은 타인의 결손을 자신의 것으로 받아들이기 위해 시인 스스로 결손인물이 되었음을 의미한다. 그리고 시는 이 결손에서 비롯되며 '저 어려운 색깔들'이라는 대목에서는 시 자체도 결손 상태임을 드러내고 있다. 붉은 포도주로 채워진 지중해나 흑백으로 칠해진 양자강 상류는 모두 자연 그대로가 아닌 결손의 상태이며 그 결손의 상태가 바로 시적 상태이다. '어려운 색깔'이라고 표현되는 결손 상태, 즉 시적 상태를 유지하기 위해서 '시인은 끈질기게 어렵게 살아야'하는 것이다. 이러한 결손의 상태는 신체적 결손에서 유발되는 심리적 질병의 치료를 포함하고 있고 심리적으로 치료된 상태는 거짓과 욕망이 사라진 세계이기도 하다.

시각의 결손은 정상적인 눈을 가진 사람들이 가지고 있는 선입관이나 고정관념을 와해시킨다. 정상적인 눈을 가진 사람은 모든 것이 보인다고 생각하기 때문에 자신이 본 것을 절대의 진리로 믿을 수가 있다. 그러나 세상에는 보이는 것보다는 보이지 않는 것이 더 많이 존재한다. 정상적인 눈을 가지고 있는 사람은 그것을 깨닫지 못하고 있는 것이다.

그래서 오히려 시각에 결손이 있는 사람들은 정상적인 사람들이 가지고
있는 고정관념을 해체함으로써 그들이 가지고 있는 질병을 치료한다.
이 질병은 심리적인 압박감에서 발생한 것이다. 그러므로 질병을 치료
한다는 것은 심리적인 압박감에서 벗어나게 해 인간을 자유의 이상세계
로 이끄는 것을 말한다. 감각기관의 결손으로 인해 오히려 타인과의 의
사소통이 이루어지는 수도 있다. 눈이 멀고 귀가 먹는 순간 타인과의
사랑을 깨닫게 되는 경우에 결손은 결손에 그치는 것이 아니라 인간과
인간을 이어주는 연결고리가 된다. 친근감이나 연민을 통해 결손 상태
에 있는 사람들과 자신을 동일시하는 것이나, 결손과 동시에 사랑을 깨
닫는 것이나, 자신이 결손 상태에 이르러야 한다고 생각하는 태도도 심
리적인 질병 치료의 한 방법이다.

2) 신체 훼손의 중심 구축

신체의 결손은 단지 그 외형이 타인이 보기에 거북스럽고 수량적으로
열세에 있다는 이유만으로 정상적인 인간들에게 소외의 대상이 된다.
이러한 경우 '꼽추', '언챙이', '애꾸', '난쟁이', '절름발이' 등의 결손은
정상적인 인간에게 소외당하는 인물로 등장하게 된다. 시에서 결손된
인물들은 소외의 대상에서 벗어나 그들끼리 무리를 이루며 화자와의 관
계를 형성해나간다. 결손인물들로 인해 중심인물들이 오히려 소외의 대
상이 되기도 하고 결손인물과의 관계에서 중심인물의 내면 모습이 부각
되기도 한다. 화자는 결손인물을 통해 자아를 확인하며, 그들과 동일시
를 이루면서 미흡했던 존재가 하나의 인간으로서 온전한 개체를 이루기
도 한다. 이러한 동일시가 사회 억압에 의해 소외당하고 있는 인물들과
의 관계를 통해 드러난다는 점은 주목할 만한 사실이다.

> 비숍女史와 연애를 하고 있는 동안에는 進步主義者와
> 社會主義者는 네에미 씹이다 統一도 中立도 개좆이다

　隱密도 深奧도 學究도 體面도 因習도 治安局
　으로 가라 東洋拓殖會社, 日本領事館, 大韓民國官史,
　아이스크림은 미국놈 좆대강이나 빨아라 그러나
　요강, 망건, 장죽, 種苗商, 장전, 구리개 약방, 신전,
　피혁점, 곰보, 애꾸, 애 못 낳는 여자, 無識쟁이,
　이 모든 無數한 反動이 좋다
　이 땅에 발을 붙이기 위해서는
　──第三人道橋의 물 속에 박은 鐵筋기둥도 내가 내 땅에
　박는 거대한 뿌리에 비하면 좀벌레의 솜털
　내가 내 땅에 박는 거대한 뿌리에 비하면

　怪奇映畵의 맘모스를 연상시키는
　까치도 까마귀도 응접을 못하는 시꺼먼 가지를 가진
　나도 감히 想像을 못하는 거대한 거대한 뿌리에 비하면⋯⋯
　　　　　　　　　　　　　　　－ 김수영, 「거대한 뿌리」 부분

　　인용한 부분의 첫머리 '비숍女史와 연애를~미국놈 좆대강이나 빨아
라' 부분은 한국인의 근원적인 삶을 왜곡시키려는 여러 세력들을 강력
하게 거부하는 의식의 표현이다. 여기에서 우리는 한국 현실에서 문제
되는 문화적 혼란의 또 다른 원인으로 일제에 의한 지배 그리고 이후의
문화적 식민현상이 지적되고 있음을 발견한다. '진보주의, 사회주의⋯'
등은 한국사회의 내면적인 요구에 의해서가 아니라 외부적으로 수입된
공허한 관념들이었고, 다른 한편으로는 '은밀하고 심오한 학문, 체면, 인
습' 등에 사로잡혀 정말 창조적이었어야 할 지성들이 어느 의미에서는
문화적 혼란의 촉매 구실을 하였다고 시인은 규탄하고 있다.3)
　　이 문화적 식민현상의 대척점으로 '요강', '망건', '장죽', '種苗商',
'장전', '구리개 약방', '신전', '피혁점' 등의 옛 한국의 전통적인 생활
경험을 제시한다. 더불어 '곰보', '애꾸', '애 못낳는 여자', '無識쟁이'

---

3) 김종철, 「詩的 眞理와 詩的 成就」, 황동규 편, 『金洙暎의 文學』(민음사, 1983),
　　pp.94-95 참조.

등의 결손인물을 통해 새로운 삶의 터전을 위한 문화정립의 싹을 구하려 한다. 화자가 이 결손인물들을 명확하게 '反動'이라 규명함으로써 사회의 주변부에 있던 결손인물들은 중심으로 전경화된다.4) 그리하여 전경화된 결손인물들은 이 민족의 새로운 문화를 정립할 거대한 뿌리가 된다.5) 이승훈에 의하면 이 시의 주제는 '거대한 뿌리'로 표상되는 전통의식이지만, 시의 형식적 측면에서는 그야말로 어떤 폐쇄적 형식에도 얽매이지 않고 거침없이 흘러나오는, 억압된 본능의 투사라는 특성을 보여준다.6) 이 억압된 본능의 자리에 바로 결손된 인물을 포함한 억압된 인간상이 자리하고 있다.

60년대 한국적 현실에서 지향되어야 할 것은 우리 현실에 대한 정직한 인식을 통해 우리 사회를 바꿔나갈 정치 이념을 창출해내는 것이지 우리의 전통과 정서, 역사적 현실과 어울리지 않는 외국의 정치제도를 이식함으로써 가능한 것은 아니다.7) 스스로 발딛고 있는 땅에 뿌

---

4) '이 무수한 반동'들은 모두 카니발적 전복의 시공간 안에서나 존재 의미를 획득할 수 있는 버림받은 타자들이다. 이념 / 혼돈, 고귀 / 비천, 상 / 하, 성스러움 / 비속 등의 대립들이 카니발적 세계관 속에서 붕괴되면서 타자가 주체로 일어서게 되는 것이다. 김승희, 「김수영의 시와 탈식민주의적 반(反)언술」, 김승희 편, 『김수영 다시 읽기』(민음사, 2000), p.389.

5) 김종철은 이에 대하여 '김수영은 이 시를 통하여, 한국 현실의 병리현상을 문화적 혼란으로 진단, 그러한 혼란의 원인을 규명하며, 거기 따른 처방으로 버림받은 옛 한국의 습속과 소외계층에 뿌리박은 문화의 정립을 내세우고 있다. 그러나 이것이 실속있는 시적 공감을 충분히 불러 일으키는 데 성공하고 있다기보다, 오히려 시인 자신의 개인적인 고집이나 주장에 의해 더 많이 지배되고 있다. 시인이 버림받은 인간, 잊혀져 가는 전통문화의 경험을 귀하게 여김은 인간적 진실을 지키려는 그의 본분에 비추어 너무나 자연스러운 일이다. 그러나 이러한 버림받은 경험과 인간에 대한 관심에 집착이 됨으로써, 그것은 역사의 현실 속에 숨쉬는 인간경험과 인간들을 소외와 지배라는 두 가지의 범주로 환원하게 될 위험이 언제나 뒤따를 수 있다는 데 심각한 문제가 있다. 이것은 결국 또 하나의 양자택일적인 사고가 대두됨과 같은 것이며 이러한 우려는 '까치도 까마귀도 응접을 못하는 시간을 가진'이라는 구절이 내비치는 지극히 배타적이며 그만큼 봉쇄적인 음조에서 더욱 심각한 것이 될 수 있다'고 지적한다. 김종철, 앞의 글, pp.95-96 참조.

6) 이승훈, 『포스트모더니즘 시론』(세계사, 1991), p.77.

리내리게 하는 것은 일본이나 미국과 같은 강대국도 아니고 좌우익의 이데올로기도 아니며, 치안국이나 대한민국 관리도 아니고 그들에게는 버려지고 소외되었을지라도 또 그들에게는 반동적일지라도 무수한 민초들의 삶이라는 사실을 힘주어 말하고 있는 것이다. 특히 마지막에 제시된 '나도 감히 想像을 못하는 거대한 거대한 뿌리'는 바로 그가 민중의 역사 또는 민초들의 삶이 바탕이 되는 거대한 역사의 흐름을 자각했다는 뜻이기도 하다.[8]

> 껵쇠 魂魄 곁으로 도주해 버린 어린 달래를 수색차 무리지어 헤매던
> 참봉 일행 마을 초입에 납시는데 원체 천민들의 춤 노래가 흥겹고 익
> 살이 살풀이다운지라 범벅타령 끝나고 즉석에서 놀이판에 가세할즉슨
> 각설이패, 엿장수, 탈 쓴 초랭이 두엇, 꼽추, 언챙이, 가마꾼, 무당,
> 관상쟁이, 실성한 잡색 모두 뭉뚱그려 파장직전의 어질머리답다
> 곰아곰아 양곰아
> 불알 썩썩 긁어라
> 곰아 곰아 통곰아
> 불알 쓱쓱 긁어라
>
> 정참봉 어르신네께서도 신나게 사타구니 긁으며 몇 판 돌더니만 정
> 신을 퍼뜩 차리고 보니
> ―이놈들, 거 무슨 소릴 하는게야?
> (납작 엎드려 총알 같은 목소리 옭모아 이구동성)
> ―끝 하면 떡이랑께
>
> ― 김영태, 「파토요 파토」 부분

위의 시에서 '인물이 반반한 달래'를 희롱하려다 놓치고 찾아 헤매 다니는 정참봉과 맞딱뜨리게 되는 인물들은 천민들이다. 이 천민들 중에는 '꼽추', '언챙이'와 같은 결손인물들도 포함되어 있다. 이 결손인

---

7) 유재천, 「시와 혁명」, 김승희 편, 앞의 책, p.105.
8) 최동호, 「김수영의 시적 변증법과 전통의 뿌리」, 김승희 편, 앞의 책, pp.79-80.

물들은 정참봉이 달래를 찾는 일을 저해하는 요소가 된다. 이들이 벌이는 놀이판은 정참봉이 달래를 찾는 일을 잊게 할 뿐만 아니라 이들의 놀이에 가세하게 한다. '곰아곰아 양곰아 / 불알 썩썩 긁어라'라는 노래에 맞춰 자신도 모르게 사타구니를 긁어대는 정참봉은 이미 이 놀이판의 한부분을 차지하고 있으며 자신도 모르게 '곰'이 되어 있고 '천민'이 되어 있다. 이렇게 천민이 되어 놀이판을 벌이는 세상에는 그릇된 신분체계도 존재하지 않으며 강자가 약자를 괴롭히는 잘못된 세상도 존재하지 않는다. 그저 놀이패들과 놀이만이 있을 뿐이다.

이러한 상황은 「巨大한 뿌리」에서 결손인물들을 '反動'으로 제시하고 이 반동에 대한 호감을 보이는 것과는 그 형식이 다르다. 「巨大한 뿌리」에서는 결손인물들을 의식적으로 전경화시킨다면 이 시에서는 무의식적으로 정참봉이 결손인물들과 동일시되는 것이다. 그리고 의식 상태에 와서는 결손인물들과 동화되었던 자신을 원래의 상태로 되돌리고자 한다. 결손인물들과 동화됨으로써 잠시나마 천민의 신분을 가졌던 정참봉은 의식을 차리게 되자 본래의 신분으로 돌아와, 결손인물과 정참봉의 의식세계는 분리되는 것이다. 여기서 알 수 있는 것은 신분의 상하가 인간의 의식에 의해 만들어진 것이지 신체적 조건에 의해 타고나는 것이 아니라는 점이다. 인간의 신체에게는 신분제도 자체가 무의미할 뿐이다. 그러나 사람들은 무의식이 아닌 의식세계에서 서로 관계를 맺고 살아가기 때문에 다시 자신들이 만들어 놓은 신분제도의 틀로 돌아가게 되는 것이다.

> 짱구 머리의 소녀는 난쟁이에다 사설 바가지 재미나게 못생긴 애였다 학교는 다니잖고 늘 애기만 보았다 그래서 동네 개구쟁이들이 놀려댔지만 아무도 그애의 말수를 당해내지 못했다 시궁창 냄새가 나는 개천가 토막에 소녀는 살고 있었다 마당 밖으론 얼씬도 안했다 꼭 출타한 삼신할멈의 시녀 같았다 나는 정말 심심하면 조심조심 우주인처럼 그애를 훔쳐보는 것이 즐거웠다 —— 한참만에 그애와 사귀게 되었다
> — 김광림, 「內省的 14」 전문

이 시에서 소녀가 소외를 당하게 되는 이유는 짱구 머리이며 난쟁이라는 결손 때문이다. 소녀가 결손인물이기 때문에 처하게 된 상황은 학교에 다니지 못하고 애기만 보아야 한다는 것이다. 또래의 다른 아이들은 모두 학교에 가기 때문에 소녀가 학교의 구성원이 되지 못한다는 것 자체가 소외현상의 하나가 된다. 아이들에게 놀림을 받는다는 문제를 떠나서 살펴볼 때도 소녀는 결손인물이라는 이유 때문에 이미 가족에게도 소외된 인물인 것이다. 이 소외된 인물이 자신의 상황을 헤쳐나가는 방법은 '사설 바가지' 노릇을 하는 일이다. 개구쟁이들의 놀림에 지지 않고 대응해나가는 이 방법은 자신의 삶을 지켜나가기 위해 소녀가 택할 수 있는 유일한 방법이기도 하다.

이러한 소녀를 바라보는 화자의 시선 또한 평범한 것은 아니다. 화자는 소녀를 '출타한 삼신할멈의 시녀'나 '우주인'을 바라보듯 본다. 그것도 '훔쳐본다'. 그리고 그런 자신의 행위를 즐거워한다. 화자의 시선이 다른 이들과 다른 점은 소녀에 대해 따뜻한 시선을 가지고 있다는 점이다. 소녀가 못생긴 점도 화자는 '흉측하게'나 '보기싫게' 등이 아닌 '재미나게' 못생겼다고 표현한다. 그것은 화자의 시선에 호기심이 들어있다는 이야기이다. 화자가 소녀를 대하는 방식이 재미나거나 즐겁기 때문에 그들은 얼마간의 시간이 지난 뒤 친구가 될 수 있는 것이다. 이 시에서는 화자와 결손인물과의 관계가 화자의 노력으로 인해 동화되는 관계에 이르게 된다.

원시주의자들,
말더듬이,
굼벵이,
우두커니,
하여간 그런 그악스럽지 못한 사람들을 먹이고 재우게
방이 많은 집 하나 짓는 일이야.
이내, 호텔도 아니고 감옥도 아니며

병원도 아니고 학교도 아니야.
무정부적인 감각들의 절묘한 균형으로
집 전체가 그냥 한 송이의 꽃인 그러한 곳.
그러니까 자기를 몰라도 너무 모르는 사람이나
어떤 경우에도 괴로워하지 않는 사람은 들이지 않을 거야.
도대체 슬퍼하지 않는 사람도 물론 들이지 않고

꿈을 버리다니, 요새의 내 꿈은
한 그루 나무와도 같아
나는 그 그늘 아래 한숨 돌리느니.
─ 정현종, 「한 그루 나무와도 같은 꿈이」 부분

이 시에서 결손은 선량함으로 인식된다. 화자가 말하는 '그악스럽지
못한 사람들'은 대부분 결손인물이거나 사회의 때가 묻지 않은 인물들
이다.[9] 이런 인물들은 누군가에 의해 보호를 받아야 하는데 그것이 병
원이나 학교와 같이 권력에 의해 감시되는 공간은 아니다. 이들은 선
량한 인물들이고 때묻지 않은 인물들이기 때문에 이들이 모인 곳은 그
곳 자체가 한 송이의 꽃이 되는 무정부적인 곳이며 화자는 그런 곳을
꿈꾼다.

화자가 이런 결손인물과의 대척점에 있다고 보는 인물들은 자신이
너무 완벽해서 남을 받아들일 줄 모르는 사람들이다. 화자는 이런 사람
들을 그곳에 들일 수 없다고 생각한다. 그러나 그들이 남들을 받아들이

---

9) 유종호는 이 선량함을 포용하고 보호할 수 있는 것을 동심이라고 본다. '사람
　이 석탄이 되고 물고기가 되는 동화적 상상력을 우리는 또 동심이라고 부르기
　도 한다. <어린이>를 발견한 세기는 곧 낭만주의 시대로 이어지지만 낭만주의
　에 있어 어린이는 어른의 아버지이기도 하였다. 무릉도원을 생각해낸 것도 사
　실은 동심일 것이다. 정현종의 동심이 요즘 꿈꾸는 것은 집 한 채를 짓는 일이
　다. 요컨대 전국의 만복이를 다 끌어모아 자가용 방주 속에 태워주겠다는 것이
　다. 천지개벽을 해도 이 방주는 시인 선장의 비호로 물에 잠긴 태평천하를 주
　유하리라' 유종호, 「해학의 친화력」, 이광호 편, 『정현종 깊이 읽기』(문학과지
　성사, 1999), p.269.

지 못하는 것처럼 화자도 막힌 의식으로 행동하지는 않는다. 그들이 타인을 위해 마음을 열 수 있다면 언제든지 환영이라고 말한다. '누구를 제외하는 데서 얻는 쾌감은 제일 저열한 쾌감의 하나'라고 화자는 그들을 비웃으며 그들과 같은 잘못을 저지르지 않겠다고 다짐한다.

결손인물과 '그들'이 대척점에 있는 이유는 결손인물이 정상적인 것에서 무언가 모자라는 인물들이고 '그들'은 완벽한 인간이라는 것이다. 정상에 비해 무언가 모자란다는 것은 정상적인 것에 뒤진다는 것이지만 이 시에서는 뒤진다는 것이 뒤떨어지는 비웃음의 대상이 되는 것이 아니라 순수함의 세계로 표상된다. 사람들은 문명화된 사회를 원시사회에 비해 발전된 사회라고 생각하지만 화자는 자신의 이상세계를 이 뒤떨어진 세계, 즉 원시사회에서 찾으려고 하는 것이다. 그래서 화자는 결손인물과 원시주의자를 동일선상에 놓고 이들을 자신의 안에 끌어들이려 하는 것이다.

그러나 이러한 바램은 화자의 말대로 꿈일 뿐이다. 이 꿈은 마치 버려진 꿈처럼 잘 드러나지 않는다. 그러나 화자는 이루지 못할 그 꿈을 자신에게 안식을 주는 '나무 그늘'처럼 여기며 '한숨'을 돌린다. 이 꿈은 문명화된 사회의 서로 마음을 닫고 사는 사람들 사이에서 화자에게 유일한 희망으로 작용한다. 이 원시주의로의 갈망은 마치 어머니의 뱃속으로 돌아가고자 하는 퇴행의 모습과 닮아 있다. 이는 현실사회에서 경쟁자를 피해가고자 하는 방법 중의 하나이기도 하다. 또한 결손인물과 자신을 동일시함으로써 자신 또한 선량한 사람으로 결론지을 수가 있게 된다. 선량하게 변화된 자신의 모습을 통해 현실사회에 비춰진 왜곡된 과거를 극복해나가는 것이다.

나는 아네모네 꽃잎 가까이, 가까이, 나의 귀를 대어본다. 희디흰
푸른 바다, 망망대해 한복판으로, 검은 모비딕이 나아가고 있다. 한 마
리 두 마리, 백 마리 천 마리 수천 마리의 모비딕이 등 한복판에 작살

을 꽂은 채 나아가고 있어서 바다는 순간 꽃 분수가 누벼진 왕궁의
불꽃놀이처럼 보인다. 얼굴 없는 분노여, 검은 고래들의 분노는 그렇
게 성스럽고 숭고하여, 얼굴없는 고통의 바다는 마치 꽃들의 지배를
받는 봄의 어두운 땅처럼 보인다, 영순아, 미자야, 금이야, 경숙아, 인
희야, 등에 작살을 꽂은 친구들이 그렇게 많으리라고는 나는 생각하지
못했었다, 못했었다……
　　그래,
　　모비딕은 돌아온다 돌아온다
　　상처의 성대한 게르니카를 등에 지고
　　모비딕은 돌아온다
　　저 검게 타오르는 아네모네 꽃밭으로

　　콜라병으로 머리를 맞고
　　음부에 우산대가 꽂히고
　　신체에 세제가 뿌려져 살해된
　　한 여인의 몸뚱이가 파묻힌 곳으로
– 김승희, 「아네모네 꽃이 핀 날부터 · 5」 부분

　흰 고래 모비딕은 상상의 동물이다. 하먼 멜빌의 「백경」에서 모비딕
은 감히 인간이 접근하기 힘든 자연의 위대한 힘을 상징하며 주인공인
선장 에이허브에게는 개인적인 원한을 계기로 하여 극복해야할 정체를
알 수 없는 어떤 절대성을 의미한다. 반면에 이 시에서 모비딕은 흰
고래가 아니라 검은 고래로 변이되어 나타나며 등에 화살을 꽂은, 즉
신체가 훼손된 상태에서 한 마리가 아닌 수천 마리의 모비딕으로 나타
난다. 여기서 모비딕은 에이허브의 다리를 통째로 삼킨 가해자로서의
모비딕이 아니라 등에 상처를 입은 피해자로서의 모비딕이다. 그 모습
은 상처입은 수많은 민중의 모습을 띠고 있어서 상처로 머무는 것이
아니라 그 상처가 꽃 분수가 누벼진 왕궁의 불꽃놀이가 된다. 이는 부
정 속에서 긍정을 찾아내는 시인의 시선 때문이다.

가해자가 아니라 피해자가 된 검은 고래들은 상처를 입고 분노를 뿜고 있는 것으로 묘사된다. 그들의 분노는 피해자의 것이며 민중의 것이기에 성스럽고 숭고한 것으로 표현되며 이제 그들이 극복해야할 대상은 민중을 억압하는 보이지 않는 존재가 된다. 그리고 모비딕이라는 중재자를 쓰지는 않지만 그 대상은 영순이, 미자, 금이, 경숙이, 인희를 억압한 존재임이 드러난다. 또한 이 여인들의 등에도 작살이 꽂혀 있음으로 해서 검은 고래와 여인들은 동일한 존재가 되며, 억압에 대한 피해자는 이름이 거론된 몇몇의 여인으로 끝나는 것이 아니라 수천 마리의 고래 수만큼 많은, 그 숫자를 헤아릴 수 없을 정도로 많은 수가 된다.

'콜라병으로 머리를 맞고/음부에 우산대가 꽂히고/신체에 세제가 뿌려져 살해된/한 여인'과 같은 표현에서 알 수 있듯이 언급되는 여인의 이름들은 구체적으로 미군에 의한 성피해여성임이 드러난다.[10] 고래와 여인을 동일시하여 살펴보았을 때 검은 고래의 등에 꽂힌 작살에서 음부에 우산대가 꽂힌 채 살해된 여인의 모습을 유추할 수 있게 된다. 그리고 여인들은 그 이름이 구체적으로 언급됨으로써 우리가 '양공주'라 비하하던 계층을 대변하는 한 인물이 아니라 이름을 가진 하나의 인격체로 다시 태어나게 된다. 더불어 검은 고래 수천 마리가 나타나는 구절은 그들을 성피해를 당한 피해자로 그치게 하는 것이 아니라 '상처의 성대한 게르니카를 등에' 진 존재로 변화시키며 이러한

---

10) 이 시에서 구체적으로 언급된 '콜라병으로 머리를 맞고/음부에 우산대가 꽂히고/신체에 세제가 뿌려져 살해된/한 여인' 윤금이 사건은 함민복의 「양공주」라는 시에서 코카콜라 광고와 함께 병치되어 나타난다. 이 시는 윤금이 사건에 대한 신문보도를 공주1로, 코카콜라 광고의 모델을 공주2로 제목을 붙여 시집의 좌우면에 나란히 배치시켜 보여주고 있다. 이때 윤금이는 실제 우리들에 의하여 양공주라 불리던 여인이며 코카콜라 광고의 모델은 표면적으로 양공주라 불리지는 않지만 그 역할이 의미하는 바를 통해 양공주라 할 수 있다. 이 시는 실제 양공주와 코카콜라 광고 모델의 대비를 통해 자본주의 논리의 양면성을 극대화시켜 보여주고 있다.

변화는 거대한 힘으로 작용을 한다. 그 힘은 상처를 불과 꽃으로 승화하여 스스로 타오르게 만든다. 하나는 둘, 셋, 수천이 됨으로써 보이지 않는 억압자를 극복해낼 힘을 얻게 되는 것이다.

이상 살펴보았을 때 우리는 몇 가지 질문을 갖게 된다. 화자는 왜 결손인물을 선량함으로 보는가? 화자는 왜 결손인물에게 호의를 갖는가? 결손인물들은 왜 무리지어 나타나는가? 결손인물은 왜 천민이어야 하는가? 맨 뒤의 질문부터 풀어가보기로 하자.

천민은 사회의 모순된 신분제도로 인해 소외되고 억압받는 인물들이다. 이와 견주어 보았을 때 결손인물은 신체적인 결함으로 인해 정상적인 신체를 가진 인물들에게 소외되고 억압받는 인물들이다. 그것이 신분제도에 의한 것이든 신체적인 결함으로 인한 것이든 천민과 결손 인물은 억압자에 의해 억압당하고 있다는 점에서 동일선상에 있다. 그래서 결손인물들은 천민과 함께 시 속에 나열되면서 천민으로 등장한다.

결손인물들은 독립된 개체로 나타나기보다는 무리지어 나타나는 경우가 많다. 이는 정상적인 상태에서 무언가 부족한 인물이 독립되어 나타날 때는 힘을 발휘할 수 없기 때문이다. 「內省的 14」에서 독립되어 나타나는 난쟁이 소녀는 나름대로 소외에 대한 대응방식으로 사설 바가지를 늘어놓기도 한다. 하지만 그렇지 못한 결손인물들은 어디론가 숨어들어가 배경화된 인물로 남아 있을 수밖에 없다. 그들을 시 안으로 끌어들이고 그들이 힘을 가지게 하기 위해서는 여럿이 모여 있어야만 한다. 여럿이 모여 있어야 정상적인 하나가 오히려 그들에게 소외된 인물이 되는 셈이며 그래야만 정상적인 인물이 결손인물들 속에 섞여들 수가 있는 것이다. 「파토요 파토」에서 정참봉이 만난 인물이 무리가 아니고 하나의 독립된 개체인 결손인물이거나 천민이었다면 정참봉은 그에게 권력자로서 행동했을 것이다. 아마 시에서처럼 그들의 놀이에 휩쓸려 '사타구니를 긁어대는 일'은 없었을 것이다. 결손인물이나 천민은 약자이므로 강자 앞에서는 무리로 모여 있어야만 힘이 되는 것이다. 김승희의 시에서 미군에게 살해당한 양공주가 모비딕과 같은 거대한 힘으로 다시 돌아오듯이 말이다. 그 힘이 「巨大한 뿌리」에서는 이 나라의 새로운 문명을 이끌어갈 힘으로 제시되기도 한다.

화자는 대부분 결손인물에게 호의를 갖는다. 시인에게 타인의 결손은 타인의 결손이 아니다. 타인의 결손을 자신의 결손으로 받아들이는 시각으로부터 시는 출발한다. 자신이 바로 결손인물이라는 관점은 타인의 결손에 동질성을 느끼게 하며 하나의 공동체로 맺어지기 위해 호감을 가질 수밖에 없다. 이러한 호감의 표시는 결국 타인에 대한 사랑과 더불어 자기 자신을 사랑하고자 하는 마음으로 발전하게 된다.

화자는 결손인물을 선량함으로 본다. 그리고 그 선량함의 대척점에 완벽함이 있다. 완벽함은 타인의 도움을 필요로 하지 않는다. 타인의 도움을 필요로 하지 않는 사람은 그러한 자신을 지키기 위해 이기적으로 되기가 쉽고 자신의 벽을 단단히 쌓게 된다. 철저히 벽을 쌓기 위해서는 많은 무리가 따르게 된다. 그러나 이러한 원리는 인간 개인만의 심리라기보다는 사회모순에 대한 비유라고 보아야 한다. 이렇게 자신의 완벽함을 지켜나가기 위해 벽을 쌓는 것은 하나의 체제가 된다. 그래서 시인은 무정부적인 사람들끼리 모여 사는 세상을 꿈꾸기도 한다. 이 무정부적인 세상을 꿈꾸는 일은 모순된 체제가 권력을 휘두르는 일을 와해시키고자 하는 시를 만들어낸다.

2. 극복의 미학

1) 질병 치료의 미학

인간은 질병으로 인해 고통받는다. 이때 우리는 마치 질병을 만들어내는 것은 악이며 치료는 그 악을 제거하는 것이라는 식으로 인식을 하게 된다. 과학적 의학은 질병을 따라다니는 이런 저런 의미들을 소

거시켰지만 그 자신도 더 질이 나쁜 의미에 지배당한 것이다. 병과 싸
운다는 것은 병이 마치 작용하는 주체로 존재하는 것처럼 간주하는 말
투이며, 과학도 그와 같은 언어의 유혹에 사로잡혀 있다. 병을 고친다
는 표현 역시 고치는 주체인 의사를 실체화한다. 히포크라테스의 의료
에서는 병을 특정한 또는 국부적 원인에 소급하는 것이 아니라 몸과
마음의 움직임을 지배하는 내부 인자들 사이의 평형 상태가 훼손된 상
태로 간주한다. 그리고 병을 낫게 하는 것은 의사가 아니라 환자의 자
연 치유력이다. 이것은 어떤 의미에서 동양 의학의 원리와 가깝다.[11]

　　이러한 인식들과는 관계없이 인간은 질병의 고통에서 벗어나기 위
해 치료를 받는다. 질병을 이겨내고 나면 질병을 앓기 이전과는 다른
새로운 인간으로 태어나게 된다. 이는 신체적으로는 상처가 아무는 것
을 의미하며 정신적으로는 상처의 고통을 딛고 일어선 성숙을 의미한
다. 정신적으로 성숙된 인간의 눈으로는 새로운 세계관을 형성해나가
게 된다. 그러므로 인간은 질병을 통해 새로운 세계를 보고 질병을 이
겨냄으로써 그 새로운 세계로 한 걸음 다가간다 해도 과언은 아니다.
그래서 신체에 깃든 질병을 인식한다는 것은 그 신체가 몸담고 있는
세계를 인식한다는 말과도 통한다.

　　　팔이 저리면 세상도 저리고
　　　큰 마음 환한 인생
　　　아직도 머언 밤이여

　　　무얼 버리고 무얼 구하랴
　　　팔이 저리면 마음도 저리고
　　　온몸이 저리네 無明이여

— 이승훈, 「밤이슬」 부분

---

11) 가라타니 고진, 박유하 역, 『일본근대문학의 기원』(민음사, 1997), pp.144-145
　　참조.

　　이 시의 화자는 자신에게 찾아온 질병을 통해 세상의 질병을 인식한다. 병든 눈으로 바라보면 자신의 신체뿐만 아니라 온 세상이 병들어 있다. 그러나 이 병든 눈은 또한 자신을 성찰하는 기회가 된다. 마음을 비운 병든 자의 시선으로는 자신의 인생 전체가 한 눈에 보인다. 그렇게 성찰된 자아는 아직도 자신이 많은 질병으로 인해 고통을 당해야 함을 예견한다. 따지고 보면 그의 인생 전체가 질병의 연속이었다고 해도 과언이 아니다. 그의 인생에 통증의 밤은 계속되어 왔으며 앞으로도 그러한 밤은 계속될 것이기 때문이다.

　　이렇게 질병이 찾아온 신체로 자아 성찰을 끝낸 화자는 앞으로의 계획을 찾고자 한다. 그러나 아무것도 계획할 수가 없다. 질병 때문에 인식은 흐릿하고 정서도 저려오기 때문이다. 이제 신체의 일부분에 찾아온 질병은 온몸의 질병으로 번진다. 질병을 통해 그가 인식하는 것은 절망이다. 무엇을 버리고 구해야 할지 판단이 서지 않는 데서 오는 절망감이다. 그리하여 화자에게 질병의 시간은 계속되고 더불어 어둠 또한 화자의 곁을 떠나지 않는다. 따라서 이 어둠 속에 내리는 이슬은 화자의 절망을 대변하는 눈물이라 할 수 있다.

> 피가 죽은
> 뻰 데를
> 또는
> 담이 옮아 붙은
> 저린 팔에
> 毛細의 침을 놓는다
> 脈을 따라
> 줄줄이 침이 꽂힌다
> 맞은편 성한 팔에도
> 깃대마냥 나란히 침을 세운다
> (아내가 진 빚에 남편이 시달리듯)
>
> — 김광림, 「침의 倫理」 부분

바늘은 못이나 창처럼 인간이나 사물을 날카롭게 찌른다는 특성을 나타내지만, 한편 이와는 다른 독특한 상징적 의미를 나타낸다. 그것은 전통적으로 바늘이 우리나라의 경우 여인들의 삶과 관계가 있고 또한 실과 관련되기 때문이다. 이런 점에 유의하면 '바늘은 조각난 사물들을 잇는 결합성, 자수가 암시하듯 일상적 삶의 고통을 미로 승화시키는 여성들의 심리세계를 상징한다'.12) 침은 바늘과는 다르지만 유사한 면이 있다. 바늘이 실을 통해 조각난 사물들을 잇는 결합성을 갖는다면 침은 막혀 있는 피나 신경을 통하게 만들어 단절된 것처럼 각자 행동하던 신체를 결합하는 역할을 한다.

이 시는 질병의 치료를 통해 새로운 세계를 인식하게 되는 과정을 그리고 있다. 통증을 잠재우기 위해서는 신체에 그 통증만큼의 통증을 가해야 한다. 그리고 그 통증을 견디고 나면 질병은 치료된다. 이것을 화자는 침의 倫理라고 말한다. 침은 통증이 있는 팔뿐만 아니라 통증이 없는 팔에까지 꽂아야만 통증을 말끔히 재울 수 있다. 이렇게 맞은편 팔에까지 침을 꽂는 과정을 화자는 침이 통증을 이겨낸다는 것을 암시라도 하듯 '깃대마냥 나란히 침을 세운다'라고 표현한다. 침은 통증을 이긴 승리의 깃발을 꽂고 있는 깃대가 되는 것이다.

이렇게 한쪽 팔의 통증을 치료하기 위해 양팔에 나란히 침을 꽂고 있는 것을 화자는 아내와 남편의 관계로 표현한다. 병이 든 팔을 '아내', 성한 팔을 '남편'으로 보고 '아내가 진 빚에 남편이 시달리듯'이라고 표현한다. 남편과 아내의 위치는 서로 바뀌어도 상관이 없다. 다만 그것이 하나는 남편 하나는 아내여서 서로의 고통을 닦아주기 위해 희생하는 마음을 보는 것이다. 그리고 그것이 침을 통한 부부간의 윤리이기도 하며 인간끼리 서로의 힘이 되어주는 윤리인 것이다.

이렇게 자신을 희생하면서까지 타인의 고통을 치료하려 든다면 세상의 모든 질병은 치유될 것이다. 질병이 모두 치료된 세계는 죽은 피가

---

12) 이승훈, 『문학상징사전』, p.185.

다시 살아서 '피가 통하는' 세계가 되는 것을 말한다. 신체의 각 부위가 서로 단절되어 있지 않고 피가 통함으로써 하나의 완전한 신체가 되는 것이다. 이것을 인간관계로 보았을 때 타인으로서 서로 단절되어 있는 개인이 서로 '피가 통하는' 사회가 되어 삶을 나누는 사회를 꿈꾸는 것이 침의 윤리가 된다. 그리고 이러한 세계에 다가서기 위해서 화자는 그 고통을 '아프게 맞아들인다'.

> 도가니가 마르기 시작하는지
> 왼쪽 무릎 시큰거려
> 시멘트 길을 버리고
> 흙길로 돌아갔어.
> 아 맨흙의 쿠션!
> 달맞이꽃이 한창,
> 한 놈은 벌써 시들고 있었어.
> 이리저리 만져보아도
> 어디 시큰거리는 기색이 없어
> 뒤집어보니
> 이런, 씨집이⋯⋯
>
> 도가니가 마르기 시작하는지
> 흙 위에 마음 간단히 벗어놓고.
>   ─ 황동규, 「도가니가 마르기 시작할 때」 전문

도가니가 마른다는 것은 곧 신체의 노화를 말한다. 노화 현상은 바쁘게 일상을 살아가는 화자에게 제동을 건다. 그것은 무릎이 시큰거리는 통증으로 찾아와 바쁜 걸음을 멈추고 잠시 자신을 되돌아보게 한다. 화자가 그동안 걸어온 길은 시멘트 길이며 화자는 이 길을 과감히 버리고 흙길로 접어든다. 그리고 이 흙길은 그동안 화자가 몰랐던 세상을 탄력적으로 보여준다. 맨흙을 밟으며 화자는 그동안 보지 못했던

많은 것들을 보게 된다. 이것이 맨흙이 화자에게 돌려주는 자연의 탄력이다. 이 탄력은 바로 자연의 생명력이기도 하다.[13)]

화자가 맨흙에 접어들어서 처음 발견하게 되는 것은 '달맞이꽃'이다. 화자가 처음 대하는 꽃이 밝은 빛 아래서 태양을 따라 움직이는 해바라기가 아니라 밤에 피는 달맞이꽃이라는 점은 시사하는 바가 크다. 이는 화자의 인생이 한창 젊음이 아니라 이미 저물녘에 있다는 자각이다. 더군다나 그 달맞이꽃은 '벌써 시들고' 있어서 화자는 무릎이 시큰거리는 자신을 달맞이꽃에 투영해서 보려한다. 그러나 시들어가는 달맞이꽃은 무릎이 시큰거리는 화자와는 다르다. 화자가 아무리 찾아보아도 달맞이꽃은 질병 때문에 시들거리는 것이 아니다. 달맞이꽃은 오히려 씨를 잉태하고 있어서 그 씨가 땅에 떨어져 새로운 생명으로 태어나게 하기 위해 자신의 몸을 시들게 한 상황이다. 이는 아이를 임신한 여인이 입덧을 앓으며 그 고통을 참아내는 것과 같다. 달맞이꽃은 새로운 생명을 잉태한 姙婦의 모습인 것이다.

이러한 달맞이꽃의 모습에서 화자는 자신의 통증도 새로운 생명을 얻기 위한 통증으로 인식하게 된다. 그래서 달맞이꽃과 더불어 맨흙 위를 걷는 것이 아니라 '흙 위에 마음 간단히 벗어놓고' 맨흙을 떠나 시멘트 길로 다시 접어든다. 이는 자연의 세계에서 생명을 배우고 다시 인간의 세계로 접어드는 것이다. 화자는 시멘트 길을 벗어남으로써 새로운 부활의 길로 들어서는 것이 아니라 그 시멘트 길에 되돌아옴으로써 새로운 생명을 찾게 되는 것이다. 맨흙에 접어들어 꽃을 본 순간

---

13) 이 시는 미세한 자연의 세심한 관찰의 결과 이루어진 자연의 생명력과 섭리에 대한 감탄이다. 생명성이나 자연의 발견은 세속 도시의 숨가쁜 일상 속에서도 시인에게 찰나적인 순간의 황홀감을 주는 것이다. 이러한 생명에 대한 관심은 당연히 있는 그대로의 자연으로 시인을 몰입하게 한다. 생명은 자연에 근거한 것이며 자연은 생명으로 존재를 영속시킨다. 이 깨달음의 시적 표출은 80년대 이후 시인이 천착하기 시작한 동양적 세계관과 무관하지 않다. 하응백, 「꿈꽃의 자재(自在)」, 황동규, 『미시령 큰바람』(문학과지성사, 1993), pp.110-111.

화자의 질병은 이미 치유되었으며 치유된 눈으로 보았을 때의 시멘트
길은 병든 눈으로 보았을 때의 시멘트 길이 아니다. 치유된 신체로 다
시 걷는 시멘트 길은 그 길의 병을 치유하고 새로운 생명을 얻는 방법
까지 제시해 줄 것이다. 이렇게 인간세계를 떠나 자연을 통해 인간의
질병을 치유하고 새로운 생명성을 되찾는 형식은 마종기의 시에서도
찾아볼 수 있다.

> 어둔 밤에 탐조등같이 신기한 빛 따라가면
> 늦가을 씨받이 목화밭이 될 것이다.
> 한 개의 초생달이 천 개 만 개로 늘어나는
> 비구상 구도의 밝은 목화야
> 부드럽고 연한 촉감이 큰 빛을 만드는구나.
>
> 나는 솜 하나 속옷 하나 만들지 못하는
> 평생을 분주하고 눈치 빠른 짐승,
> 찬 바람 조금 불어도 신음하는 피와
> 젖은 빗소리 한 번에 움츠러드는 살,
> 이악스런 평계의 식솔은 항상 울어서
> 드넓은 네 곁에는 갈 시간도 없구나.
>
> 이제 나이 좀 들어 생각해보니
> 세상의 제일은 따뜻한 것이었네.
> 내가 항상 기대고 사는 편안한 당신이여
> 욕심이 사람을 시들게 한다지.
> 그 부드러운 흰색 불빛이 시든 목화밭이라니!
> 당신 이름을 부르면 부끄럽기만 하구나.
>
> 목화야 너와 만난 축복으로 여기 살 수 있겠나
> 전설처럼 이제는 두 다리 뻗어 내리고
> 시린 어깨 감싸쥐고 느슨해지고 싶다.
> 어린 날의 부드러운 몸 다시 가지고 싶다.

모든 감싸 안음과 연민의 따뜻함이여,
한세월의 목화가 되어 따뜻해지고 싶다.

— 마종기, 「목화밭에서」 전문

　이 시에서 어두운 밤을 밝히는 것은 달빛이 아니라 목화꽃이다. 목화는 '한 개의 초생달이 천 개 만 개로 늘어나는' 정도의 밝은 빛으로 어두운 밤을 밝힌다. 이 어둠을 밝히는 빛은 태양처럼 강렬한 것이 아니라 목화의 부드럽고 연한 촉감이 만들어낸다. 이는 달맞이꽃이 은은하게 밤을 밝히는 것과 같다. 이 은은한 빛은 병든 인간을 치유할 수 있을 만큼의 넉넉함을 지니고 있다. 목화는 또한 인간을 감쌀 수 있을 만큼의 따뜻함으로 넓게 펼쳐져 있다.

　인간은 목화에 비해 덩치는 크나 목화만큼의 넉넉함을 가지고 있지 못하다. 인간의 몸으로는 '솜 하나 속옷 하나 만들지 못'할 뿐만 아니라, 인간은 타인을 위해서는 눈길 한 번 주지 않는다. 인간은 '평생을 분주하고 눈치 빠른 짐승'으로 살지만 이 분주함은 모두 자신의 욕심을 위해서이다. 이들에게 겨울의 추위를 이겨낼 수 있는 힘은 존재하지 않는다. 그래서 '피'는 찬바람이 조금만 불어도 견디지 못하고 신음하게 된다. 또한 인간의 '살'은 한여름의 모든 빗줄기를 이겨내는 목화와는 달리 '젖은 빗소리 한 번에'도 움츠러들기만 한다. 인간은 욕심에 얽매어 마음 속에 따뜻함 한 번 품어보지 못하고 살아가는 짐승에 불과하다. 글릭크스버그에 의하면 인간이 동물의 이미지로 보이는 것, 즉 개미나 원숭이, 바퀴벌레나 늑대 등으로 보인다는 것은 인간 존재의 치욕적인 부조리를 상징하는 수단으로서 현대문학에 있어서 자주 사용되고 있다. 이러한 동물에의 변신의 상징은 허무주의적인 세계관에 특유한 존재론적 이중성을 표시하는데 도움이 되고 있다.[14]

---

14) C. I. 글릭크스버그, 이경식 역, 『20세기 문학에 나타난 비극적 인간상』(종로서적, 1983), p.192.

화자를 깨닫게 하는 것은 시간이다. 화자는 인간의 아픔을 이겨내게 하는 세상 제일의 것은 '따뜻함'이라는 것을 뒤늦게야 알게 된다. 그리고 인간을 병들게 하는 것 또한 인간의 욕심이라는 것도 깨닫게 된다. 이러한 깨달음은 목화와 자신을 견주어 보았을 때 자명하게 드러난다. 그래서 화자는 목화의 이름을 불러보기만 해도 부끄러움을 느끼게 된다. 이것은 인간이 자연에게서 인생의 이치를 배우는 상황이다. 인간의 질병은 욕심에 의해 생겨나는 것이므로 자신의 몸으로 다른 이의 추위를 녹여주는 목화의 순수함은 인간의 질병을 치유하는 좋은 예가 된다.

목화의 가르침을 안 화자는 이제 이 세상에서 삶을 누려도 좋다는 자격을 얻게 된다. 신음하고 움츠러들던 몸이 이제는 '두 다리 뻗어 내리고' 느슨하게 살아보고 싶어한다. 이렇게 느슨하고 부드러운 몸은 욕심에 물들기 이전인 어린 시절의 모습이기도 하다. 화자는 자신의 넉넉한 상태를 어린 시절로 보고 그 시절로 돌아가고 싶어한다. 그 시절에서 다시 자란다면 '모든 감싸 안음과 연민의 따뜻함'을 안고 한 세상 살아갈 수 있으리라고 생각한다. '모든 감싸 안음과 연민의 따뜻함'은 '어린 시절'과 '목화'의 삶으로 공히 욕심으로 얼룩지지 않은 세계를 의미한다. 결국 인간이 질병을 극복하고 자연과 더불어 살 수 있는 방법은 욕심에서 벗어난 세계에 뛰어드는 것으로부터 비롯된다.

인간의 신체에 깃든 질병과 그것을 치료하는 과정을 통해 자아와 세계에 대한 인식과 그 인식의 전환점을 찾아볼 수 있다. 이승훈의 경우 자신의 몸이 아프면 세상도 모두 병들어 있는 것처럼 인식하게 된다. 이럴 때 김광림의 시는 자아와 세계의 관계가 질병을 치료하는 과정에서 상호 보완관계에 있음을 깨닫게 한다. 질병을 치료하려면 병든 부분만이 아니라 병들지 않은 신체의 다른 부분까지도 치료하여야 한다. 이는 신체의 각 부분이 개별적으로 존재하지 않고 하나의 통합체로 존재하고 있음을 깨닫게 한다. 이는 세계 구성의 문제에 있어서도 마찬가지다. 황동규와 마종기는 '달맞이꽃'이나 '목화'와 같은 식물과 견주어 자신을 되돌아보았을 때 신체의 질병이 사라지게 된다. 질병의 치료 방법을 식물에게서 얻고 다시 인간세계로 돌아와 긍정적인 삶의 태도를 지니게 된다. 이를 통해 알 수 있는 것은 신체의 질병은 자신의 신체뿐만이 아니라 타자와의 동일성을 인식하는 가운데 치료되며 이 치료는 신체에만 국한되는 것이 아니라 화자의 세계 인식에도 커다란 전환점을 가져온다는 것이다.

2) 비워진 신체의 미학

두 가지 측면에서 '구멍'은 매우 중요한 상징적 의미를 소유한다. 생물학적 측면에서 구멍은 땅을 비옥하게 만드는 힘을 소유한다. 따라서 이때의 구멍은 풍요의식과 관련된다. 그런가 하면 정신적인 측면에서의 구멍은 이 세계가 다른 세계를 향하여 열림을 상징한다.[15] 훼손된 신체의 이미지에서 구멍난 몸은 몸이 비어 있음을 의미한다. 이 빈 구멍으로 액성 이미지들이 빠져나가는 현상은 화자가 이상세계를 향해 접근하는 것을 저지하는 요소가 된다. 때문에 구멍난 몸은 미래를 향해 희망으로 다가가지 못하고 절망에 빠지게 된다. 이 절망감은 또한 자신의 몸이 구멍나게 된 결과, 즉 빈 존재가 되어버린 결과에 대한

---

15) 구멍 뚫린 돌을 숭배하는 것은 세계적으로 공통된 현상이다. 엘리아데는 일부 지역에는 구멍 뚫린 돌 앞에 무릎을 꿇고 자식들의 건강을 기원하는 의식이 있다는 사실에 유의한 바 있다. 오늘날에도 일부지역에서는 임신 못한 여인들이 임신을 기원한다는 의미에서 등을 굽히고 이런 돌의 구멍을 기어나가는 풍습이 있다. 원시 인도인들은 물질적 측면에서의 상징적 의미에 주로 관심을 두었던 바, 비록 이들 역시 구멍이 세계의 문을 상징한다는 사실에 대한 직관적 자각을 동기로 한 것이기는 하지만, 이들의 경우 구멍은 성기와 동일시된다. 여기서 말하는 세계의 문은 우리가 업보의 사슬로부터 해방되기 위해 반드시 통과하지 않으면 안 되는 문을 의미한다. 구멍은 또한 동굴의 추상적 양상으로 나타난다. 따라서 역전된 산과 관련되는 상징적 의미를 띤다. 이러한 구멍의 이미지는 기본적 상징에 부과되는 여러 상징적 의미를 소유한다. 예컨대 죽음이 거처하는 곳, 기억과 과거가 머무는 곳, 나아가 어머니와 무의식을 상징하기도 한다. 이승훈, 『문학상징사전』(고려원, 1995), pp.60-62 참조.

원인을 인식하게 한다.

전봉건의 시에서 신체에 생긴 구멍에 대한 인식의 결과로 알 수 있는 것은 서로 죽고 죽이는 전쟁이 있었다는 것이다. 전쟁이 가져다주는 폐허와 이로 인한 죄의식은 화자를 어디로도 이끌지 못하고 그 자리에 머물게 하며 죽음 속으로 침몰하게 한다.[16] 그리고 가장 가까운 존재와 멀어지는 관계로 만들어버려서 사람과 사람 사이가 영원히 근접할 수 없는 먼 존재임을 인식하게 한다.

LIFE지의
46페이지는 백지였다
아무것도 없는 백지는
아무것도 보이지 않는 백지였다

그러나 내게는 보이는 것이 있었다
바람이었다 바람 부는 공중에 떠서 꽃가루 묻은 알몸
꽃잎처럼 펄럭이는 여자였다
그 여자 껴안고 구르고 펄럭이고 잦히고 솟구치는
나였다
그리고 갑자기 총소리가 나더니
공중에 못박힌 구멍 뚫린 새였다
그 새가 된 나였다

---

16) 전봉건 시의 원체험을 이루는 것은 물론 6·25이다. 그에게 전쟁은 끔찍한 경험이었다. 인간을 인간이게끔 하는 조건들의 완벽한 절멸, 그 안에서 시인이 체험한 것은 인륜성과 짐승스러움의 경계이다. 이 원체험은 너무도 강력한 것이어서 전봉건의 일생의 시작업 전체를 관통하는 상처로 자리하게 된다. 그의 6·25 체험의 편린들을 1980년대에 씌어진 작품에서조차 발견할 수 있다는 것은, 그가 일생을 두고 6·25 체험과 대결하지 않으면 안되었다는 것을 말해 주는 것이다. 이런 전쟁체험은 분단이라는 민족사적 불행의 핵심에 관한 체험이다. 여기에서 전봉건의 시는 개인사적 원체험에 대한 미학적 변용의 의미를 넘어서 민족적 질곡에 대한 시적 대응이라는 역사성을 획득하는 것이다. 이광호 「폐허의 세계와 관능의 형식-전봉건론」, 송하춘·이남호 편, 『1950년대의 시인들』(나남, 1994), p.268.

> 그 새의 처진 두 다리 사이로 떨어지는 정액이었다
> 그리고 저만치 내려다 보이는 축축한 풀숲에
> 자동소총 들고 서 있는 여자였다
> 꽃가루 묻은 알몸 꽃잎처럼 펄럭이는 여자였다
> — 전봉건, 「속의 바다 13」 부분

'LIFE지의 46페이지는 백지'이다. '아무것도 없는', '아무것도 보이지 않는' 백지이다. 이 아무것도 보이지 않는 백지에서 화자에게는 보이는 것이 있는데 그것은 바로 '바람'이다. 이 '바람'은 바로 화자에 의해 '꽃가루 묻은 알몸 꽃잎처럼 펄럭이는 여자'로 변주된다. 이제 화자는 백지에서 여자를 보며 여자와의 상상이 이루어진다. 이는 화자에 의해 이루어지는 상상세계이지만 화자의 내면의식의 발현에 다름아니며 'LIFE'라는 용어가 의미하듯이 화자에게는 단순히 상상에 그치는 것이 아니라 '삶' 그 자체인 것이다.

화자가 '꽃잎처럼 펄럭이는 여자'와 '껴안고 구르고 펄럭이고 잦히고 솟구치는' 행동을 상상하는 이유는 여자를 생명력 회복의 매개체로 보기 때문이다. 전봉건의 다른 시에서도 흔히 볼 수 있듯이 여성 이미지는 관능적인 미를 동반하면서 생명력 왕성한 원초적 세계로 이끄는 역할을 한다. 이런 생명력의 세계에 단절을 가져오는 것은 역시 '총'이다. 그러나 이 시가 전봉건의 다른 시들과 변별되는 점은 삶을 단절시키는 가해자가 바로 시인이 항상 생명성 회복의 매개체로 여기던 '여자'라는 점이다. 이는 죽음에서 꿈꿀 수 있는 생명에 대한 유일한 희망이 좌절되는 상태이며 그 가해자가 바로 희망 그 자체였다는 점에서 '희망'이라는 용어의 양면성을 드러낸다.

총알이 관통한 것은 '새'이다. 이 '새'는 공중에 못박혀 있는 상태인데 못박혀 있다는 그 자체에서 이미 자유가 박탈된 몸이며 그 몸에 구멍이 뚫린다는 것은 죽음을 의미한다. 이 죽은 새는 '새가 된 나'이다. 그러므로 화자는 자유와 생명이 박탈된 존재이다. 이 존재의 '두 다리

사이로 떨어지는 정액'은 이미 생명성을 상실한 不姙의 정액이다. '꽃
가루'라는 식물이미지를 동물이미지로 환치하면 '정액'이 되므로 총을
든 여자에게 묻은 꽃가루는 이미 생명력을 잃은 정액에 다름아니다.
이는 생명의 원초적인 자생력마저 소멸시키는 상황을 뜻하며 '또 총소
리가' 들려옴으로 해서 죽음은 반복된다. LIFE지가 백지라는 것, 삶이
백지이며 아무것도 없다는 것은 곧 죽음을 의미하기 때문이다. 이러한
죽음의 세계에서 벗어나기 위해 여자를 따라가는 남자의 모습은 다음
의 시에서도 잘 나타난다.

> 하늘 나라에 사는 여자가 있었읍니다
> 하늘 나라에는 부끄러움이란 게 없어서
> 모두들 발가벗고 살았읍니다
> (중략)
> 곱게 쪼갠 잘 익은 수밀도 반쪽 같은 몸매였읍니다
> 누가 보더라도 숨막히게 가래가 솟게 목젖이 터지게
> 탐스럽게 도발적인 몸매였읍니다
> (중략)
> 그런데 그 여자를 본 사람이 있었읍니다
> 땅 나라의 남자였읍니다
> 땅 나라에서는 모두가 서로 죽고 죽이는
> 큰 논쟁이 있어 간신히 단 한 사람만이 살아 남았던 것이니
> 바로 그 남자였던 것입니다
> (중략)
> 남자는 바다에 몸을 던져 헤엄치기 시작했읍니다
> 힘껏 힘껏 목욕하는 여자를 향해서
> 헤엄쳐 나아갔읍니다 그러나 웬일입니까
> 남자는 한치도 나아갈 수가 없었읍니다
> 남자가 걸친 전쟁이라는 부끄러움의 옷자락이
> 아직도 총알 냄새 피 냄새 나는 누더기 옷자락이
> 팔 다리에 감겨들어 앞으로 나아감을 막았던 것입니다

뿐만이 아니었읍니다 그 옷자락 아래 감추인
수없이 총알 맞은 몸뚱이 수없는 총알구멍으로는
자꾸만 바닷물이 새어 나갔던 것입니다

이윽고 목욕을 다 한 그 여자는
곱게 쪼갠 잘 익은 수밀도 반쪽 같은 몸매의 배를 탄 채
하늘 나라로 돌아갔읍니다
원래 발가벗고 사는 하늘 나라의 여자였기에
바다 위에 남긴 구름 같은 안개 같은 옷 한 벌 없었읍니다
　　　　　　　　　　　　　　　－전봉건, 「童話」 부분

　이 시에서도 남자는 죽음의 세계에서 벗어나기 위해 '여자'와의 합
일을 꿈꾼다. 여자는 '천상의 여자'이며 남자는 '땅의 남자'이다. 남자
는 동화 「선녀와 나무꾼」의 '나무꾼'과 같이 흔한 남자가 아니다. 그
는 '땅 나라에서 모두가 서로 죽고 죽이는 큰 논쟁이 있어 간신히' 살
아 남은 '단 한 사람'이라는 점에서 특수성을 띠며, 그런 만큼 여자와
의 합일에 있어서 그 간절함을 배가시킨다. 여자가 '누가 보더라도 숨
막히게 가래가 솟게 목젖이 터지게 / 탐스럽게 도발적인 몸매'인 점도
땅의 남자의 행동에 도화선 역할을 한다.
　바다에서 목욕하는 여자를 향해 힘껏 헤엄쳐 가는 남자의 행동에
걸림돌이 되는 것은 두 가지로 나타난다. 그 하나는 '전쟁이라는 부
끄러움의 옷자락'이다. 부끄러움이 없는 천상의 여자가 알몸인 채로
사는 것과 달리 땅의 남자는 부끄러움을 감추기 위해 옷을 입고 있
어야 했고 이 옷이 남자의 '팔 다리에 감겨들어 앞으로 나아감을 막
았던' 것이다. 나머지 하나는 그 옷자락 속에 숨어 있는 남자의 몸이
다. 남자의 몸은 '수없이 총알 맞은 몸뚱이'여서 그 '총알구멍으로 자
꾸만 바닷물이 새어'나가 앞으로 나아갈 수가 없다. 앞에 인용한 「속
의 바다 13」과는 달리 현재 진행되고 있는 죽음이 아니라 전쟁의 흔
적만으로도 생명성의 회복은 어려운 상황을 맞게 된다. 옷을 매개로

하여 선녀를 지상에 붙잡아둘 수 있었던 동화 속의 '나무꾼'과는 달리 '땅의 남자'는 여자의 옷을 감출 수도 없다. 하늘의 여자는 옷을 입지 않고 살기 때문이다. 이로써 남자와 여자가 이어질 아무런 매개체도 없음이 밝혀진다.

이렇게 몸에 난 구멍으로 정액이라든가 바닷물과 같은 액성 이미지가 빠져나가는 것은 몸에서 피가 빠져나가는 것과 동일하다. 몸에서 피가 빠져나간다는 것은 생명력의 상실을 의미하며 새로운 관계를 저해하는 존재로도 작용하므로 죽음의 세계에서의 부활은 더더욱 불가능해진다. 하늘 나라에서는 모두들 발가벗고 살았으므로 여자가 '옷 한 벌' 남기지 않았다는 점 또한 이런 절망 상태를 극명하게 보여준다.[17]

구멍을 통해 무언가 빠져나가는 이미지는 전봉건의 「돌 31」에서는 피리 소리로 드러난다. 이등병이 '아홉 개의 총알'을 뼈에 맞고 피를 흘린 땅에서 그 죽음으로 만들어진 돌은 죽음의 상흔을 '아홉 개의 구멍'에 지니고 침묵하고 있다. 그러나 그 돌이 대나무 피리가 되면서 30년 동안 유지하고 있었던 돌의 무거운 침묵은 떠도는 피리 소리가 된다. 돌은 피리가 되어 아무에게도 말하지 못했던 이등병의 죽음을 산골짜기, 돌밭, 강물에 울려퍼뜨림으로써 소리의 무게에서 해방되는 것이다. '뼈 → 돌 → 대나무의 변용을 통하여 만들어진 이 피리는 돌이 지닌 한을 소리로 풀어주면서, 극복된 과거의 시간을 시인이 현재 부는 피리 소리에 연결시켜 준다.'[18] 이 때 피리 소리는 '30년 전 한 이등병이 피 흘린' 소리를 담고 있으며 끊임없이 현재의 피리 소리와 뒤섞이고 있다. 그래서 피리 소리는 아름다운 음악 소리가 아니라 전쟁의 상처를 극복하고자 하는 피가 섞인 울음소리로 세상을 떠돈다.[19]

---

17) 오채운, 「전봉건 詩의 신체 훼손 이미지 연구」, pp.256-263 참조
18) 박민영, 「6·25와 北의 고향, 상실의 시적 극복」(현대시학, 1993, 6월), p.212.
19) 최동호는 이에 대하여 '이 피리 소리는 웅장한 교향악은 아니다. 그러나 「피리」에서처럼 십 년 이십 년 백 년을 칼질하듯 거부하다가 죽은 대나무로 만든 소리이며, 그것은 꼿꼿하게 서는 저항의 정신을 드러낸다. 이 단단하고 시

전봉건의 시에서 총에 맞아 구멍이 난 신체는 6·25전쟁을 원체험으로 하고 있다. 이에 비해 김춘수의 「가을에」에 나오는 구멍난 신체는 4·19혁명에서 비롯된다. 사월에 내뿜은 젊은이들의 피로 인해 가을이 되어 화자는 자신의 시가 강해지기를 염원한다. 가을이 되어 강한 시를 '여성적 허영을 모두 벗기'운 시, '뼈를 굵게'한 시로 표현한다. 그래서 가을의 풍성한 수확을 눈앞에 두고 그 물기 오른 과일의 달콤한 맛에 감탄할 것이 아니라 그 속에 숨은 피를 보고자 염원한다. 탐스러운 과일은 바로 '사월에 뚫린 총알구멍의 침묵'으로 화자에게 인식된다. 과일에서 총과 죽음을 보는 화자의 인식은 캄캄한 어둠의 세계에 있다. 그리고 이 어둠을 노래할 줄 아는 시는 화자가 말하는 여성적 허영을 벗어버린, 뼈를 굵게 한 시이다.

신체에 상처로 인해 생기는 구멍에 대한 변용은 김혜순의 「숨은 감자」에서도 잘 나타난다.

> 그가 감자를 심어오고 있다
> 무릎을 툭툭 쪼개어
> 그가 아픈 감자를
> 심어오고 있다
>
> 피가 무릎을 타고 내려 신발에 고였다
> 노을이 천천히 피 묻은 붕대를 감아올렸다
>
> 이것 봐라 상처 속에는 씨가 있다
> 할머니는 내 종기를 짜내셨다
> 고름 사이로 근이 쑥 빠지고
> 구멍이 뻥 뚫렸다

퍼런 정신이야말로 전봉건으로 하여금 온갖 고난 속에서도 자신을 지키며 시를 쓰도록 만든 근본적인 힘이다'라고 평가한다. 최동호, 「실존하는 삶의 역사성」, 전봉건, 『아지랭이 그리고 아픔』(혜원출판사, 1987), p.332.

       이걸 빼내지 않으면
       살 다 썩는다

              노을이 사라진 자리로 고약 같은 어둠이 몰려왔다
              붉은 꽁무니를 남겨놓고 자동차 한 대 사라졌다

       그가 감자를 심어오고 있다
       내 가슴의 고랑 고랑에 상처를 던지며 오고 있다
       온몸으로 깨어진 그의 무릎이 꽉 찬다
       몸 속으로 주먹만한 혹들이 주렁주렁 달린다

              어두운 하늘이 별을 가득 품에 넣고
              무거운 몸을 뒤척일 때마다
              바람이 한숨처럼 감자꽃을 흔들었다
              지붕을 닫은 집들 위로 안테나가 아직도 흔들렸다
                              — 김혜순, 「숨은 감자」 전문

　　이 시에서 감자는 발병과 치유의 양가성을 띤다. 보통의 감자는 치
유의 의미와 '감자 먹이다' 혹은 '뜨거운 감자'에서 오는 풍자의 의미
를 갖게 된다. 그런데 이 시에서는 그것이 '아픈 감자'이기 때문에 질
병과 치유의 의미를 동시에 가지게 된다. 그리고 그 아픔이 무릎에 나
타나는 것을 화자는 '무릎을 툭툭 쪼개어 / 그가 아픈 감자를 / 심어오고
있다'라고 표현하고 있다. 심는다는 행위는 무릎의 통증에 씨를 뿌리
는 행위와 동일하게 나타난다.

　　그래서 상처에는 씨가 있다는 표현이 있는데 여기서 감자씨는 '종
기'이며 곧 '근'이 된다. 이 시에서 '씨'는 황동규의 시 「도가니가 마
르기 시작할 때」에서의 '씨집'과는 다른 의미를 가진다. 황동규의 시에
서는 '씨집'이 새로운 생명을 잉태하기 위해 시들어 있는 것과 달리
이 시에서는 새로운 아픔의 씨앗이 되는 역할을 한다. 그래서 그 '씨'
를 몸 안에서 짜내야만 하는 것이다. 씨를 뽑아내는 일은 아픔의 근원

을 뽑아내는 일이 된다. 그리고 그 근을 뽑아낸 자리에는 '구멍'이 생긴다. 이 구멍은 전봉건의 시에서 나오는 구멍과는 달리 변이의 과정을 거치지 않고 종기를 상기시켜주는 의미로 남아 있다. 또한 이 시에서 구멍은 살을 썩지 않게 하는 역할을 한다.

이 시에서 노을은 곧 색깔의 유사성으로 인해 '피'를 의미하며 이 피는 상처, 즉 종기와 관련이 있다. 이 피가 무릎에서 신발 사이에 머물기 때문에 상처와 아픔이 무릎과 다리에 있으며 더불어 노을도 다리에 머문다. 그리고 노을 뒤에 내려오는 어둠은 곧 치유의 의미를 갖는다. 그래서 어둠에 비유되는 말은 '고약 같은'이다. 고약은 종기를 치유하는 약으로 잘 알려져 있다. 고약 같은 어둠이 내려옴으로 해서 아픔은 '붉은 꽁무니를 남겨놓고' 즉 상처를 남겨 놓고서 사라져 버린다.

그러나 5연에 오면 아픔은 다시 찾아온다. 이제는 무릎이 아니라 가슴에 상처를 던지며 온다. 그리고 무릎의 아픔이 가슴으로 이제는 온몸으로 번져온다. 감자는 종기였다가 이번에는 혹이 된다. 마치 감자의 줄기를 잡아당기면 땅 속에서 감자들이 주렁주렁 들어올려지듯 화자의 몸 속 가득히 혹들이 주렁주렁 달리게 된다. 그런데 이 감자는 무릎, 즉 그의 무릎을 쪼개어 심은 것이므로 그의 무릎은 곧 아픔이 되고 그 아픔이 화자의 온몸에 퍼짐으로 해서 그의 무릎과 화자의 온몸은 동일한 존재가 되며 그의 아픔은 곧 화자의 아픔이 된다. 또한 그의 무릎 조각들이 화자의 온몸에 퍼져 있는 것이나 마찬가지다.

치유의 대상이 이 시에서는 아픔이 되어 다가오고 화자의 온몸을 점유한다. 그리고 그 아픔은 쉽게 끝나지 않고 계속해서 화자의 온몸을 흔들어댄다. 위에서는 하얀 감자꽃이 아름답게 보일지 모르지만 땅 속에 '숨은 감자'의 모습은 아픔으로 남아 있는 것이다. 그러므로 이 시는 아픔을 속으로 감추며 밖으로는 화려한 꽃을 피워대는 감자의 모습을 통해 아픔이 있어야만 꽃이 있다는 것으로 의미지어진다. 그러면 시는 다시 황동규의 「도가니가 마르기 시작할 때」에서처럼 아픔을 통해 꽃을 피우게 된다는, 아픔의 극복을 통해 아름다운 꽃을 얻을 수 있다는 이야기로 귀결된다. 어떠한 상황에서든 극복이라는 말은 항상 상처와 아픔을 동반한다는 사실이 이 시를 통해서도 잘 드러난다.

넓적다리 뒷살에
넓적다리 뒷살에
알이 배라지
손에서는
손에서는
불이 나라지
수챗가에 얼어빠진
수세미모양
그대신 머리는
온통 비어
움직이지 않는다지
그래도 좋아
그래도 좋아

大邱에서
大邱에서
쌀난리가
났지 않아
이만하면 아직도
革命은
살아있는 셈이지

百姓들이
머리가 있어 산다든가
그처럼 나도
머리가 다 비어도
인제는 산단다

오히려 더
착실하게
온 몸으로 살지
발톱 끝부터로의
下剋上이란다

– 김수영, 「쌀난리」 부분

이 시는 머리가 빈 세상을 풍자한다. 머리가 빈 세상에서는 다리에 알이 배고 손에서 불이 나는 일이 벌어진다. 손과 다리는 머리에 반역하여 일을 행하는데 빈 머리는 상황판단을 하지 못하고 마냥 좋아하기만 한다. 화자는 비어 있는 머리를 '수챗가에 얼어빠진 수세미'로 비유하는데 수챗가에 얼어빠진 수세미는 그릇을 씻는 본래의 기능을 발휘하지 못할 뿐더러 물이 흐르는 구멍까지 막고 있어서 골칫거리로 작용한다. 이는 빈 머리의 무용함과, 손과 다리에 끼치는 악영향을 동시에 내포하고 있다.

대구에서 난 쌀난리는 혁명이 살아 있음을 증명한다. 백성들은 머리가 비었다지만 손과 다리가 제대로 움직이는 사람들이어서 얼마든지 살 수 있다. 백성 중의 하나인 화자 역시 머리가 비어도 살 수 있다. 오히려 더 온몸으로 착실하게 살기를 다짐한다. 다리에서 손으로 손에서 머리로 살아가는 이 백성들의 삶을 화자는 '발톱 끝으로부터의 下剋上'이라고 표현한다. 이 '下剋上'이라는 말에는 혁명이라는 의미가 포함되어 있다. 화자는 머리가 비어 있어도 아직 자신에게 혁명이 살아 있다고 본다. 이는 대구에서의 쌀난리를 혁명으로 보는 것과 같은 논리이다.

그래서 화자는 자신의 넓적다리 뒷살에도 알이 배기를, 손에서는 불이 나기를 원한다. 화자의 몸에는 힘이 없다. 그것은 머리가 비어 있기 때문이다. 그러나 화자는 머리로 살아가는 삶을 거부한다. 그동안 머리를 쓰며 살아온 사람이 머리를 비워둔 채 사는 일이 온 몸의 힘을 빼는 일이 되더라도 화자는 그 삶을 원한다.[20] 그러한 마음이 미래에까지 계속되기를 원한다. 이는 혁명이 계속되기를 바라는 마음의 표현에 다름아니다.

화자가 이렇게 머리로 사는 삶을 거부하게 된 것은 머리를 손과 다리에 비해 욕망의 집결체로 보기 때문이다. 머리에는 욕망이 가득 차 있고, 그 욕망에 의해 머리가 손과 다리에 명령을 내리면 그 명령을 따르는 손과 다리 또한 욕망을 채우는 일만 계속하게 될 것이다. 그래서 화자는 머리가 비어 있기를 바란다. 머리가 비어 있다는 것은 욕망을 버렸다는 말과 같다. 비어 있는 머리의 명령을 받은 손과 다리가 만드는 세상은 화자가 원하는 이상세계이기도 하다. 이 계획이 미래에도 계속될 수 있도록 화자는 머리가 계속해서 비어 있기를 염원한다.

> 들판에는 한 줄기 연기가 오르고
> （중략）
> 머리 위에 어둡게
> 해가 오르고
> （중략）
> 빈 머리 문득 수그러진다.
>
> 악몽이 나다니는 머리
> 머릿속 빈 들판에 불을 피우고
> 여러 번 막막히 엎드렸던 오후

---

20) 이상호는 김수영의 시에서 현실 대응에 대한 정신과 육체의 문제를 다음과 같이 분석하고 있다. '어두운 현실에 대한 인식에 남다른 김수영의 심중은 항상 복잡하기만 하다. 현실적으로는 그것을 아픔으로 받아들이면서도 또 한편으로는 어떻게 하든 그것을 극복해야 한다는 신념에 철저하기도 하다. 여기서 우리는 그가 왜 <육체의 융기>를 먼저 느끼고 있는지 그 이유를 짐작할 수 있다. 말하자면 정신적으로 갈구하되 현실이 그에 따르지 않는 것이거나, 아니면 마음에 비해 몸이 따르지 않는 것, 즉 실천성에 대한 일말의 회의가 그의 마음에 괴롭게 자리를 잡고 있는 것이다.' 이상호, 「김수영 시에 나타난 자아인식의 변화 양상」, 『한양어문 제17집』(한양어문학회, 1999. 12), p.315.

검은 연기 땅 위에 눕듯이……

빈 머리여 빈 머리여
외로운 자의 뜰이여
혼자 돌아올 때면 늘 만나는
나를 차지한 공간
내 몸만큼의 낯익은 공간
그 공간 전면에 박혀 있는
반쯤 감은 눈을 사랑한다면, 사랑한다면,
그 눈 올려놓을 돌산 고요하고
돌산 앞 황톳길에 가만히 숨어
오래 참으며 허옇게
눈 없는 웃음을 웃으리오
발붙일 데 없는 사랑이로다.

목마름 속에 캄캄히
아아 손가락 발가락과 발목
그 마디들을 하나하나 놓아버리고
빌려 쓰던 말도 한마디씩 돌려보내고
빈 공간만큼 아무데고 누워
물 없는 웅덩이처럼 있고 싶을 뿐
아아 아무것도 스며 있지 않은 삶, 혹은 죽음.
- 황동규, 「비가 제2가」 부분

　화자의 머리는 끊임없는 현실의 욕망으로 들끓고 있다. 그래서 화자
가 바라보는 세상은 삶과 죽음의 경계를 오가는 문턱과 같은 위치에
자리하고 있다. 식물의 세계로 가득 들어차 있어야 할 들판에는 이들
을 모두 불태워버린 한줄기 연기가 오르고 길의 끝은 항상 죽음과 닿
아 있다. 떠오르는 해도 밝은 빛이 아니라 어둡게 떠오르며 대지는 삶
의 풍요로움이 사라진 벌거벗은 모습을 하고 있다. 이 가운데서 화자

는 괴로워한다. 다가오는 죽음을 부정하며 꼼짝도 않고 죽어 있는 대지와 대항한다. 이 죽음에 대한 대항은 화자의 머릿속에 가득 들어차 있는 욕망으로 인해 이루어진다. 그리고 결국엔 하늘을 향해 올려다만 보던 머리는 비워지고 비워진 머리는 수그러지게 된다. 그러나 이것이 패배만을 의미하는 것이 아니고 지금까지의 욕망에 가득찬 세계와는 다른 새로운 인식을 맞이하는 전환점이 된다.

화자는 욕망에 가득찬 머리를 '악몽'이라 표현한다. 화자는 이 악몽에서 벗어나기 위해 머리를 비우려고 노력한다. 이런 노력은 '머릿속 빈 들판에 불을 피우'는 행위로 드러난다. 악몽을 그 불에 태워 없애 버리고 싶은 것이다. 이런 행위는 여러 번 반복되어 일어난다. 행위가 반복됨으로써 화자는 막막해지고 화자의 머리에서 피워올린 검은 연기는 땅 위에 눕는다. 현실의 악몽이 검은 연기가 되어 사그라져감에 따라 머리는 수그러지고 몸은 엎드려진다. 자신의 내면을 거짓없이 바라볼 수 있는 빈 상태가 되는 것이다. 이 비워지는 머리로 인해 화자는 새로운 세계를 만나게 되며 그 세계는 외로움에서 죽음으로 넘어가는 변이과정을 거친다.

이 시에서 '빈 머리'는 외로운 자가 가질 수 있는 공간이 되며 이 공간은 화자에게 항상 존재하고 있다. 그러므로 화자에게는 외로움이 항상 자리잡고 있는 것이다. 자신의 한 켠에 자리잡고 있는 이 공간을 화자는 혼자 있을 때마다 인식하게 되고 화자에게 인식된 외로움은 죽음에 대한 문제로 발전된다. 화자는 이미 반절쯤 죽어 있으며 그 반절의 죽음을 긍정적으로 받아들이려 한다. '돌산'은 무덤을 의미하며 돌산 앞 '황톳길'은 죽음으로 가는 길목을 의미한다. 반쯤 죽은 몸으로 화자는 죽음으로 가는 길목에 숨어 '눈 없는 죽음', 즉 완전한 죽음을 받아들인다.

이렇게 죽음을 맞아들이는 화자의 인식은 머리를 비우는 일 뿐만 아니라 신체의 각 부분도 놓아 보내는 일을 실행한다. '손가락 발가락과 발목 그 마디들을' 놓아보내는 형식에서 살아 있는 자로서의 신체적 표현은 불가능해짐을 알 수 있다. 더불어 화자는 말도 한마디씩 돌려보낸다. 자신이 사용하던 말들을 자신이 만들어낸 말이 아니라 '빌려 쓰던' 말이라고 인식하는 것도 모든 걸 내보내고 죽음을 맞이하고자 하는 이의 긍정적인 태도이다. 자신이 누웠던 자리에서 흔적없이 사라져 '물 없는 웅덩이처럼' 빈 공간으로 남고 싶은 죽음에 대한 견해는 아무것도 남기지 않는 마치 증발과 같은 죽음의 형식을 택한다. 아무것도 남기지 않는다는 것은 곧 아무것도 소유하지 않았다는 말과도 상통하는 바가 있다. 그래서 화자는 그동안의 자신의 삶을 '아무것도 스며 있지 않은 삶'으로 보며 이것이 곧 죽음임도 밝히고 있다. 色과 空의 경계가 모호하듯 삶과 죽음의 경계도 모호하며 다만 인식의 차이가 있을 뿐임을 보여주고 있다.

비어 있는 신체는 현실 응전에 대한 직·간접적인 표현이다. 전봉건의 경우 비어 있는 신체는 부조리한 현실을 자각하게 하는 매개체가 되며 새로운 삶을 도모하기 위한 노력을 저해하는 요소가 된다. 김수영의 경우 비어 있는 신체는 욕망의 과잉 상태를 단죄하는 작용을 한다. 특히 머리를 욕망이 가득찬 부위로 지적하며 머리가 비어 있는 상태를 욕망을 버리기 위한 과정으로 인식한다. 더불어 머리 대신 손과 다리가 꽉 찬 세상을 꿈꾸는데 이는 착실하게 온몸으로 살아가는 사람들의 세계를 말하며 이는 시인이 꿈꾸는 이상세계이기도 하다. 황동규의 경우에는 욕망에 가득 찬 세계의 고통에서 벗어나 겸허한 삶으로 다가가고자 하는 인식의 전환점이 된다. 전봉건의 경우 비어 있는 신체는 전쟁의 폭력성을 고발하는 구실을 하며, 김혜순의 경우 비어 있는 신체는 상처를 인식하는 계기를 마련해 주는 가운데 그 상처가 다시 새로운 화려한 인생을 꽃피우게 하는 계기가 된다. 전쟁에 대한 고발이든 억압자에 대한 저항이든 자기 자신의 욕망에 대한 저항이든 그것은 주어진 현실을 부정하며, 이 부정적인 현실의 중심에 자신이 있었음에 대한 죄의식을 느끼게 한다. 이 죄의식은 절망적인 현실에 머무는 것이 아니라 새로운 세계를 이룩하고자 하는 강한 염원으로 발전한다. 처음에 상처로 인해 구멍이 났던 신체는 뒤에 반성을 위하여 오히려 필요한 구멍의 역할을 한다. 그래서 비워진 신체는 상처로서의 비워짐이 아니라 새로운 세계를 담기 위해 비워진 그릇으로서의 비워짐을 의미한다.

3) 신체 훼손의 양면성

시대와 세계 그리고 역사를 '병들고 상처 입은 것'으로 인식하는 시인의 세계관은 신체 훼손 이미지를 통해 그 양상이 드러난다. 그래서 신체 훼손 이미지는 대부분 인간과 세계에 대한 부정적 인식에서 시작된다. 그러나 신체 훼손 이미지가 이러한 부정적 세계관에만 머무는 것은 아니다. 신체 훼손 이미지는 그 안에 병든 세계로 표현되는 부정적 세계관을 극복해내는 힘도 같이 지니고 있다. 부정적 세계관의 극복은 때로는 자신의 신체를 훼손시킴으로써 또는 어떤 매개체를 통하여 이루어진다. 이렇게 상처를 딛고 다시 획득하는 세계는 시인이 추구하는 이상세계이기도 하다.

김춘수 역시 훼손된 신체 이미지를 통해 상실의식과 부정적 세계인식을 표현한다. 그리고 이 훼손된 신체 이미지로 쓰여진 시 안에는 상실의식이나 부정적 세계에 대한 극복의 방법이 같이 담겨 있다. 이는 그의 시가 부정적 세계에 대한 단순한 고발에 머무는 것이 아님을 증명한다. 훼손된 신체가 새로운 생명으로 다시 태어나는 과정을 겪으면서 시인의 내면에 잠재해 있던 세계는 새로운 이상세계로 다시 태어나게 된다. 이승복에 의하면 '4시집 『부다페스트에서의 소녀의 죽음(1959. 1)』에 이르면서부터 김춘수의 전후인식은 폭력의 고발이라는 단선적 시각을 관념적 형이상학의 존재탐구로 이어가기 시작했다.'[21)

느닷없이 날아온 數發의 소련제 탄환은
땅바닥에
쥐새끼보다도 초라한 모양으로 너를 쓰러뜨렸다.
순간,
바숴진 네 頭部는 소스라쳐 삼십보 상공으로 튀었다.
頭部를 잃은 목통에서는 피가
네 낯익은 거리의 鋪道를 적시며 흘렀다.
-너는 열세 살이라고 그랬다.
네 죽음에서는 한 송이 꽃도
흰 깃의 한 마리 비둘기도 날지 않았다.
네 죽음을 보듬고 부다페스트의 밤은 목놓아 울 수도 없었다.
죽어서 한결 가비여운 네 영혼은
감시의 일만의 눈초리도 미칠 수 없는
다뉴 강 푸른 물결 위에 와서
오히려 죽지 못한 사람들을 위하여 소리 높이 울었다.
(중략)
한강의 모래 사장의 말없는 모래알을 움켜 쥐고
왜 열세 살 난 한국의 소녀는 영문도 모르고 죽어갔을까,
(중략)
부다페스트의 소녀여,
내던진 네 죽음은
죽음에 떠는 동포의 치욕에서 역으로 싹튼 것일까,
싹은 비정의 수목들에서보다
치욕의 푸른 멍으로부터
자유를 찾는 네 뜨거운 핏속에서 움튼다.
- 김춘수, 「부다페스트에서의 소녀의 죽음」 부분

이 시에서 '부다페스트에서의 소녀의 죽음'은 초라하고 쓸쓸하기 그
지없다. 소녀를 쓰러뜨린 것은 '소련제 탄환'이다. 탄환에 의한 죽음은

---

21) 이승복, 「자기 확인의 노정」, 김시태·박철희 편『한국현대문학사』(시문학사,
2000), p.397.

전쟁이나 혁명에서 볼 수 있는 '힘의 논리'에 의한 죽음을 뜻한다. 이 '힘의 논리'는 소녀를 '쥐새끼보다도 초라한 모양으로' 만든다. 소녀의 죽음에 대한 묘사는 처참하기 그지없다. 탄환에 맞아 거리에서 피흘리며 죽어가는 모습은 그 피해자가 '열세 살의 소녀'라는 점에서 그 참혹함을 배가시킨다. 이 참혹한 죽음에 꽃도 비둘기도 울음도 없는 냉혹한 현실 또한 자유를 박탈당한 억압된 세계를 대변한다. 살아 있어서 자유롭지 못하던 영혼은 죽음으로써 가볍고 자유로워진다. 그리하여 살아 있는 자들이 울지 못하는 울음을 대신 운다. 소녀의 죽음은 소녀 개인의 죽음이 아닌 억압된 자 전체의 죽음이 되며 이 억압된 자들의 저항의 목소리가 된다.

시의 중반부에서 부다페스트의 소녀는 한국의 소녀가 맞은 죽음으로 변환되는데 이 한국 소녀의 죽음 또한 동포의 가슴에는 아픔으로 새겨진다. 그리고 화자는 이 죽음이 살아 있는 자들에게 영원히 간직될 것인가에 대해 생각해 본다. 소녀는 죽음으로써 저항했지만 힘의 논리는 계속해서 위력을 띠고 있었고 그 힘 앞에 모든 사람들이 무릎을 꿇었기 때문이다. 그러나 이러한 물음에 대한 답과 상관없이 후반부에서 소녀의 죽음은 새로운 의미를 간직하게 된다.

후반부에서 죽음을 두려워하는 동포들은 '비정의 수목'으로 묘사된다. 이 '비정의 수목'에서는 어떠한 새싹도 싹틀 수 없다. 죽음에 대한 두려움은 '동포의 치욕'으로 작용하며 소녀의 죽음은 이 치욕으로부터 '역으로 싹튼' 것이다. 초라했던 소녀의 죽음은 그 죽음을 대하는 타인에게서가 아니라 죽은 자신에게서 새로운 싹으로 움트며 이 싹은 자유를 갈망한다는 데서 그 연원을 찾을 수 있다. 이렇게 움튼 싹은 '인간의 비굴'에게는 위협적인 존재인 꽃으로 불타오른다. 이는 자신을 죽임으로써 새로운 생명으로 다시 태어나 타인에게 새로운 생명을 부여하는 것이다.

1
발돋움하는 발돋움하는 너의 자세는
왜 이렇게
두 쪽으로 갈라져서 떨어져야 하는가,

그리움으로 하여
왜 너는 이렇게
산산이 부서져서 흩어져야 하는가,

2
모든 것을 바치고도
왜 나중에는
이
찢어지는 아픔만을
가져야 하는가,

네가 네 스스로에 보내는
이별의
이 안타까운 눈짓만을 가져야 하는가,

3
왜 너는
다른 것이 되어서는 안 되는가,

떨어져서 부서진 무수한 네가
왜 이런
선연한 무지개로
다시 솟아야만 하는가,

— 김춘수, 「분수」 전문

　분수는 하나의 물줄기가 상승과 추락을 동시에 수반하는 존재이다.
그리고 분수의 미적 가치는 상승과 추락이 동시에 존재한다는 데에 있다. 화자는 이 시에서 물줄기의 상승을 '발돋움'으로 본다. 이 발돋움은 기다림에서 시작되는 것으로 멀리서 다가오는 누군가를 보고자 조금이라도 위로 솟으려 한다. 그러나 기다리는 누군가가 오지 않음을 알았을 때 물줄기는 추락하기 시작한다. 이 추락은 '두 쪽으로 갈라져서' 떨어지는 것으로 기다리는 대상과의 분리를 의미한다. 그래서 하락과 동시에 기다림은 '그리움'으로 바뀌고 그리움은 두 쪽으로 갈라진 물줄기를 '산산이 부서져서 흩어'지게 만든다.[22]

이렇게 산산이 부서지는 분수를 쳐다보면서 화자는 분수를 '모든 것을 바치고도 아픔만을 간직하는 존재'로 인식한다. 물줄기가 솟아오르는 것은 자신의 온몸을 바쳐 대상을 기다리는 것이며, 물줄기가 떨어지는 것은 찢어지는 이별의 아픔인 것이다. 기다림과 이별만이 존재하는 분수에게서 화자가 발견하는 것은 분수 자신의 대화이다. 분수는 스스로 이별을 받아들이고 안타까움을 간직한다. 오지 않는 대상을 원망하지 않으며 '안타까운 눈짓'을 스스로에게 보낸다. 이 눈짓은 분수 자체가 기다림과 이별을 동시에 가지고 있을 때 아름다운 존재임을 다시 한 번 인식하게 한다.

---

22) 분수는 그리움을 상징하지만 그것은 동경과 비슷한 의미를 담고 있다. 그리움이 있기 때문에, 그것도 하늘이 표상하는 아름다운 세계에 모든 것을 바치는 헌신적인 자세를 내포하는 그리움이 있기 때문에 분수는 마침내 <선연한 무지개>로 다시 솟아오른다. 이승훈, 『문학상징사전』, p.234. 김춘수의 경우 그리움은 존재자의 진리인 것이다. 그리움은 존재자의 진리이다. 그리고 이러한 동경이야말로 인간이 이 세계에 존재할 수 있는 하나의 잊혀지지 않는 의미가 될 수 있는 근거요, 그러기에 근원적 인간명제인 것이다. 이승훈, 「詩의 存在論的 解釋試考」, 『金春洙硏究』, p.233. 김춘수의 분수는 존재론적 구조 위에 형성되어 있다. 어디로라고 명백히 말하고 있지 않지만 분수는 창공을 향해 발돋움한다. 그것은 그리움이다. 그것은 인간조건의 초탈을 위한 발돋움이다. 미칠 듯한 그리움으로 모든 것을 바치고 난 뒤에도 다만 산산이 부서지고 찢어지는 아픔만을 분수는 느낀다. 분수는 발돋움하지만 항상 자기에게로 회귀한다. 무지개로 다시 발돋움하는 것은 일종의 창공의 가상이다. 창공을 향한 파편의 저편에서 그리움으로 다시 솟는 무지개는 사실 가상일 뿐이다. 자기 자신의 분열만을 통하여 창공을 바라본다는 점에서 분수는 깊이의 천착이다. 김현, 「金春洙와 詩的 變容」, 『金春洙硏究』, p.132 참조.

분수는 기다림과 이별과 그리움으로 얼룩져 처참한 내면을 가지고 있지만 그렇게 아픈 내면 그 자체로 존재해야지 다른 것이 되어서는 안 된다. 다른 것이 되는 순간 분수의 아름다움은 사라져 버린다. 솟아오른 물줄기는 '떨어져서 부서진 무수한' 물방울이 되었을 때 하나이지만 수만 개의 그리움으로 확장된다. 이 확장된 그리움은 아름다운 무지개로 다시 솟는다. 물줄기는 떨어지고 부서짐으로써 아름다운 존재가 된다. 앞에서도 설명했듯이 이것이 바로 분수가 가지는 미적 가치인 것이다.[23]

살펴보았듯이 「분수」는 「부다페스트에서의 소녀의 죽음」과 동일한 구조를 가지고 있다.[24] 초반부에서는 훼손된 신체나 죽음의 초라함을, 중반부에서는 이 훼손된 신체나 죽음에 대한 화자의 숙고를 통해 새로운 존재로의 전환을 위한 계기를, 그리고 후반부에서는 초라한 죽음의 화려한 부활을 노래한다. 여기서 우리가 공통적으로 알 수 있는 것은 훼손되거나 죽음을 맞이한 신체는 자신을 파괴함으로써 더 아름다운 모습으로 다시 태어나게 된다는 것이다. 다시 태어난 새로운 모습은 자유를 갈망한다는 데서 그 연원을 찾을 수 있다. 이 자유는 시인이 추구하는 이상세계이기도 하다. '오히려 죽지 못한 사람들을 위하여 소리 높이 울'거나 '선연한 무지개로 다시 솟아'남으로 해서 훼손된 신체는 새로운 모습으로 부활함과 동시에 그 내면에 잠재해 있던 화자의 상실의식도 극복된다.

---

23) 이혜원은 이에 대해서 '분수는 위로 솟구친다는 현상에 대한 단면적인 관찰의 태도를 유보시킨다. 갈라져서 떨어지는 분수는 일상적인 편견에 사로잡힌 눈에는 잘 보이지 않는다. 이처럼 관습화된 인식을 가볍게 뒤집어 보임으로써 시인은 현상의 다층적인 면모를 드러낸다. 이와 같은 인식의 변환은 대상을 보다 철저하게 파악하려는 태도의 소산이다'라고 지적한다. 이혜원, 「詩的 解脫의 道程」, 『1950년대의 시인들』(나남, 1994), p.120.

24) 김현은 「분수」를 깊이의 천착으로 보는 반면에 「부다페스트에서의 소녀의 죽음」은 넓이의 천착으로 보고 있다. 김현, 앞의 글, p.200 참조.

……音樂이여

너는 戰場을 匍匐하는 軍團의 不眠이 겹 쌓여
彈皮와 같이 굳어진 나의 눈시울 그 속에도 살았다.
그리하여 마침내 銃알 맞아 쓰러졌던 내가
다시 旗ㅅ발처럼 일어서면서 눈저리게 똑똑히 보았느니
그것은 머리에서 별빛 냄새가 나는 處女의
둥근 빛무리 같은 알몸이었다.

- 전봉건, 「音樂」 부분

생명의 극한점에 있는 사람에게 음악은 희망과 생명을 획득하는 돌파구로 작용한다. '彈皮와 같이 굳어진' 눈은 살아 있으나 이미 죽어 있는 눈이라 할 수 있다. 그런데 그러한 '눈시울' 속에서도 음악은 살아 있다. 그래서 그것은 이미 금속과 같은 무생물로 되어버린 인간의 눈을 다시 인간의 눈으로 되돌려 놓는다. 이러한 상상력은 전봉건의 시에서 '돌'이 '꽃'이 되고 '새'가 되는 것처럼 무생물에서 생명체가 창조되는 순간을 의미한다.

음악이 만들어낸 빛무리는 하나의 둥근 형태를 보여준다. 이 둥근 형태, 즉 원은 하나와 또다른 하나에 있어서, 닫혀 있음과 상사체로 만들어진 이상적인 완전한 공간을 강조하는 것이며, 원주는 자연이 우리에게 주는(자궁, 동굴), 그리고 그런 모양을 그리기를 즐기는(궁륭, 전체의 별들) 모든 내부 장소와 안정된 장소의 원형인 구(球)가 되면서 자기의 완전성을 증대시킨다.[25]

'예수 그리스도의 머리에서 빛난 둥근 빛무리'와 같은 그것은 곧 부활을 뜻한다. 그리고 여기서 처녀의 알몸임에도 불구하고 관능적인 것으로만 느껴지지 않는 것은 처녀의 알몸이 원시의 생명력과 성스러움

---

25) 아지자・올리비에리・스크트릭, 장영수 역, 『문학의 상징・주제 사전』(청하, 1990), p.96.

을 동시에 가지고 있기 때문이다. 그래서 처녀의 알몸은 '빛무리 같은' 것으로 표현된다. '음악'과 '빛'과 '여성'이 등가성을 이루는 것이다. 여성의 몸에서 풍겨나오는 빛은 또한 '가장 짙푸른 물방울과/가장 눈부신 햇가루가/우글거리는 젖가슴 가진'(「바다의 편지」)에서처럼 젖어 있는 상태이기도 하다. 이렇게 훼손된 신체가 여성을 매개로 하여 생명과 희망을 이끌어내는 상황은 「暗黑을 지탱하는」에서도 여실히 드러난다.

　　그날 銃알에 뚫린 가슴으로 피를 뿜는 친구를 어깨에 걸쳐 메고 나는 부러진 銃부리와 屍體가 여기 저기 흩어져 불타는 거리를 더듬어 가끔씩 생각난 듯 눈 먼 流彈이 와서 박히는 한 建物의 어둠 속으로 들어갔다. (중략) 텅 비어 있음에 다름 아니던 그의 두 눈에 빛이 고이고 바람도 이는 것이 아닌가. 뿐만이 아니었다. 하늘이 깃들고 그 푸름도 깃들었다. 星座가 아롱지는가 했더니 江물이 흘렀고 나뭇잎을 흔드는 숲이 들이차기도 했다. 훤하게 트인 길을 거느린 海岸과 山脈이 구비치기도 했다.

　　거기엔 무엇이 있었던가. 내가 본 것은 무엇이었던가. 그것은 항아리였다. 항아리 하나가 거기서 어슴푸레한 어둠 속에서 희고 맑은 젖빛 스스로의 살빛을 풀어내고 있었다. 나는 그것을 똑똑히 確認하기 위하여 두 눈을 지긋이 감았다가 다시 떠 보았다. 그런데 모를 일이었다. 내가 다시 눈 떠 본 것은 항아리가 아니라 한 女子였다. 가느다란 모가지 고운 젖무덤 늘씬한 허리 豊滿한 엉덩이 한 젊은 女子가 거기서 어슴푸레한 어둠 속에서 희고 맑은 젖빛 스스로의 살빛을 풀어내고 있었다. 풀어내는 스스로의 살빛으로 피 냄새 절은 어슴푸레한 어둠을 조금씩 조금씩 밀어내고 있었다.

　　그 뒤로부터 나는 確信하나를 가지게 되었다. 우리의 흙 우리의 땅덩이가 아무리 처절한 죽음과 엄청난 피로써 얼룩진 暗黑이라 할지라도 철따라 果木을 꽃피게 하고 열매도 맺게 하는 것은 그것이 희고 맑은 젖빛 스스로의 살빛을 풀어내는 항아리 또는 항아리와 같은 것으로 해서 지탱되어 있는 까닭이라는.

— 전봉건, 「暗黑을 지탱하는」 부분

'銃알에 뚫린 가슴으로 피를 뿜는 친구를 어깨에 걸쳐 메고' 한 어두운 건물 안으로 피신한 화자는 그 안에서 하나의 항아리를 발견한다. 이 항아리를 먼저 발견한 사람은 화자가 아니라 '이미 臨終이 가까운' 친구이다. '그저 크게 뜨여 힘없이 벌어져 있을 뿐이'던 친구의 눈은 방 한구석에 웅크리고 있는 것을 발견하고 움직임이 일기 시작한다. 친구의 두 눈에서 화자가 발견한 것은 빛→ 바람→ 하늘→ 푸름→ 성좌→ 강물→ 숲→ 해안→ 산맥이다. 화자가 친구의 눈에서 발견한 것은 친구가 항아리에서 발견한 것으로, 사물을 분간할 수 있는 빛을 얻은 눈은 결국 해안, 산맥에까지 이르러 '우리의 땅덩어리' 한반도를 보게 된다. 그래서 '크게 뜨여 힘없이 벌어져 있을 뿐이'던 친구의 두 눈은 '微笑마저 띄우'게 된다. 친구의 눈에 어리는 것들을 서술하는 동사나 형용사를 보면 '고이다→ 일다→ 깃들다→ 아롱지다→ 흐르다→ 흔들다→ 들이차다→ 구비치다'와 같은 상상력의 확장을 보인다. 이렇게 확장되는 상상력은 한 생명의 미세한 생성을 시작으로 역동적인 활기를 띠는 상황에까지 이른다. 이러한 역동성은 죽어가는 한 생명에서 삶을 부활시키는 힘을 발휘한다.

방 한구석에 있는 항아리 또한 정지된 사물로서 그저 놓여 있는 것이 아니고 '어슴푸레한 어둠 속에서 희고 맑은 젖빛 스스로의 살빛을 풀어내고' 있다. 그리하여 그것은 다시 여자의 몸으로 변신하고 여자 또한 항아리가 그랬듯이 '희고 맑은 젖빛 스스로의 살빛을 풀어내고' 있다. 앞에서도 말했듯이 둥근 것은 자궁을 암시하므로 '항아리'[26]에서는 여자의 몸과 새로운 것을 잉태하는 생명력을 읽어낼 수 있다. 여자가 풀어낸 살빛은 '피 냄새 절은 어슴푸레한 어둠을 조금씩 조금씩 밀

---

26) 전미정은 이 시에서 항아리를 '잉태하는 여자의 몸에 대한 은유와 자궁의 상징'으로 파악한다. 전미정, 『한국 현대시와 에로티시즘』(새미, 2002), p.204.

어’ 낸다. 여기서 ‘살빛’은 ‘어둠’과 대치되는 색으로 그 힘이 강해 어둠을 물리친다. ‘어둠’을 물리친 ‘살빛’은 화자로 하여금 ‘玲瓏한 性慾’을 일으키게 한다. 이 ‘영롱한 성욕’은 죽음에 임박한 이에게 살고자 하는 욕망을 불어넣는 힘, 생명의 리듬으로 작용한다.[27] 살빛을 풀어낸 항아리 본래의 의도대로 새 생명을 싹틔우고 싶은 욕망에 이르게 한다. 그래서 임종을 앞둔 친구의 ‘날카롭게 뜨겁게 솟구치는 절규 한 마디’는 ‘平和스럽고 다정한 목소리’로 변하게 된다. 생명력 회복을 통해 평화를 획득하게 되는 것이다.

‘悽絶한 죽음과 엄청난 피’로 얼룩진 흙으로 빚어진 ‘항아리’는 그 죽음을 딛고 ‘果木을 꽃피게 하고 열매도 맺게 하는’ 생명력을 얻게 된다. 그것은 곧 죽음에서 생명을 부활시키는 힘이 ‘우리의 흙 우리의 땅덩어리’에 있다는 이야기다. 이 시의 제목 「暗黑을 지탱하는」은 ‘암흑을 이겨내는 힘’ 또는 ‘암흑을 버텨내는 힘’을 뜻하며, 그 힘은 바로 우리가 살고 있는 이 땅에 숨겨져 있으므로 그 생명력을 발견하는 일은 이 땅에 살고 있는 우리의 몫이 된다. 이 ‘항아리’의 발견으로 시인은 본격적으로 죽어 있는 것들에게서 생명과 희망을 발견하는 단계, 즉 오랫동안 시인 자신을 억눌렀던 전쟁과 죽음의 암흑세계를 극복하는 단계에 이르게 된다. 그가 얻은 희망은 생명과 맞바꿔야하는 고통을 통해 획득한 것이므로 ‘암흑을 지탱하는’ 힘이 되는 것이다.[28]

> 그리고 내가 많이 아프던 날
> 그대가 와서, 참으로 하기 힘든, 그러나 속에서는
> 몇 날 밤을 잠 못자고 단련시켰던 뜨거운 말 :
> 저도 형과 같이 그 병에 걸리고 싶어요

---

27) 이승훈, 「全鳳健과의 對談-詩와 에로스」(현대시학, 1974년 10월), p.9 참조.
28) 오채운, 「전봉건 시의 이미지 변이 양상 연구」, 『한국문예창작 제1권 제2호』 (한국문예창작학회, 2002. 12), pp.91-94 참조.

그대의 그 말은 에탐부톨과 스트렙토마이신을 한알한알
들어내고 적갈색의 빈 병을 환하게 했었지
아, 그곳은 비어 있는 만큼 그대 마음이었지
너무나 벅차 그 말을 사용할 수조차 없게 하는 그 사랑은
아픔을 낫게 하기보다는, 정신없이,
아픔을 함께 앓고 싶어하는 것임을
한밤, 약병을 쥐고 울어버린 나는 알았지
그래서, 그래서, 내가 살아나야 할 이유가 된 그대는 차츰
내가 살아갈 미래와 교대되었고

— 황지우, 「늙어가는 아내에게」 부분

이 시에서 화자에게 발생한 질병은 아내와 화자를 결속시키는 역할을 한다. 둘은 화자의 질병을 계기로 사랑하는 사이임을 확인하게 된다. 그리고 이들이 사랑하는 방식은 다름이 아니라 화자가 앓고 있는 병을 같이 앓는 것이다. 아내는 화자가 앓고 있는 병을 같이 앓음으로써 두 사람이 둘이 아닌 하나가 되기를 원한다. 같은 병을 앓는다는 것은 그대로 같이 사랑을 나누자는 이야기를 의미한다. 여기서 시사하는 바는 사랑이 아픔을 낫게 하는 것이 아니라 아픔을 같이 겪는 것이라는 것이다.

아픔을 같이 겪고자 하는 아내의 마음은 화자에게 그 아픔으로부터 빠져나오고 싶은 마음이 들게 한다. 그래서 화자는 열심히 약을 먹는다. 약을 먹는 만큼 화자의 병은 나아가고 약이 있던 빈 자리에 아내의 마음이 채워져간다. 채워진 아내의 마음을 보면서 화자가 깨닫는 것은 아내가 화자를 낫게 하고 싶어함이 아니라 그 질병을 같이 앓고 싶어함이라는 것이다. 그러나 질병과 치료는 서로 다른 것이 아니고 동일한 의미로 귀결된다. 결국 화자는 질병을 치료하는 과정에서 아내의 사랑을 깨닫게 되고 새로운 미래도 꿈꾸기 때문이다.

아픔을 같이하는 일은 아픈 것 그 자체로 머무는 것이 아니라 아픔에서의 극복으로 나아간다는 데 더 의미가 있다. 그런 의미에서 질병

을 앓는 것은 앓는 것뿐만 아니라 치료하는 의미가 된다는 양가성을 가지게 된다. 그것은 질병을 낫게 할 뿐만 아니라 새로운 미래를 꿈꾸게 하는 힘이 되기도 한다. 그래서 질병은 곧 한 사람이 희망을 얻게 되는 통과제의 같은 역할을 하며 질병은 곧 '살아갈 미래와 교대'되는 것이다. 이 시에서 질병은 미래를 만드는 원동력이 되며 질병이 없으면 미래도 없다.

> 바닷가 술집에서
> 내 젊은 친구는
> 한 달이나 앓은 몸살을 이야기했다.
>
> 혼자 앓는 병을 향하여
> 그 병의 외로움을 향하여
> 내 미안한 마음은 퍼져나갔다.
>
> 일이 고되고 놀이도 고됐을 것이다.
> 인생살이가 몸살이니
> 인생을 열심히 살았을 것이다.
>
> 내 앞의 얼굴에는 인제
> 한결 좋은 빛이 감돌아야 한다.
> 몸살을 지나 몸은 강해지고
> 시련을 지나 마음은 굳건해지는 것이니.
>
> — 정현종, 「몸살」 전문

화자의 젊은 친구는 한 달이나 앓은 '몸살'에 대하여 이야기한다. 친구의 이야기를 들으며 화자는 몸살에 대해 생각한다. 몸살은 혼자 앓는 병이며 외로운 병이다. 화자는 친구가 앓은 몸살을 같이 앓아주지 못한 것에 대해 미안감마저 느낀다. 화자가 생각하는 몸살은 몸이 고될 때 찾아오는 것이므로 화자는 '친구가 일이 고되고 놀이도 고되었을 것'이라고 생각한다. 그러면서 우리의 삶 그 자체가 매우 고단한 것이므로 인생살이가 곧 몸살이라는 결론에 이른다. 더불어 몸살에 걸린다는 것은 그만큼 인생을 열심히 살았다는 증거인 것도 알게 된다.

몸살을 이겨내는 일은 인생의 역경을 이겨내는 일이 된다. 질병이 신체에만 국한되는 것이 아니라 정신적인 요인으로까지 작용하기 때문이다. 그래서 몸살을 이겨낸 얼굴은 '한결 좋은 빛이 감돌아야 한다'. 몸살은 그것에 걸려 있을 때 또는 패배했을 때는 병이 되지만 이겨냈을 때는 좋은 약이 된다. 몸살을 지나고 나면 몸은 오히려 강해진다. 다시 같은 질병이 찾아오면 얼마든지 이겨낼 수가 있다. 시련 또한 마찬가지다. 시련에 부딪혔을 때는 곧 죽을 것 같지만 그 시련을 이겨내고 나면 훨씬 굳건한 마음을 소유하게 된다. 이런 논리에서 보면 몸살은 신체의 건강을 위하여 오히려 필요한 것이 된다.

신체 훼손 이미지를 통해 나타나는 부정적 세계관은 신체 훼손 이미지를 통해 새로운 이상세계를 제시하는 양면성을 지니고 있다. 그 이상세계는 자신의 신체에 직접 훼손을 가하거나 어떠한 매개체를 통해 다가갈 수 있다. 또한 훼손된 신체 그 자체를 이상세계로 인식하는 경우도 있다. 김춘수의 경우 자신의 신체를 훼손함으로써 자신뿐만 아니라 타자의 고통까지도 사라지고 현실상황보다 더 자유롭고 아름다운 세계로 진입하게 된다. 이 자유롭고 아름다운 세계가 바로 시인이 추구하는 이상세계이기도 하다. 전봉건의 경우 '음악'이라는 매개체를 통하거나 '여자'를 매개로 하는 에로티시즘의 방법으로 이상세계에 다가간다. 병들거나 손상을 입은 신체는 탐스런 여자를 발견함으로써 죽음에서 삶을 찾아내게 된다. 훼손된 신체가 꿈꾸는 싱싱한 에로티시즘은 인간의 의식을 평화와 풍요의 세계로 이끌어준다. 황지우의 경우 신체의 훼손은 타인과의 단절이 아니라 오리혀 결속을 다지는 매개체 역할을 한다. 신체의 훼손으로 인해 타인과의 관계가 맺어지고, 타인과의 관계 맺어짐은 새로운 미래를 꿈꾸게 한다. 그로 인해 훼손된 신체는 질병에서 '관계 맺어짐'으로, 관계 맺어짐에서 '새로운 미래'로 변이를 거듭한다. 정현종의 경우 신체 훼손 그 자체를 바로 삶으로 파악하며 신체의 훼손을 통해 인간의 성숙과 거듭남을 이야기한다. 이는 황지우의 신체 훼손에 대한 시선과 일련선상에 있다. 이 경우 신체의 훼손은 새로운 미래로 나가기 위한 통과제의와 같은 역할을 한다.

신체 훼손 이미지의 크나큰 미덕 중의 하나는 신체 훼손을 통해 자아와 세계를 바로 볼 수 있는 시각을 가지게 된다는 것이다. 신체의 훼손을 인식하기 전까지는 왜곡되고 모순된 시각을 통해 세상을 바라보는 자신을 인식하지 못한다. 그러나 신체의 훼손을 인식하게 됨으로해서 우리는 삶에 산재해 있는 모순에서 벗어나 이상세계로 다가갈 수 있는 방법을 모색하게 된다. 이는 인간에 대한 진지한 이해와 함께 '자유'나 '평화'와 '풍요'로 상징되는 이상 세계의 모색을 위한 의식의 확장을 가져온다는 데 중요한 의의가 있다.

제6장
현대시와
신체의
은유

제6장 ___ 현대시와 신체의 은유

　1920년대 이후 한국의 현대시를 중심으로 하여 신체 훼손 이미지의 정의와 범위, 신체 훼손을 통한 자아와 세계 인식의 문제, 신체 훼손 이미지의 미학 등을 살펴보았다. 본 연구는 한국 현대시에 나타난 신체의 훼손 이미지를 연구함으로써 현대사회의 다양한 현상들이 문학 속에 어떻게 실현되고 있으며, 훼손된 신체로 인해 인간이 자아와 세계를 인식하는 다양한 관점은 어떻게 드러나고, 시인이 지향하는 이상 세계는 어디에 있는지 살펴보는 것을 주된 목적으로 하고 있다. 본 연구에서 논의되고 있는 '신체'라는 용어는 '정신'과 분리되어 있지 않고 서로 용해되어 있는 관계로서의 '신체'이다.

　현대문학 속에 나타나는 인간의 신체는 신화시대나 고대 서사문학에 나타나는 신체와는 다른 양상을 띠고 있다. 신화시대나 고대 서사문학의 인물들은 영웅이 곧 주인공으로서, 이들은 거인적 자질을 지닌 인물이다. 그러나 현대의 주인공들은 왜소할 뿐 아니라 보잘 것 없는 존재들이다. 더불어 신체의 결손이나 손상, 질병 등을 통해 불구적이고 기괴한 외형을 가지고 있으며 이를 통해 시인의 세계와 사회에 대한 인식을 드러낸다.

　신체를 통해 세계를 인식하고자 하는 문학현상 중에서도 선천적으로든 후천적으로든 훼손되어 정상적인 모습을 갖추지 못하고 있는 신체는 크게 결손, 질병, 손상, 소멸로 분류할 수 있다. 결손은 시각이나 청각 혹은 지체가 불구의 모습을 띠는 것을 말한다. 결손은 사회적으로 소외된 인물이 되어 현대시의 공간에서 사회를 인식하는 잣대가 되며 이를 통해 새로운 인식세계를 넓혀가는 매개체 역할을 한다. 문학에서의 질병이미지는 물리적인 차원에서보다는 심리적인 차원에서 이해되어야 한다. 문학에서의 질병 이미지는 사회의 질병이 신체를 통해 나타나는 것으로, 사회 현상들이 신체에 병리학으로 적용되는 예라 할 수 있다. 신체의 손상은 달리 말하면 인간이 살아 있다는 증거이기도 하다. 이 신체의 손상을 통해 인간의 자아는 자각과 변화를 거듭하게 된다. 신체의 소멸은 죽음의 문제와 관련이 깊다. 소멸되어가는 신체는 곧 삶의 부재를 의미하며 삶의 부재는 죽음의 문제로 귀결된다.

신체 훼손 이미지는 태어날 때부터의 결손에서부터 시작하여 죽음에 이르기까지 신체에 벌어지는 모든 병리 현상을 총괄한다. 태어날 때부터 가지게 된 선천적 결손의 문제나 살면서 얻게 된 질병, 손상, 소멸의 문제는 인간에게 끊임없이 공존하는 문제이다. 따라서 인간의 역사는 병리학적으로 보면 질병의 역사, 신체 훼손의 역사이기도 하다. 그렇기 때문에 신체 훼손 이미지의 근원은 '질병과 공존하는 삶'에서 찾아볼 수 있다. 이 질병과 공존하는 삶에는 그만큼의 고통이 따르기 마련이다. 신체 훼손 이미지는 이 고통을 감수하는 가운데 훼손된 세계를 인식하게 된다. 또한 훼손된 세계를 드러내는 데 그치지 않고 신체와 세계에 대한 성찰을 겸하며 더 나은 이상세계로의 지향점을 모색한다. 이렇게 고통의 극점에서 새로운 이상세계를 찾아내고 그 방향을 모색한다는 점이 신체 훼손 이미지가 지니는 크나큰 미덕이 아닐까 생각한다.

인간의 신체는 각 부분이 하나의 유기체로 통합되어 있으며 이렇게 존재할 때라야 하나의 인간 개인으로서 그 정체성을 인정받을 수 있다. 떨어져 있는 팔이나 다리와 같은 신체의 일부분을 인간으로 보는 사람은 없다. 그것은 이미 인간의 일부분이 아닌 사물화 되어버린 신체라 할 수 있기 때문이다. 그러므로 신체의 한 부분이 본래의 위치에서 이탈되어 다른 위치에 자리하게 될 때 인간의 개체성은 부정된다.

신체 훼손 이미지 중 절단된 신체의 일부분은 본래의 위치를 이탈하여 다른 장소에 놓여져 있거나 다른 개인에게 옮겨 붙기도 한다. 머리, 팔, 귀, 손가락 등 본래의 위치에서 이탈된 신체는 자신과 어울리지 않는 다른 장소에 재배치됨으로써 낯선 이질감을 가져오며 이 이질감은 화자가 객관적으로 자신을 들여다보는데 중요한 역할을 한다. 이탈된 신체가 새롭게 찾은 제2의 장소는 화자의 무의식이거나 오랫동안 잠재되어온 내면세계의 일부분이기도 하다. 이를 통해 화자는 그동안 보지 못했던 자신의 무의식이나 내면세계를 확인하게 된다.

절단되어 주체를 이탈한 신체의 일부분은 화자가 잊고 있었던 내면세계의 일면이나 무의식의 세계를 보여주고 있다. 이탈된 신체 안에 화자가 잊고 있었던 내면세계나 무의식의 세계가 객관화되어 하나의 개체로 존재하고 있는 것이다. 전체로서 하나를 이루던 신체가 인식하지 못했던 사항들은 일부분이 이탈되어 나감으로써 다른 하나의 개체로 생성이 된다. 이탈된 신체는 하나의 개체로 생성됨으로써 전체였던 화자와 거리감이 생기게 된다. 거리감이 생긴다는 것은 상대를 자세히 볼 수 있는 눈이 생긴다는 것이다. 그래서 비로소 자신에게 가려져 볼 수 없었던 세계를 화자는 의식하게 되는 것이다.

신체로부터 분리되어 화자에게 인식된 자아는 화자가 잊고 있었던 것 혹은 잊고 싶었던 것들이다. 화자는 그것과 분리됨으로써 자신과 세계를 다시 볼 수 있는 눈을 얻게 되는 것이다. 신체의 일부분을 잃음으로써 자신의 내면을 살펴볼 수 있는 혜안을 갖게 되는 이러한 형식은 다시 말해서 자신의 신체를 죽임으로써 정신세계를 얻게 되는 상황이다. 신체를 통해 정신을 얻는다는 것은 곧 정신과 신체가 등가관계에 있다는 것을 증명하는 것과 같다. 이는 앞에서 말한 신체와 정신이 이분되어 있는 것이 아니라 동일한 관계로 맺어져 있다는 기본전제와 일맥상통한다.

그러면 이탈된 신체를 통해 드러난 내면세계에 존재하고 있는 것은 무엇인가. 이탈된 신체는 인간의 이중적이며 모순된 상황을 지적한다. 또한 자아의 모순을 눈감아 주고 있는 사회상황을 비판하며 이러한 사회 또한 이중적이고 모순된 상황을 안고 있다고 지적한다. 이러한 지적에서 우리가 알 수 있는 것은 인간과 사회를 동일선상에 놓고 분석할 수 있다는 것이다. 인간의 모순은 곧 사회의 모순이며 인간이 왜곡되어 있을 때 사회 또한 왜곡되고 비틀린 상황을 끌어안은 채 진행되어 간다는 것을 알 수 있다.

또한 냉혹한 현실에 대해 위기감을 느끼는 자아를 발견하게 된다. 그래서 화자는 현실에서 벗어나기 위한 공간을 상상하고 그곳으로 떠나기를 희망한다. 그러나 내면세계의 공간이동은 현재의 상황보다 훨씬 비극적인 공간으로만 이동하게 된다. 그래서 화자의 내면은 서정적 공간을 잃은 채 헤매는 상황이 지속된다.

이탈된 신체를 통해 나타나는 현대인의 도시 생활은 위선적으로 드러난다. 그 안에서 생활하고 있는 자아는 도시 생활의 위선을 인식하지 못한 채 오히려 그 상황을 같이 즐기는 상황으로 나타난다. 이렇게 위선적 도시 생활에서 벗어나기 위해 시인이 제시하는 세계는 자연의 세계이다. 그래서 자연의 세계에 자신의 정체를 고착시키고자 하지만 자연의 세계에 의해 거부당함으로써 이들의 방황은 멈추지 않고 계속된다.

무의식 속에 감춰진 자아의 발견을 통해 우리가 알 수 있는 것은 현실의 모순상황이다. 이 현실의 모순상황의 시작은 자아의 모순에서 나온다. 비틀리고 왜곡된 자아가 모여 현실의 모순상황을 보여주는 것이다. 이렇게 왜곡된 자아의 발견이 신체의 출혈을 통해서만 이루어진다는 것은 현실의 비극이다. 그러나 이는 바꾸어 말하면 신체의 출혈을 통해 얻은 진실이기에 더 값진 것이라는 뜻이기도 하다. 훼손된 신체의 이미지는 감추어진 자아를 드러냄으로써 우리가 인식하고 있지 못한 현실 상황의 모순을 좀더 치열하게 보여주고 있다.

모든 것이 제 위치에 적절히 자리하고 있을 때 우리는 그 상태를 무심코 지나치게 되며 완벽하거나 안정적이라고 느끼게 된다. 그것이 신체에서라면 누구라도 당연히 모든 기관들이 제 자리에 자리하기를 간절히 바라게 된다. 그러나 조금만 자세히 살펴보면 세상에는 완벽하다거나 안정적인 것 보다는 그 전형에서 벗어난 것들이 많이 존재한다. 전형이 아닌 것들이 모여 세상은 하나의 모형도를 그려나가고 있는 것이다. 그리고 전형에서 벗어난 모습, 완벽하지도 않고 불안한 상태가 시에서는 많은 모티브를 제공하게 된다. 시에서 종종 찾아볼 수 있는 신체가 상실되어 가는 과정, 혹은 이미 상실되어버린 신체에 대한 표현 또한 이러한 현상의 일부분이라 할 수 있다.

신체의 일부분이나 전체가 상실되는 것에 대한 표현은 현실적으로도 가능하며 상상력에 의해서도 가능하다. 오히려 상상력에 의한 신체의 상실이 더 빈번한 횟수로 발견된다. 이러한 현상은 신체의 상실에 대한 표현이 신체적 고통보다는 심리학적 고통을 더 크게 동반한다는 것을 증명해 보이는 것과 같다. 신체기관의 상실을 통해 시인은 자신에게서 상실된 무엇인가를 표현하려 하는 것이다. 그래서 신체기관의 상실에 대한 표현을 통해 시인이 느끼는 상실의식에 대한 근원을 추적해 보는 것은 의미 있는 일이다.

신체의 부재를 통해 알 수 있는 것은 자아의 상실에 관한 문제이다. 신체의 부재는 곧 자아상실을 의미하며 자아의 상실은 신체의 부재라는 형식을 통해 시 속에 표현되는 것이다. 자아의 상실은 자연에 인간의 내면을 개입시켜 인식하는 가운데 발생한다. 자연에게 인간의 시각을 개입시키는 일은 자연을 왜곡시키는 것이 아니라 인간의 자아를 상실하게 하는 결과를 가져온다. 그리고 인간에 의해 왜곡되지 않은 자연은 자연 그 자체로 남아서 존재한다.

또한 자신의 얼굴을 감추고 익명으로 행동할 때 인간의 자아는 상실된다. 이렇게 상실된 자아는 인간에게 소외당하는 익명이 된다. 한 번 익명이 된 개인은 신체의 부재를 통해 개인으로 돌아오는 길을 잃게 된다. 개인으로 돌아갈 수 없는 익명의 존재는 계속해서 소외의 상태에 머물게 된다. 이렇게 소외된 익명에게는 어떠한 화해의 계기도 마련되지 못하고 익명으로서만 존재하게 된다. 인간관계가 단절되었을 때에도 자아는 상실되며 인간관계가 회복되면 상실된 자아도 되찾게 된다. 이러한 호응관계는 시 안에서 하나의 진리가 되며, 철저하게 이러한 진리하에 시가 쓰여진다. 자아 상실과 관계 단절의 문제는 소외의 문제로 귀결된다. 인간으로부터 소외되었을 때 자아는 존재하지 않고 신체도 존재하지 않는 것이다.

인간이 미처 인식하지 못하고 있던 신체를 인식하게 되는 과정은 자연의 중재에 의해 이루어진다. 그러므로 인간은 자연과 단절되어 있을 때 자신의 신체조차 인식하지 못하는 존재가 되는 것이다. 이는 뒤집어 말하면 상실된 자아로 인해 신체는 사라지고 사라진 신체로 인해 남은 신체는 그로테스크한 형상을 연출하게 되며, 이 그로테스크한 형상은 인간에게 자연을 다시 인식하게 하는 계기를 마련해 준다. 인간끼리 어느 정도의 거리를 유지하게 하는 것도 자연이다. 자연을 인식하고 자연 속에 파묻히는 가운데 인간은 자연과 동일시되며 이 동일시는 인간관계를 유지시켜 준다. 이는 신체의 부재를 통해 자아가 상실되며, 자연을 매개체로 한 상실된 자아의 힘이 다시 인간을 존재하게 하는 순환적 고리를 갖게 됨을 의미한다. 이러한 상태에서 자연은 인간과의 몸 바꾸기를 통해 두 가지의 신체로 존재하게 된다.

우리는 누구나 상실된 것은 다시 회복시키고자 하는 욕망을 갖게 된다. 상실된 자아의 회복은 있는 그대로의 자연을 인식하거나 개인의 정체성을 깨달았을 때, 단절된 인간관계나 자연과의 관계가 회복될 때 이루어질 수 있다. 그러나 지워진 신체는 새로운 회복을 원하지 않고 그 상태에 머물기를 바란다. 오히려 상실된 자아, 즉 신체의 부재 상태에서 존재는 다시 새롭게 꾸며진다. 그래서 신체는 끊임없이 사라지고, 지워지고, 없어지는 형식을 되풀이 한다. 이 자연과 인간의 거듭되는 몸 바꾸기를 통해 인간은 자아의 존재 형식을 재인식하게 되는 것이다.

인간은 언어라는 매체를 통해서 자신의 감정을 타인에게 표현한다. 그러나 '귀머거리'나 '벙어리'는 신체의 결손 때문에 언어수행을 하지 못한다. 청각이 결손된 사람은 언어라는 매체를 제대로 사용할 수 없다. 그렇기 때문에 다른 수단을 통해 타인과의 의사소통을 이루어갈 수밖에 없다. 그러나 우리가 사용하고 있는 언어라는 것이 완벽할 수 없듯이 다른 방식의 표현 매체 또한 완벽할 수가 없다. 이 완벽할 수 없는 의사소통의 문제로 인간관계에는 뜻하지 않은 문제가 발생하기도 한다.

청각의 결손은 타인의 결손과 화자 자신의 결손으로 나타난다. 타인의 결손 상태는 타인을 통해 나를 확인하는 작업으로 나타나거나, 의사소통의 부재로 인해 타인과의 관계가 단절되게 만든다. 이 타인과의 단절은 인간의 몸을 병들게 하여 환청이나 이명에 시달리게 한다. 그러나 자신의 청각 결손은 내적 성찰의 기회를 가져온다. 청각의 결손은 인간의 내면세계 한켠에 자리하는 욕망을 부인하는 것으로 발전되기도 한다.

인간이 질병에 걸리지 않고 인생을 살아갈 수 있는 경우는 드물다. 질병에 걸리지 않을 확률을 가지고 이 세상에 태어나는 사람은 없다. 아무리 건강한 삶만 영위하고 싶어도 그 일은 인간의 뜻대로 되지 않는다. 결국 우리는 우리가 질병에 노출되어 있는 존재임을 깨달을 수밖에 없다. 그런데 이렇게 신체와 자연이 유기적인 관계에 있다는 전제 하에 있을 때 질병의 원인은 이루 헤아릴 수 없지만 그 중에서도 무언가 결핍되어 생기는 병이 있는가 하면 너무 과잉되어 생기는 병이 있다. 이때 시인은 질병의 원인을 생리학적 요인에서 찾기보다는 심리적 요인에서 찾으려 한다. 그래서 질병을 발생하게 한 심리적 요인이 해결되면 인체의 질병도 사라진다고 본다. 이렇게 질병에서 벗어난 세계는 자연의 세계와 동일하다. 이 자연의 세계는 인간이 태어나기 전 원시의 세계이기도 하다. 그러나 인간의 삶은 질병에서 벗어날 수 없으며 태어나서 죽을 때까지 질병과 공존하는 삶의 연속이다. 또한 그 질병을 삶의 한 부분으로 받아들이는 가운데 심리적 병인은 사라지게 된다.

인간은 죽음과 맞닥뜨렸을 때 흔히 자신의 삶을 되돌아보게 된다. 문학에서는 죽음을 앞두고 깨닫게 되는 것이 삶과 죽음의 경계가 존재하지 않는다는 것으로 드러난다. 신체가 소멸해가는 형식, 즉 죽음의 형식 가운데 하나인 썩거나 녹는 현상은 液化를 통해 육탈이 되어가는 모습을 말한다. 살은 썩어서 뼈에서 떨어져나가고 남은 뼈는 썩어서 흙이 된다. 이러한 신체의 부패는 시인이 삶을 어떻게 인식하고 있느냐의 문제와 연결되어 있다.

시인에게 삶은 살이 썩어가는 고통을 참아내야하는 극한상황으로 인식된다. 이러한 삶은 죽음이 다가오는 순간까지 아주 느린 속도로 지속된다. 이러한 신체의 고통은 어떠한 저항이나 치료의 방법도 없이 인간을 억압한다. 인간이 이러한 고통을 극복할 수 있는 방법은 신체의 부패를 발효로 받아들이는 방법밖에 없다. 그러나 타인의 불운한 죽음을 외면했을 때 찾아오는 신체의 부패는 발효와 같은 극복이 이루어지지 않고 고통만 지속될 뿐이다. 또한 삶은 죽음과 더불어 울음소리 가득한 세계이다. 이 울음소리 가득한 세계는 자신의 삶에 대한 부끄러움을 인식하게 한다. 삶은 비리와 모순으로 가득차 있으며 인간의 몸이 닿기만 하면 썩어버리는 세계이다. 그래도 인간들은 그 썩은 삶에 몸을 담그고 살아가고 있으며 시인은 이러한 삶을 조롱한다. 또한 삶은 곧 죽음이기도 해서 삶과 죽음의 경계는 모호하다. 더불어 다가오는 죽음을 긍정적으로 받아들이는 태도가 보이며 살아 있는 상태에서 최선을 다하고자 하는 의지도 찾아볼 수 있다. 삶은 긍정적인 측면과 부정적인 측면을 동시에 가지고 있다. 신체의 부패는 이렇게 양면성을 띠고 있는 삶으로부터 벗어나 죽음으로 가는 과정을 이야기하고 있다.

인간이 일생동안 신체에 손상을 입지 않고 살아갈 수 있는 방법은 없다. 신체는 질병으로 인해서든 외부의 물리적인 힘에 의해서든 손상당하고 그를 치유하는 가운데 그 삶을 영위해 나간다. 특히 신체에 가해지는 손상의 문제는 대부분 외부로부터 발생되는 경우가 많다. 신체의 손상은 외부세계가 힘의 논리에 의해 인간에게 억압을 자행하는 형식으로 나타난다. 이 때 외부로부터 신체를 손상당하는 시인의 입장에서는 세계를 받아들이는 태도가 긍정적일 수 없으며 손상된 신체를 통해 들여다보는 세계는 전쟁이나 테러와 같은 폭력적인 세계로 인식된다.

외부의 물리적인 힘에 의해 손상된 신체는 그 상처로 인해 훼손 당시의 고통이 영원히 지속된다. 전쟁으로 인해 손상을 당하여 움직일 수 없는 경우 신체는 살아 움직이는 다른 생명체들과 대비되면서 그 비참성이 첨예하게 드러난다. 자신의 굳어버린 신체를 의식할 때마다 움직이고 싶은 욕망은 화자의 내면에 강하게 자리하며 폭력적인 세계의 참혹성을 고발한다. 부서진 사물 또한 손상된 신체를 연상하게 하며 이 손상된 신체는 전쟁으로 인해 왜곡된 역사를 의미한다. 이렇게 손상된 신체는 왜곡된 역사 속에서 손상되어버린 인간의 정체성 회복이 불가능함을 암시한다. 역사와의 싸움에 신체의 손상이 개입되는 경우 시대상황은 역사에 개입하지 않는 개인을 손상된 신체로 인식하며 시인은 역사와의 단절을 꿈꾸며 자신의 신체에 손상을 가한다. 그러나 이는 분리될 수 없는 인간과 역사의 관계를 누구보다도 깊이 인식하기 때문에 발생하는 현상이다. 이러한 현상은 자신을 무기력한 개인으로 만들어 역사에 대한 죄책감에서 벗어나려는 한 개인의 위악적인 행위이다. 전쟁이나 식민지적 상황과 같은 억압자의 가해로 인해 손상된 신체의 고통은 순간으로 끝나지 않고 변주를 통해 지속된다.

억압적 현실에 의해 신체는 다양한 포즈를 취한다. 억압으로 인해 위축된 자의식이 상상력에 의해 본래의 모습에서 벗어나 여러 가지로 변형이 되어 나타나는 것이다. 이 때 변형을 거듭하는 신체의 모습은 억압적 현실에서 벗어나고자 하는 강한 응전방식의 표출이라 할 수 있다. 신체가 변형되는 이미지는 다양하게 나타나는데 그 중에서도 팔이 늘어지거나 줄어드는가 하면, 손이 입이 되고, 손가락의 숫자가 많아지고, 팔이 투명해지고, 허리도 투명해지는 예를 흔히 발견할 수 있다. 이러한 신체의 변형은 결손과는 달리 상상력에 의해 신체의 이미지가 변형되는 것을 말한다. 팔이나 허리가 투명해지거나 손이 입이 되는 것과 같은 일은 벙어리나 외눈박이, 절름발이와 같은 결손과는 달리 현실에서는 불가능한 일이며 오로지 상상력에 의해서만 가능하다. 그리고 신체의 변형에서 우리는 그 의미하는 바를 찾을 수 있다.

　변형된 신체는 억압에 의해 위축되어 있는 세계의 모습을 담고 있다. 이들의 신체가 위축되고 변형되게 만든 것은 권력에 의한 억압이며, 전체가 개인에게 가하는 소외이다. 신체는 이러한 외부로부터의 억압으로 인해 위축되어 있으며 억압의 상태에서 벗어나기 위해 정면적인 돌파보다는 변형된 모습으로 내면을 표현한다. 외부의 억압이 난무하는 세상은 화자에게 매우 절망적이고 위독한 상태로 비쳐진다. 절망적이고 위독한 상태에서 인간의 신체는 변형되고 위축될 수밖에 없다. 팔을 제대로 펼 수도, 허리를 제대로 펼 수도 없는 상황만이 존재한다. 이러한 상황은 인간을 억압하며 악순환을 거듭한다.

　거세나 성 정체성의 상실에 관한 문제는 억압과 피억압자의 관계에서 벌어지는 힘의 논리와 무관하지 않다. 피억압자는 억압자의 권력에 의해 거세를 당하며 거세를 당한 피억압자들은 사회에서 자신의 역할을 박탈당하고 무능한 개인으로서 존재할 뿐이다. 시인은 이러한 개인을 자신의 모습에 비춰보며 거세를 묵인한 채 살아가는 자신에게 조소를 보낸다. 거세당한 개인의 모습을 제대로 인식하고 있는지의 여부와 관계없이 세계는 운영되고 아무런 구애도 받지 않은 채 돌아간다. 이렇게 움직이는 세계 자체가 거세되어 있는 것이나 마찬가지다. 이는 현대사회의 화려한 이면 속에 숨은 부패되고 일그러진 현실의 모습이다. 신체 훼손 이미지는 거세된 인물형이나 상실된 성 정체성의 이미지를 통해 일그러진 현대 사회의 모순을 지적한다.

이 세상의 모든 원리는 관계에 의해 운영된다고 해도 과언은 아니다. 인간과 인간, 인간과 사물, 사물과 사물 등 많은 것들이 서로에게 어떤 관계로써 존재한다. 그리고 이러한 관계를 맺어주는 데는 의사소통이 절대적으로 필요하다. 인간의 경우 서로에게 의사소통의 매개체가 되는 것 중 하나가 언어이다. 그러나 언어가 결손 상태에 있을 때 인간끼리 맺어가는 관계는 지장을 일으키기 마련이다. 언어의 결손은 대개 '벙어리', '말을 잘 할 줄 모르는', '언어에 지장을 일으키는', '입이 없는', '입을 봉한 채' 등과 같은 표현에서 찾아볼 수 있다. 이와 같은 표현은 현대시에 흔히 드러나는 표현으로 자신의 말 못하는 답답한 심정을 언어의 결손으로 드러낸 것이다. 또한 타인과의 의사소통의 부재, 즉 단절된 인간관계의 문제를 나타내는데도 언어의 결손이 사용된다.

문명은 끊임없이 발달해왔고 인간은 또 과거로의 퇴행보다는 미래를 지향한다. 그러므로 벙어리와 같은 언어의 결손은 인간의 삶과는 서로 소외의 관계에 서게 된다. 다양한 현상으로 나타나는 언어의 결손은 결국 인간관계의 단절에 관한 문제로 귀결된다. 시인으로서 말을 잘 못한다는 선언은 시를 잘 못쓴다는 선언과 통하며 이는 자신뿐만이 아니라 타인과의 의사소통의 부재를 의미한다. 의사소통의 부재는 절대자에 대한 의심으로까지 발전되지만 이는 결국 자신에 대한 의심으로 귀결된다. 또한 타인과의 의사소통의 부재는 언어에 대한 숙고를 낳게 되며 인간간의 대화를 오해의 산물로 인정하며 진정한 의미에서의 의사소통은 존재하지 않는다는 결론에 이르기도 한다. 또한 사회의 억압에 의해 개인의 내면은 언어가 되어 외부의 상태로 표출되지 못하고 머무르게 된다. 이렇게 의사를 전달하지 못하는 상태는 불안의 연속으로 이어지며 모든 인간의 의사를 획일화시키는 결과를 가져온다.

단절의식은 의사소통의 부재로 인해 생겨난다. 의사소통은 언어 결손의 문제로부터 시작된다. 언어는 자신으로부터 타인에게 전달되면서 그 뜻이 왜곡되어지기 때문에 진정한 의미에서의 의사소통은 존재하지 않는다. 모든 인간이 완벽한 의사소통체계를 가질 수는 없는 것이므로 언어의 결손은 언어의 부정에 관한 문제와도 연결이 된다. 언어의 결손은 언어적 존재인 자아를 부정하기도 하고 때로는 절대자에 대한 부정으로 이어지기도 한다. 이 절대자에 대한 부정은 결국 세계에 대한 부정과 동일선상에 있다.

질병은 신체에 생기는 병리학적 현상의 하나이다. 그러나 문학에서는 신체의 질병을 물리적 현상으로만 보지 않고 심리학적 현상으로 이해하고 설명하려는 태도를 보인다. 이러한 태도는 질병에 대해 많은 은유를 낳게 된다. 문학에 나타나는 은유로서 살펴보자면 현실의 부조리함이 인간의 신체에 맞닿았을 때 질병은 발생한다. 이 질병은 특히 염증 등으로 나타나 신체의 내부나 겉표면인 피부에 곪아 있어 환자에게 고통을 준다. 문학공간 안에서 질병을 극복하는 방법은 다양하게 드러나는데 이러한 경우 질병은 긍정적으로 받아들이기보다는 적극적으로 대응해 신체 밖으로 몰아내야 하는 존재가 된다.

현실과 인간과의 마찰은 인간의 신체에 수많은 질병으로 나타난다. 신체가 곪아가도 인간은 인식하지 못한다. 인간이 인위적으로 만들어 놓은 틀에 갇혀 신체가 마비되는 것처럼 느끼기도 한다. 사회현실을 받아들이지 못해 끝없이 구토와 설사와 복통을 일으켜도 이를 밖으로 소리내어 이야기하지 않는다. 막장에서 석탄을 캐는 광부들은 진폐증을 얻어, 삶을 사는 것이 아니라 죽음을 사는 인생으로 자신을 표현하기까지 한다. 이러한 고통들의 원인은 모두 병든 세계에 저항하지 않고 살아가기 때문에 생겨난다. 이러한 고통에 만연된 사람들은 결국 인간의 주체성까지 상실되어 살아 있어도 죽은 것과 마찬가지인 삶을 강요당한다. 강자와 약자의 관계가 전도되고, 사람과 사물의 관계가 전도되고, 삶과 죽음의 가치가 전도되고, 사람은 중심이 아닌 풍경으로서 사물의 감시를 받게 된다. 이렇게 가치가 전도된 상황에서는 인간위주의 시각과는 다른 사물의 관점에서 세계를 대하게 된다. 이러한 시각은 지금까지 인간에 의해 재단되어진 가치평가가 많은 모순을 안고 있음을 지적한다.

신체 훼손은 우리의 현대시에서 흔히 볼 수 있는 이미지이다. 현대시에서 신체 훼손은 대부분 인간의 신체 훼손으로 나타난다. 그러나 때로는 인간이 아닌 사물이나 자연이 훼손된 이미지로 나타나기도 한다. 이때 사물은 의인화된 모습을 취하고 있다. 또한 표면적으로 드러나는 표현은 인간 신체의 훼손이지만 그 표현에 내포되어 있는 세계의 훼손일 경우도 있다. 이렇게 신체 훼손 이미지를 통해 드러나는 세계는 대부분 절망적이거나 부정적이다. 절망적이거나 부정적인 세계관이 오히려 인간의 신체를 훼손시키는 경우도 있다. 이러한 경우는 심리적인 요인이 신체를 지배하는 상황에서 발생한다. 인간의 신체가 심리적 요인과 불가분의 관계에 있듯이 인간과 사회, 자연, 역사, 시대, 사물 등은 밀접한 관계를 맺고 있다. 더불어 신체의 훼손은 사회나 역사, 시대 등의 훼손과 연결이 된다.

신체 훼손을 통해 보여지는 세계는 병들어 있으며 이 병든 세계에서 인간은 병든 모습으로 살아갈 수밖에 없기에 이 세상은 모순으로 가득차게 된다. 이 모순은 세상을 움직이는 원리로 작용하고 인간은 이 모순에 저항하기도 하고 묵인하기도 한다. 병든 세상에 대해 일관적이지 못한 이 혼돈의 세상이 시인에게는 부정적 세계관을 갖게 한다.

신체 훼손 이미지는 자아와 세계에 대해 부정적이며 비극적인 가치관을 가지고 있는 것이 사실이지만 신체 훼손을 통해서 부정적 세계관을 극복하고 새로운 이상세계를 제시하는 미덕도 함께 갖추고 있다. 특히 자신의 신체 훼손이 아닌 타인의 신체 훼손을 대했을 때 타인의 신체 훼손은 미처 발견하지 못한 자신의 결함을 발견하는 계기가 되며 이를 계기로 자신이 가지고 있던 고정관념이나 결함을 치유하기도 한다.

시각의 결손은 정상적인 눈을 가진 사람들이 가지고 있는 선입관이나 고정관념을 와해시킨다. 정상적인 눈을 가진 사람은 모든 것이 보인다고 생각하기 때문에 자신이 본 것을 절대의 진리로 믿을 수가 있다. 그러나 세상에는 보이는 것보다는 보이지 않는 것이 더 많이 존재한다. 정상적인 눈을 가지고 있는 사람은 그것을 깨닫지 못하고 있는 것이다. 그래서 오히려 시각에 결손이 있는 사람들은 정상적인 사람들이 가지고 있는 고정관념을 해체함으로써 그들이 가지고 있는 질병을 치료한다. 이 질병은 심리적인 압박감에서 발생한 것이다. 그러므로 질병을 치료한다는 것은 심리적인 압박감에서 벗어나게 해 인간을 자유의 이상세계로 이끄는 것을 말한다. 감각기관의 결손으로 인해 오히려 타인과의 의사소통이 이루어지는 수도 있다. 눈이 멀고 귀가 먹는 순간 타인과의 사랑을 깨닫게 되는 경우에 결손은 결손에 그치는 것이 아니라 인간과 인간을 이어주는 연결고리가 된다. 친근감이나 연민을 통해 결손 상태에 있는 사람들과 자신을 동일시하는 것이나, 결손과 동시에 사랑을 깨닫는 것이나, 자신이 결손 상태에 이르러야 한다고 생각하는 태도도 심리적인 질병 치료의 한 방법이다.

신체의 결손은 단지 그 외형이 타인이 보기에 거북스럽고 수량적으로 열세에 있다는 이유만으로 정상적인 인간들에게 소외의 대상이 된다. 이러한 경우 '꼽추', '언챙이', '애꾸', '난쟁이', '절름발이' 등의 결손은 정상적인 인간에게 소외당하는 인물로 등장하게 된다. 시에서 결손된 인물들은 소외의 대상에서 벗어나 그들끼리 무리를 이루며 화자와의 관계를 형성해나간다. 결손인물들로 인해 중심인물들이 오히려 소외의 대상이 되기도 하고 결손인물과의 관계에서 중심인물의 내면 모습이 부각되기도 한다. 화자는 결손인물을 통해 자아를 확인하며, 그들과 동일시를 이루면서 미흡했던 존재가 하나의 인간으로서 온전한 개체를 이루기도 한다. 이러한 동일시가 사회 억압에 의해 소외당하고 있는 인물들과의 관계를 통해 드러난다는 점은 주목할 만한 사실이다. 신체의 결손에 대해 살펴보았을 때 우리는 몇 가지 질문을 갖게 된다. 시인은 왜 결손인물을 선량함으로 보는가? 시인은 왜 결손인물에게 호의를 갖는가? 결손인물들은 왜 무리지어 나타나는가? 결손인물은 왜 천민이어야 하는가?

천민은 사회의 모순된 신분제도로 인해 소외되고 억압받는 인물들이다. 이와 견주어 보았을 때 결손인물은 신체적인 결함으로 인해 정상적인 신체를 가진 인물들에게 소외되고 억압받는 인물들이다. 그것이 신분제도에 의한 것이든 신체적인 결함으로 인한 것이든 천민과 결손 인물은 억압자에 의해 억압당하고 있다는 점에서 동일선상에 있다. 그래서 결손인물들은 천민과 함께 시 속에 나열되면서 천민으로 등장한다.

결손인물들은 독립된 개체로 나타나기보다는 무리지어 나타나는 경우가 많다. 이는 정상적인 상태에서 무언가 부족한 인물이 독립되어 나타날 때는 힘을 발휘할 수 없기 때문이다. 결손인물 나름대로 소외에 대한 대응방식을 가지고 있는 경우도 있지만 그렇지 못한 결손인물들은 어디론가 숨어들어가 배경화된 인물로 남아 있을 수밖에 없다. 그들을 시 안으로 끌어들이고 그들이 힘을 가지게 하기 위해서는 여럿이 모여 있어야만 한다. 여럿이 모여 있어야 정상적인 하나가 오히려 그들에게 소외된 인물이 되는 셈이며 그래야만 정상적인 인물이 결손인물들 속에 섞여들 수가 있는 것이다. 결손인물이나 천민은 약자이므로 강자 앞에서는 무리로 모여 있어야만 힘이 되는 것이다. 그 힘은 이 나라의 새로운 문명을 이끌어갈 힘으로 제시되기도 한다.

시인은 대부분 결손인물에게 호의를 갖는다. 시인에게 타인의 결손은 타인의 결손이 아니다. 타인의 결손을 자신의 결손으로 받아들이는 시각으로부터 시는 출발한다. 자신이 바로 결손인물이라는 관점은 타인의 결손에 동질성을 느끼게 하며 하나의 공동체로 맺어지기 위해 호감을 가질 수밖에 없다. 이러한 호감의 표시는 결국 타인에 대한 사랑과 더불어 자기 자신을 사랑하고자 하는 마음으로 발전하게 된다.

시인은 결손인물을 선량함으로 본다. 그리고 그 선량함의 대척점에 완벽함이 있다. 완벽함은 타인의 도움을 필요로 하지 않는다. 타인의 도움을 필요로 하지 않는 사람은 그러한 자신을 지키기 위해 이기적으로 되기가 쉽고 자신의 벽을 단단히 쌓게 된다. 철저히 벽을 쌓기 위해서는 많은 무리가 따르게 된다. 그러나 이러한 원리는 인간 개인만의 심리라기보다는 사회모순에 대한 비유라고 보아야 한다. 이렇게 자신의 완벽함을 지켜나가기 위해 벽을 쌓는 것은 하나의 체제가 된다. 그래서 시인은 무정부적인 사람들끼리 모여 사는 세상을 꿈꾸기도 한다. 이 무정부적인 세상을 꿈꾸는 일은 모순된 체제가 권력을 휘두르는 일을 와해시키고자 하는 시를 만들어낸다.

인간은 질병으로 인해 고통받는다. 이때 우리는 마치 질병을 만들어내는 것은 악이며 치료는 그 악을 제거하는 것이라는 식으로 인식을 하게 된다. 과학적 의학은 질병을 따라다니는 이런 저런 의미들을 소거시켰지만 그 자신도 더 질이 나쁜 의미에 지배당한 것이다. 병과 싸운다는 것은 병이 마치 작용하는 주체로 존재하는 것처럼 간주하는 말투이며, 과학도 그와 같은 언어의 유혹에 사로잡혀 있다. 이러한 인식들과는 관계없이 인간은 질병의 고통에서 벗어나기 위해 치료를 받는다. 질병을 이겨내고 나면 질병을 앓기 이전과는 다른 새로운 인간으로 태어나게 된다. 이는 신체적으로는 상처가 아무는 것을 의미하며 정신적으로는 상처의 고통을 딛고 일어선 성숙을 의미한다. 정신적으로 성숙된 인간의 눈으로는 새로운 세계관을 형성해나가게 된다. 그러므로 인간은 질병을 통해 새로운 세계를 보고 질병을 이겨냄으로써 그 새로운 세계로 한 걸음 다가간다 해도 과언은 아니다. 그래서 신체에 깃든 질병을 인식한다는 것은 그 신체가 몸담고 있는 세계를 인식한다는 말과도 통한다. 인간의 신체에 깃든 질병과 그것을 치료하는 과정을 통해 자아와 세계에 대한 인식과 그 인식의 전환점을 찾아볼 수 있다. 신체의 질병은 자신의 신체뿐만이 아니라 타자와의 동일성을 인식하는 가운데 치료되며 이 치료는 신체에만 국한되는 것이 아니라 화자의 세계 인식에도 커다란 전환점을 가져온다.

두 가지 측면에서 구멍은 매우 중요한 상징적 의미를 소유한다. 생물학적 측면에서 구멍은 땅을 비옥하게 만드는 힘을 소유한다. 따라서 이때의 구멍은 풍요의식과 관련된다. 그런가 하면 정신적인 측면에서의 구멍은 이 세계가 다른 세계를 향하여 열림을 상징한다. 훼손된 신체의 이미지에서 구멍난 몸은 몸이 비어 있음을 의미한다. 이 빈 구멍으로 액성 이미지들이 빠져나가는 현상은 화자가 이상세계를 향해 접근하는 것을 저지하는 요소가 된다. 때문에 구멍난 몸은 미래를 향해 희망으로 다가가지 못하고 절망에 빠지게 된다. 이 절망감은 또한 자신의 몸이 구멍나게 된 결과, 즉 빈 존재가 되어버린 결과에 대한 원인을 인식하게 한다.

비어 있는 신체는 현실 응전에 대한 직·간접적인 표현이다. 비어 있는 신체는 부조리한 현실을 자각하게 하는 매개체가 되며 새로운 삶을 도모하기 위한 노력을 저해하는 요소가 된다. 또한 욕망의 과잉 상태를 단죄하는 작용을 한다. 시인은 특히 머리를 욕망이 가득찬 부위로 지적하며 머리가 비어 있는 상태를 욕망을 버리기 위한 과정으로 인식한다. 더불어 머리 대신 손과 다리가 꽉 찬 세상을 꿈꾸는데 이는 착실하게 온몸으로 살아가는 사람들의 세계를 말하며 이는 시인이 꿈꾸는 이상세계이기도 하다. 비어 있는 신체는 욕망에 가득 찬 세계의 고통에서 벗어나 겸허한 삶으로 다가가고자 하는 인식의 전환점이 된다. 또한 전쟁의 폭력성을 고발하는 구실을 하며, 상처를 인식하는 계기를 마련해 주는 가운데 그 상처가 다시 새로운 화려한 인생을 꽃피우게 하는 계기가 된다.

전쟁에 대한 고발이든 억압자에 대한 저항이든 자기 자신의 욕망에 대한 저항이든 그것은 주어진 현실을 부정하며, 이 부정적인 현실의 중심에 자신이 있었음에 대한 죄의식을 느끼게 한다. 이 죄의식은 절망적인 현실에 머무는 것이 아니라 새로운 세계를 이룩하고자 하는 강한 염원으로 발전한다. 처음에 상처로 인해 구멍이 났던 신체는 뒤에 반성을 위하여 오히려 필요한 구멍의 역할을 한다. 그래서 비워진 신체는 상처로서의 비워짐이 아니라 새로운 세계를 담기 위해 비워진 그릇으로서의 비워짐을 의미한다.

시대와 세계 그리고 역사를 '병들고 상처 입은 것'으로 인식하는 시인의 세계관은 신체 훼손 이미지를 통해 그 양상이 드러난다. 그래서 신체 훼손 이미지는 대부분 인간과 세계에 대한 부정적 인식에서 시작된다. 그러나 신체 훼손 이미지가 이러한 부정적 세계관에만 머무는 것은 아니다. 신체 훼손 이미지는 그 안에 병든 세계로 표현되는 부정적 세계관을 극복해내는 힘도 같이 지니고 있다. 부정적 세계관의 극복은 때로는 자신의 신체를 훼손시킴으로써 또는 어떤 매개체를 통하여 이루어진다. 이렇게 상처를 딛고 다시 획득하는 세계는 시인이 추구하는 이상세계이기도 하다

신체 훼손 이미지를 통해 나타나는 부정적 세계관은 신체 훼손 이미지를 통해 새로운 이상세계를 제시하는 양면성을 지니고 있다. 그 이상세계는 자신의 신체에 직접 훼손을 가하거나 어떠한 매개체를 통해 다가갈 수 있다. 또한 훼손된 신체 그 자체를 이상세계로 인식하는 경우도 있다. 자신의 신체를 훼손함으로써 자신뿐만 아니라 타자의 고통까지도 사라지고 현실상황보다 더 자유롭고 아름다운 세계로 진입하게 된다. 이 자유롭고 아름다운 세계가 바로 시인이 추구하는 이상세계이기도 하다. 또한 '음악'이라는 매개체를 통하거나 '여자'를 매개로 하는 에로티시즘의 방법으로 이상세계에 다가간다. 병들거나 손상을 입은 신체는 탐스런 여자를 발견함으로써 죽음에서 삶을 찾아내게 된

다. 훼손된 신체가 꿈꾸는 싱싱한 에로티시즘은 인간의 의식을 평화와 풍요의 세계로 이끌어준다. 신체의 훼손은 타인과의 단절이 아니라 오리혀 결속을 다지는 매개체 역할을 한다. 신체의 훼손으로 인해 타인과의 관계가 맺어지고, 타인과의 관계 맺어짐은 새로운 미래를 꿈꾸게 한다. 그로 인해 훼손된 신체는 질병에서 '관계 맺어짐'으로, 관계 맺어짐에서 '새로운 미래'로 변이를 거듭한다. 신체 훼손 그 자체를 바로 삶으로 파악하며 신체의 훼손을 통해 인간의 성숙과 거듭남을 이야기하는 경우 또한 이와 같은 시선과 일련선상에 있다. 이 경우 신체의 훼손은 새로운 미래로 나가기 위한 통과제의와 같은 역할을 한다.

신체 훼손 이미지의 크나큰 미덕 중의 하나는 신체 훼손을 통해 자아와 세계를 바로 볼 수 있는 시각을 가지게 된다는 것이다. 신체의 훼손을 인식하기 전까지는 왜곡되고 모순된 시각을 통해 세상을 바라보는 자신을 인식하지 못한다. 그러나 신체의 훼손을 인식하게 됨으로 해서 우리는 삶에 산재해 있는 모순에서 벗어나 이상세계로 다가갈 수 있는 방법을 모색하게 된다. 이는 인간에 대한 진지한 이해와 함께 '자유'나 '평화'와 '풍요'로 상징되는 이상 세계의 모색을 위한 의식의 확장을 가져온다는 데 중요한 의의가 있다.

20세기 한국 문학에 불어닥친 억압의 문제는 크게 일제 강점, 6·25 전쟁, 산업사회의 도래, 군부독재에 의한 정치적 억압의 지속 등을 들 수 있다. 신체는 이러한 억압의 문제들을 훼손 이미지를 통해 극명하게 드러낸다. 그래서 신체 훼손이 안고 있는 문제는 억압에 대한 현실 응전의 한 양식이라고 표현해도 과언은 아니다. 일제 강점이나 6·25 전쟁으로 인한 피해는 독재 정치나 산업사회의 문제와 맞물리면서 21세기를 살고 있는 지금까지도 지속되고 있다. 신체 훼손 이미지는 그러한 상처를 강하게 드러냄으로써 자아와 세계에 대한 반성과 함께 긍정적으로 사회문제를 감싸안는 형식으로 발전하게 된다.

지금까지 계속되어온 신체의 담론은 性담론적인 측면에 기울어졌던 것이 사실이다. 그러나 신체의 한 단면인 고통의 극점에 신체 훼손이 자리하고 있음도 인식해야 한다. 보다 넓은 인간사회의 이해와 문학의 깊이를 위해 신체를 통해 나타나는 문학의 제문제에 대한 전면적인 숙고가 필요하다고 본다. 이 글은 그동안 논의되지 않은 신체 훼손 이미지를 통해 나타나는 자아와 세계의 문제, 미학성의 문제 등을 연구하고, 신체 훼손 이미지의 측면에서 한국 현대시의 특성을 살펴볼 수 있었다는 데 의의를 둔다. 앞으로 신체 훼손 이미지를 통해 현대시와 신체의 은유에 대한 좀더 총체적이고도 심층적인 연구가 필요하다고 본다.

참고자료

▶ 기본자료

기형도, 『입 속의 검은 잎』, 문학과지성사, 1989.
김광림, 『바로 설 때 팽이는 운다』, 서문당, 1982.
______, 『들창코에 꽃향기가』, 미래사, 1991.
______, 『곧이 곧대로』, 문학세계사, 1993.
김수영, 『金洙暎 全集 1』, 민음사, 1984.
김승희, 『세상에서 가장 무거운 싸움』, 세계사, 1996.
김영태, 『여울목 비오리』, 문학과지성사, 1981.
______, 『北 호텔』, 민음사, 1979.
______, 『남몰래 흐르는 눈물』, 문학과지성사, 1995.
______, 『그늘 반근』, 문학과지성사, 2000.
김종삼, 『金宗三 全集』, 청하, 1988.
김춘수, 『金春洙 詩全集』, 민음사, 1994.
김혜순, 『나의 우파니샤드, 서울』, 1994.
마종기, 『그 나라 하늘빛』, 문학과지성사, 1991.
______, 『안 보이는 사랑의 나라』, 문학과지성사, 1980.
______, 『마종기 시 전집』, 문학과지성사, 1999.
______, 『새들의 꿈에서는 나무 냄새가 난다』, 문학과지성사, 2002.
오규원, 『王子가 아닌 한 아이에게』, 문학과지성사, 1978.
______, 『이 땅에 씌어지는 敍情詩』, 문학과지성사, 1981.
______, 『사랑의 감옥』, 문학과지성사, 1991.
______, 『길, 골목, 호텔 그리고 강물소리』, 문학과지성사, 1995.
______, 『토마토는 붉다 아니 달콤하다』, 문학과지성사, 1999.

______, 『오규원 시 전집 1』, 문학과지성사, 2002.

______, 『오규원 시 전집 2』, 문학과지성사, 2002.

이 상, 『이상』, 문학세계사, 1982.

이성복, 『뒹구는 돌은 언제 잠 깨는가』, 문학과지성사, 1980.

______, 『남해 금산』, 문학과지성사, 1986.

이승훈, 『事物 A』, 삼애사, 1969.

______, 『환상의 다리』, 일지사, 1977.

______, 『당신의 肖像』, 문학사상사, 1981.

______, 『당신의 방』, 문학과지성사, 1986.

______, 『밝은 방』, 고려원, 1995.

______, 『밤이면 삐노가 그립다』, 세계사, 1993.

______, 『너라는 햇빛』, 세계사, 2000.

______, 『인생』. 민음사. 2002.

전봉건, 『사랑을 위한 되풀이』, 춘조사, 1959.

______, 『속의 바다』, 문원사, 1970.

______, 『새들에게』, 고려원, 1983.

______, 『돌』, 현대문학사, 1984.

______, 『기다리기』, 문학사상사, 1987.

______, 『아지랭이 그리고 아픔』, 혜원출판사, 1987.

______, 『북의 고향』, 명지사, 1982.

______, 『全鳳健 詩選』, 탐구당, 1985.

정지용, 『정지용 전집1』, 민음사, 1988.

정현종, 『정현종 시전집1』, 문학과지성사, 1999.

______, 『한 꽃송이』, 문학과지성사, 1992.

______, 『세상의 나무들』, 문학과지성사, 1995.

최승호, 『세속도시의 즐거움』, 세계사, 1990.

______, 『회저의 밤』, 세계사, 1993.

한용운, 『한용운 시전집』, 진명문화사, 1950.

함민복, 『우울氏의 一日』, 세계사, 1990.

______, 『자본주의의 약속』, 세계사, 1993.

황동규, 『나는 바퀴를 보면 굴리고 싶어진다』, 문학과지성사, 1978.

______,『악어를 조심하라고?』, 문학과지성사, 1986.

______,『몰운대行』, 문학과지성사, 1991.

______,『미시령 큰바람』, 문학과지성사, 1993.

______,『외계인』, 문학과지성사, 1997.

______,『버클리풍의 사랑 노래』, 문학과지성사, 2000.

______,『우연에 기댈 때도 있었다』, 문학과지성사, 2003.

______,『풍장』, 문학과지성사, 1995.

황지우,『새들도 세상을 뜨는구나』, 문학과지성사, 1983.

______,『게 눈 속의 연꽃』, 문학과지성사, 1991.

▣ 국내 연구논저

고명수,「이승훈 시인을 찾아서」, 문학과창작, 1996. 7.

고미숙,『한국의 근대성, 그 기원을 찾아서-민족, 섹슈얼리티, 병리학』,
　　　　책세상, 2001.

권명옥,「추상성 시학」,『한양어문 17집』, 한양어문학회, 1999.

김두한,『김춘수 시 연구』, 대구가톨릭대 박사논문, 1991.

김승희 편,『김수영 다시 읽기』, 민음사, 2000.

김승희,『현대시 텍스트 읽기』, 태학사, 2001.

김시태·박철희 편,『한국현대문학사』, 시문학사, 2000.

______,『현대시와 전통』, 성문각, 1978.

김신정,『정지용 시 연구』, 연세대 박사논문, 1990.

김열규,『메멘토 모리, 죽음을 기억하라』, 궁리, 2001.

김영철,『한국 현대시의 좌표』, 건국대출판부, 2000.

김용직,『한국근대시사』, 새문사, 1983.

______,『한국현대시연구』, 일지사, 1974.

김욱동,『모더니즘과 포스트모더니즘』, 현암사, 1992.

김윤식·김우종 外,『한국현대문학사』, 현대문학, 1999.

김윤식,『거리재기의 시학』, 시학사, 2003.

김은영,『1950년대 모더니즘 시 연구』, 창원대 박사논문, 2001.

김재홍,『한국전쟁과 현대시의 응전력』, 평민서당, 1978.

김준오,『도시시와 해체시』, 문학과비평사, 1992.

김춘수,「戰後 50년의 한국시」,『韓國戰後問題詩集』, 신구문화사, 1957.

김춘수연구간행위원회,『金春洙硏究』, 1982.

김 현,『시인을 찾아서』, 민음사, 1974.

＿＿＿,『책읽기의 괴로움』, 민음사, 1984.

김현자,『현대시의 감각과 미적 거리』, 문학과지성사, 1997.

＿＿＿,『시와 상상력의 구조』, 문학과지성사, 1982.

김형필,『現代詩와 象徵』, 문학예술사, 1982.

남진우,『미적 근대성과 순간의 시학 연구』, 중앙대 박사논문, 2001.

＿＿＿,「숲으로 된 푸른 성벽」,『사랑을 잃고 나는 쓰네』, 솔, 1994.

문혜원,『한국 현대시와 전통』, 태학사, 2003.

박민영,『全鳳健 詩에 나타난 불 이미지의 變容硏究』, 이화여대 석사논문,
       1990.

＿＿＿,「6·25와 北의 고향, 상실의 시적 극복」, 현대시학, 1993. 6.

박상천,「시의 전통은 하루 아침에 무너지거나 세워지지 않는다」, 현대
       시학, 1993. 6.

박이도,『한국 현대시와 기독교』, 종로서적, 1987.

박인기,『한국 현대시의 모더니즘 연구』, 단국대출판부, 1988.

서경석,『한국근대문학사 연구』, 태학사, 1999.

서준섭,『한국 모더니즘 문학 연구』, 일지사, 1988.

송하춘·이남호 편,『1950년대의 시인들』, 나남, 1994.

신동욱,『우리시의 역사적 연구』, 새문사, 1981.

신범순,『한국 현대시의 퇴폐와 작은 주체』, 신구문화사, 1998.

＿＿＿,『한국 현대시사의 매듭과 혼』, 민지사, 1992.

오규원,『현실과 극기』, 문학과지성사, 1976.

오세영,『한국 현대시의 행방』, 종로서적, 1988.

오채운,『한국 현대시의 언어유희 연구』, 명지대 박사논문, 2000.

＿＿＿,「김종삼 시의 聾啞 이미지 연구」,『한국언어문화 21집』, 한국언
       어문화학회, 2002. 6.

______, 「전봉건 시의 이미지 변이 양상 연구」, 『한국문예창작 2호』, 한
    국문예창작학회, 2002. 12.

______, 「전봉건 詩의 신체 훼손 이미지 연구」, 『한국언어문화 23집』, 한
    국언어문화학회, 2003. 6.

오형엽, 「신체, 문체, 미시적 이론화」, 내일을 여는 작가, 2003 봄.

윤호병, 『아이콘의 언어』, 문예출판사, 2001.

이광호 편, 『정현종 깊이 읽기』, 문학과지성사, 1999.

이명현, 『이성과 언어』, 문학과지성사, 1982.

이사라, 『시의 기호론적 연구』, 중앙경제사, 1987.

이상호, 「김수영 시에 나타난 자아인식의 변화 양상」, 『한양어문 17집』,
    한양어문학회, 1999. 12.

이숭원, 『근대시의 내면구조』, 새문사, 1988.

이승훈, 『모더니즘의 비판적 수용』, 작가, 2002.

______, 『문학상징사전』, 고려원, 1995.

______, 『詩論』, 고려원, 1986.

______, 『탈근대주체이론·과정의로서의 나』, 푸른사상사, 2003.

______, 『한국 모더니즘 시사』, 문예출판사, 2000.

______, 『현대비평이론』, 태학사, 2001.

이인복 외, 『한국문학에 나타난 죽음』, 예림기획, 2002.

일 연, 『삼국유사』, 이재호 역, 솔출판사, 2001.

전미정, 『한국 현대시와 에로티시즘』, 새미, 2002.

정끝별, 『패러디 시학』, 문학세계사, 1997.

조영복, 『한국 모더니즘 문학의 근대성과 일상성』, 다운샘, 1997.

______, 『한국 현대시와 언어의 풍경』, 태학사, 1999.

조창환, 『한국시의 넓이와 깊이』, 국학자료원, 1998.

최동호, 『평정의 시학을 위하여』, 민음사, 1991.

한광구, 『韓國 現代詩에 나타난 6·25戰爭 體驗의 變容』, 경희대 석사논
    문, 1981.

한혜선, 『한국소설과 결손인물』, 국학자료원, 2000.

황동규 편, 『金洙暎의 文學』, 민음사, 1983.

➡ 번역서

가라타니 고진,『일본근대문학의 기원』, 박유하 역, 민음사, 1997.

가스통 바슐라르,『공간의 시학』, 곽광수 역, 민음사, 1990.

가스통 바슐라르,『로트레아몽』, 윤인선 역, 1985.

C. I. 글릭크스버그,『20세기 문학에 나타난 비극적 인간상』, 이경식 역,
　　　　종로서적, 1983.

노드롭 프라이,『문학의 구조와 상상력』, 이상우 역, 집문당, 1987.

　　　　　　　,『批評의 解剖』, 임철규 역, 한길사, 1982.

　　　　　　　,『문학의 원형』, 이상우 역, 명지대학교 출판부, 1998.

뤽브느와,『징표, 상징, 신화』, 윤정선 역, 탐구당, 1988.

미셸 푸코,『임상의학의 탄생』, 홍성민 역, 인간사랑, 1993.

　　　　　,『말과 사물』, 이광래 역, 민음사, 1986.

　　　　　,『사회를 보호해야 한다』, 박정자 역, 동문선, 1998.

　　　　　,『비정상인들』, 박정자 역, 동문선, 2001.

미카엘 리파떼르,『시의 기호학』, 유재천 역, 민음사, 1989.

C. A. 반퍼슨,『몸·영혼·정신』, 손봉호·강연안 역, 서광사, 1985.

수전 손택,『은유로서의 질병』, 이재원 역, 이후, 2002.

아지자·올리비에리·스크트릭,『문학의 상징·주제 사전』, 장영수 역,
　　　　청하, 1990.

유리 로트만,『예술 텍스트의 구조』, 유재천 역, 고려원, 1991.

이반 일리치,『병원이 병을 만든다』, 박홍규 역, 형성사, 1987.

쥬앙-다비드 나지오,『정신분석학의 7가지 개념』, 표원경 역, 백의, 1999.

지그문트 프로이트,『정신분석입문』, 오태환 역, 선영사, 1987.

　　　　　　　　　,『문명 속의 불만』, 김석희 역, 열린책들, 1997.

질베르 뒤랑,『상징적 상상력』, 진형준 역, 문학과지성사, 1983.

클로드 레비-스트로스,『구조인류학』, 김진욱 역, 종로서적, 1983.

타노이 마사오,『3일만에 읽는 몸의 구조』, 윤소영 역, 서울문화사, 2001.

테렌스 호옥스,『구조주의와 기호학』, 오원교 역, 신아사, 1982.

폴 발레리 外,『신체의 미학』, 심우성 편역, 현대미학사, 1997.

피터 브룩스,『육체와 예술』, 이봉지·한애경 역, 문학과지성사, 2000.

필립 아리에스, 『죽음의 역사』, 이종민 역, 동문선, 1998.
___________, 『죽음 앞에 선 인간』, 유선자 역, 1997.
필립 톰슨, 『그로테스크』, 김영무 역, 서울대학교출판부, 1986.

저자 약력

오채운(시인, 문학박사)
추계예대 문예창작과
명지대 대학원 문예창작과 석사
한양대 대학원 국어국문학과 박사
2004년 동서문학(시부문)으로 데뷔
현재 한양대, 추계예대 출강

논문 :「한국 현대시의 신체 훼손 이미지 연구」,「한국 현대시의 언어유희 연구」,
　　　「김종삼 시의 농아 이미지 연구」,「전봉건 시의 이미지 변이 양상 연구」,「전
　　　봉건 시의 신체 훼손 이미지 연구」「대상으로서의 시와 자기반영성」외 다수

인쇄 | 2006년 2월 10일
발행 | 2006년 2월 20일

저자 | 오채운
발행인 | 이대현
편집 | 김보라
발행처 | 도서출판 역락 / 서울 성동구 성수2가 3동 301-80
　　　　전화 • 02-3409-2058, 2060
　　　　팩시밀리 • 02-3409-2059
　　　　홈페이지 • http://www.youkrack.com
　　　　등록 • 1999년 4월 19일 제303-2002-000014호

정가 | 10,000원
ISBN | 89-5556-457-0-93810
파본은 교환해 드립니다.